CINDY DEES

OUVRIR
LES YEUX

CINDY DEES

OUVRIR
LES YEUX

Publié par
DREAMSPINNER PRESS

8219 Woodville Hwy #1245
Woodville, FL 32362 USA
www.dreamspinnerpress.com

Ouvrir les yeux
Copyright de l'édition française © 2024 Dreamspinner Press.
Titre original : Over the Top
© 2021 Cindy Dees.
Première édition : mars 2021
Traduit de l'anglais par Manda Lorient.

Illustration de la couverture :
© 2021 L.C. Chase.
http://www.lcchase.com
Conception graphique :
© 2024 L.C. Chase.
http://www.lcchase.com
Les éléments de la couverture ne sont utilisés qu'à des fins d'illustration et toute personne qui y est représentée est un modèle

Édition e-book en français : 978-1-64108-734-6
Édition imprimée en français : 978-1-64108-735-3
Première édition française : janvier 2024
v 1.0

Édité aux États-Unis d'Amérique.

I

CHASTEN REED sirotait sa bière – fraîche et mousseuse – avec un grand plaisir. Après une semaine difficile, il avait hâte de passer un week-end calme et relaxant. Il avait dû user toutes ses réserves de patience pour maintenir l'ordre dans sa classe de maternelle, ses jeunes élèves de cinq ans ne pensant qu'à Halloween, qui arriverait la semaine suivante. Chas adorait l'énergie des enfants, mais parfois, il aimait aussi à se poser un moment, à ralentir le rythme et à redevenir un adulte.

Il avait un bon roman policier à portée de main sur la table basse et prévoyait de s'endormir sur son canapé en le lisant. Après avoir bu une ou deux autres bières.

C'était par des nuits comme celle-ci, quand Misty Falls, New Hampshire, était d'un calme mortel, avec tous ses habitants nichés dans leurs confortables foyers, que Chas se sentait le plus seul.

C'était aussi à des moments pareils qu'il envisageait sérieusement d'acquérir un chien. Peut-être un corgi. Il l'appellerait Sir Fluffington et...

Pop. Pop, pop, pop.

Apparemment, les gosses du voisinage avaient retrouvé des pétards datant de l'été dernier. Chas secoua la tête et attrapa son livre. Il ne se sentait pas concerné. Un voisin querelleur finirait par appeler la police et les enfants s'enfuiraient en ricanant comme des bossus.

Ba-da-da-da-da-da-da-da.

Bon sang ! On aurait cru une mitrailleuse ! Les gamins avaient dû allumer toute une série de pétards en même temps.

Bang ! Bang !

D'accord. Cette fois, le bruit était tout proche et bien trop violent pour un simple pétard. Quelle inconscience de tirer un feu d'artifice dans une rue antique bordée de maisons en bois ! C'était un coup à déclencher un incendie ! Chas se leva et avança jusqu'à sa porte d'entrée, prêt à sermonner les gosses de sa voix d'instituteur la plus sévère.

On frappa à sa porte.

Oh, pour l'amour de Dieu ! Les plaisantins s'en prenaient *déjà* aux habitants du quartier ?

Chas tendit la main vers la poignée et ouvrait sa porte quand il entendit des pneus crisser dans la rue. Dès qu'il sortit, il trébucha sur une femme littéralement affalée à ses pieds.

— Leah ? C'est vous ?

Sa plus proche voisine gisait à moitié sur le côté, roulée en boule, les mains crispées sur le ventre. Tout autour d'elle, le plancher était maculé d'un liquide sombre à l'odeur ferrugineuse. Chas reconnut l'odeur avec un hoquet horrifié : du sang !

Choqué, il sursauta. En même temps, il s'accroupit et se pencha vers la quinquagénaire blessée qui louait la maison voisine, la seule masure d'un quartier récemment rénové.

— Leah, ma chère, êtes-vous blessée ?

Quand il lui tira l'épaule, la femme inerte roula sur le dos, ses yeux vitreux fixant le plafond du porche. Putain ! Elle paraissait morte.

— Leah !

Chas posa la main sur le cou, cherchant le pouls. *Rien. Eh merde.* Il chercha plus fébrilement, pressant ses doigts sous la mâchoire. *Toujours rien. Nom d'un chien !* Il tomba à genoux à côté d'elle, fouillant avec frénésie sa mémoire : il avait suivi une formation en premiers secours à l'école secondaire… époque qui lui semblait remonter à un million d'années.

Se décidant à tenter un massage cardiaque, il écarta l'épais manteau de Leah et se rendit compte alors qu'il y avait du sang partout. Le manteau était trempé, le chemisier aussi. En fait, Chas était à genoux dans une flaque de sang qui s'étendait rapidement. Affolé, il tira sur les pans du chemisier, faisant sauter les boutons, et fixa les trous déchiquetés du torse. *Huit balles ?* Leah aurait été *abattue* ? Les blessures suintaient encore, mais ne pouvaient correspondre à la quantité de sang répandue.

Chas commença à pratiquer des compressions thoraciques sur Leah tout en comptant dans sa tête. Il se pencha, pinça le nez de sa voisine et lui souleva le menton pour souffler de l'air dans sa bouche. Ce fut alors qu'il remarqua l'entaille béante qu'elle avait sous l'oreille. La chair était déchiquetée, des tendons d'un blanc nacré étaient coincés dans le tube fibreux de l'œsophage et du sang coulait encore lentement de la blessure dévastatrice.

Une balle devait avoir déchiré la gorge, coupé la carotide et tout ce qui se trouvait sur son passage. Personne ne pouvait survivre à une chose pareille. Franchement, Chas s'étonnait même que Leah soit restée consciente assez longtemps pour arriver jusqu'à son porche. Impatient d'appeler le 911, il

2

fouilla la poche de son pantalon pour en sortir son téléphone portable, mais ses doigts gluants de sang rendaient ses gestes maladroits. Il le fit tomber. Tandis qu'il se penchait pour le récupérer, il entendit du bruit de l'autre côté du corps de Leah.

Un gémissement terrifié émanait d'un ballot, d'une couverture roulée posée sur le sol à côté de Leah. Sans doute le portait-elle au moment où elle s'était effondrée pour mourir.

D'un geste preste, Chas ouvrit la couverture. À l'intérieur, il découvrit une petite fille vêtue de rose d'environ dix-huit mois, couverte de sang et si terrifiée qu'elle ne pouvait même pas pleurer correctement. Il la prit dans ses bras et essuya le visage maculé avec un coin de la couverture. Il l'examina rapidement, cherchant d'éventuelles blessures. Il n'en trouva pas. D'après ce hâtif diagnostic, l'enfant était indemne.

En entendant un nouveau crissement de pneus, Chas releva les yeux. Un SUV noir venait de tourner à toute vitesse au coin de la rue.

Chas paniqua. Pourquoi? Il n'en savait rien, mais il se fia à son instinct.

Il serra l'enfant contre lui, récupéra son téléphone et s'enfuit en courant, sautant par-dessus la haie basse pour se perdre dans l'obscurité derrière la maison. Sans ralentir le pas, il traversa sa cour arrière. Des freins hurlèrent juste devant chez lui. Jurant sans discontinuer entre ses dents, Chas déverrouilla la grille, quitta sa cour et referma sans bruit derrière lui.

En entendant des coups de feu exploser dans la rue, Chas s'accroupit instinctivement. Aux bruits de verre brisé, il comprit que les vitres de sa façade venaient d'être détruites. La terreur lui donna des ailes, il s'enfuit dans la ruelle, emprunta un passage entre deux maisons qui n'étaient pas clôturées et arriva dans la rue suivante.

Il courut tant qu'il eut du souffle, il courut pour s'éloigner le plus possible du lieu de la fusillade. Quand il s'arrêta enfin, à plusieurs pâtés de maisons de chez lui, il haletait si fort qu'il avait l'impression d'avoir un couteau planté dans les côtes. Sa panique se calmant enfin, son cerveau se remit à fonctionner de façon cohérente.

Que diable s'était-il passé?

Chas ne savait pas grand-chose au fond. Sa voisine était venue mourir devant chez lui, cherchant apparemment à protéger l'enfant. Leah lui avait-elle délibérément amené la petite afin qu'il veille sur elle? Depuis ce premier gémissement terrifié, l'enfant qu'il tenait dans les bras était restée muette.

Où aller ?

Chas n'osait pas retourner chez lui. Il pouvait frapper à une porte au hasard et demander de l'aide, mais il était trempé du sang de Leah, l'enfant aussi. On aurait cru qu'ils sortaient du plateau de tournage d'un film d'horreur.

La police. Il devrait se rendre au poste, signaler la mort de Leah et remettre aux autorités cette enfant dont les parents devaient être terriblement inquiets. Il regarda autour de lui afin de se repérer. Le poste de police n'était pas loin, à quelques rues à peine.

Il se remit en marche d'un pas prudent, tournant constamment la tête à droite et à gauche pour surveiller l'éventuelle arrivée d'un SUV noir ou d'hommes armés lancés à sa poursuite. La situation lui paraissait surréaliste. C'était Misty Falls, pour l'amour de Dieu ! Sans doute le patelin le plus calme et ennuyeux de toute l'Amérique !

Chas traversa la place du centre-ville et son petit parc, le cœur battant la chamade chaque fois qu'il se trouvait à découvert entre les arbres. Il était impatient d'atteindre la sécurité du poste !

Les quartiers de la police faisaient partie du bâtiment municipal, affreuse construction de plain-pied, trapue et utilitaire, qui datait des années 1970. Quand Chas émergea du parc, il tomba directement devant, mais la première chose qu'il remarqua fut le SUV noir garé dans la rue, juste devant l'entrée.

Il se figea, puis recula lentement. Même fondu dans l'ombre, il continua de reculer, le cœur dans la gorge, incapable de respirer.

Qui attendait dans ce véhicule et *que* voulaient ces gens au juste ?

Soudain, un flic jaillit du bâtiment sur le trottoir, son pistolet dégainé pointé derrière lui, vers le poste. Un homme tout de noir vêtu, le visage couvert d'un masque de ski noir, sortit à son tour, armé d'un fusil d'assaut. Il tira une courte rafale, le flic s'écroula en arrière et ne bougea plus.

Le tireur avança calmement vers le SUV et y monta, côté passager. Peu après, le véhicule s'éloignait.

Chas tenta désespérément d'en lire la plaque d'immatriculation, mais il était trop loin. Il ne vit que du noir. Le véhicule tourna dans une rue latérale et le silence retomba dans le parc.

Chas remarqua que les fenêtres s'allumaient dans les immeubles au-dessus des magasins, sans doute les gens composaient-ils le 911 sans savoir que les agents susceptibles de répondre à leurs appels venaient d'être abattus. Sinon, pourquoi le tireur aurait-il quitté le poste avec une telle désinvolture ? Il devait s'être assuré que personne n'allait le poursuivre.

Batman ! Bon sang de bon sang !

Qu'était-il censé faire maintenant ?

Une silhouette sortit d'un immeuble au bas de la rue et se précipita vers l'officier abattu. Après s'être penché, l'homme – car c'était un homme – recula et se retourna pour vomir. Ensuite, il sortit un téléphone et entama une conversation. Avec qui ?

Chas pensa que le passant appelait les secours, peut-être la police d'une ville voisine.

En toute logique, Chas aurait dû retourner chez lui et attendre l'arrivée des forces de l'ordre. Il ferait ensuite sa déposition et remettrait la gamine aux services sociaux. Il commençait à avoir les bras fatigués de porter ce fardeau.

Pourtant, il ne bougea pas. Il sentait dans ses tripes que ce n'était pas la bonne décision à prendre. Pour commencer, sa maison n'était plus un havre sûr, mais une scène de crime. Un meurtre avait été commis sur son porche et Chas ignorait si les tueurs ne rôdaient pas encore à proximité, attendant que les flics – ou lui – se présentent.

Avait-il été vu fuyant son domicile ? Les tueurs étaient-ils entrés chez lui à sa recherche ? Si c'était le cas, ils avaient trouvé sa bière. Ils savaient donc qu'il s'était enfui à pied et qu'il n'était pas loin.

Affolé, Chas regarda autour de lui. Il devait se cacher, se terrer même, appeler au secours, réclamer de l'aide ? Mais qui contacter ? Il fallait un homme courageux, habitué aux armes, un commando, et ce n'était pas si facile à trouver…

À moins que…

Chas connaissait un commando.

Gunner.

Et il avait même son numéro de téléphone. Ça faisait des années qu'il avait ce numéro dans son répertoire sans trouver le courage de le composer. Sa mère l'avait obtenu de celle de Gunner et le lui avait transmis. Chas n'aurait su dire le nombre de fois où il avait regardé ce nom dans sa liste de contacts, envisagé d'appeler… puis renoncé.

Il hésita, le cœur en berne. Il devait y avoir une autre solution. Qui appeler ? N'importe qui…

Non, impossible de téléphoner à un plan d'un soir pour annoncer : « Hé, c'est moi, Chas, tu te souviens ? On s'est croisé aux dernières vacances à Miami. Voilà, j'ai un petit souci, il y a eu une fusillade devant chez moi, ma voisine a été abattue sur le pas de ma porte en me laissant sur les bras une gamine de dix-huit mois couverte de sang et je ne sais pas où aller. Ça te dérange si je m'installe un moment chez toi? Le seul petit hic, c'est que j'ai des tueurs armés aux trousses, ils viennent d'abattre tous les flics de la ville.»

Merde.

Il serra la petite contre son épaule. Elle frissonna, s'appuya contre lui, le visage niché dans son cou. La pauvre gosse! Elle devait être morte de peur!

De sa main libre, Chas sortit son téléphone et le plaqua de son mieux contre lui pour éviter que la lumière de l'écran trahisse sa position. Il ouvrit sa liste de contacts et la fit défiler.

Vance, Gunner.

Il pressa le bouton d'appel.

GUNNER REPRIT conscience lentement, groggy, désorienté. Quel était cet étrange «*bip-bip-bip*»? C'était crispant, pensa-t-il vaguement, il faudrait le couper.

Il ouvrit un œil. Du moins, il le tenta, parce que sa paupière refusa de se soulever. Bizarre. Il testa l'autre œil. C'était mieux. Gunner examina son environnement : il était dans une chambre obscure, dans un lit. Comment diable était-il arrivé là?

Plus il reprenait ses sens, plus la douleur envahissait sa conscience, couche après couche. Il tenta de l'analyser… d'abord, les cuisantes sensations de lacérations superficielles. D'après lui, certaines de ses entailles avaient été recousues. Ensuite, le battement plus profond des ecchymoses. Merde! Il en avait sur tout le corps, de haut en bas, devant et derrière… Comme s'il n'était plus qu'une ecchymose géante. En dessous, il trouva l'agonie des os fracturés. Plusieurs côtes étaient cassées, sans doute, ce qui expliquait que chaque inhalation soit aussi pénible. Que diable lui était-il arrivé?

Un accident? Il ne s'en souvenait pas. Était-ce en voiture? En moto?

Il s'assit dans son lit. Du moins, il le tenta. Il changea vite d'avis quand une nouvelle vague de douleur le submergea, si intense qu'il retomba sur son matelas. Il gémit tandis que les violents remous cascadaient dans son crâne.

Une porte s'ouvrit dans la pièce, un rai de lumière se dessina sur le sol. En voyant une ombre trapue entrer et approcher du lit, Gunner se prépara au pire. Était-il prisonnier ? Avait-il été interrogé, torturé ? Ou drogué ? Une folle inquiétude dont il avait oublié la nature le déchira.

Un homme aux cheveux gris apparut à son chevet et alluma la lampe posée sur la table de nuit. Gunner plissa les yeux et enregistra que son lit était très surélevé par rapport au sol, un peu comme un lit d'hôpital.

En y réfléchissant... Il portait une sorte de blouse toute fine, il était en position inclinée, les draps étaient blancs.

Nom de Dieu ! Il était à l'hôpital !

— Que s'est-il passé ? grinça-t-il. Qu'est-ce que je fous là ?

Il força un peu sur son bon œil et distingua un uniforme noir. Une sacrée bordée de médailles colorées s'étalait sur la poitrine robuste, le bas des manches de l'uniforme était orné de tresses d'or et une épingle Budweiser [1] en or...

Gunner sursauta en reconnaissant l'aigle tenant un trident et un fusil, le choc effaça une partie de son amnésie post-traumatique. Il s'appelait Gunner Vance, il était Master Chief de la Marine, dans le SEAL, équipe Dix. L'homme à ses côtés était le contre-amiral Jonathan McCarthy, commandant de toutes les équipes SEAL de la côte est des États-Unis.

Nom d'un bordel à queue !

Qu'avait-il bien pu faire pour que le Gand Pacha en personne passe lui rendre visite ? Gunner ne voyait que deux options : une connerie débile ou une connerie héroïque.

— Comment allez-vous, mon garçon ? demanda l'amiral.

— Pas terrible, admit Gunner. J'ai l'impression d'être monté sur le ring avec une locomotive. Elle a gagné par K.O.

— D'après ce qu'on m'a dit, vous vous rétablirez.

— Je suis désolé, amiral, mais de quoi ? Que m'est-il arrivé au juste ?

— Eh bien, ce matin, vous avez subi pas mal de blessures superficielles. Hum... à votre expression, je me doute qu'elles ne vous paraissent pas tellement superficielles.

Ça, c'est sûr.

---

1 Surnom de cet attribut des Forces Spéciales de la Marine de guerre des États-Unis, parce que son design ressemble au logo de la bière du même nom. Le trident rappelle la connexion du SEAL avec la mer, l'ancre est l'effigie de la Navy, le pistolet prêt à tirer et l'aigle à la tête baissé évoquent la vaillance et l'humilité du combattant.

— Que s'est-il passé ?

— Vous ne vous en souvenez pas ? demanda l'amiral, plus sec.

Non, coco. Sinon, je ne te poserais pas la question !

— Les vents ont changé pendant votre saut à l'entraînement. Vous avez été jetés à basse altitude et déportés dans une zone boisée. Vous avez heurté plusieurs arbres au cours de votre chute, mon garçon, cela aurait pu se terminer très mal.

Sans blague, Sherlock.

Gunner aurait pu mourir. Quand on sautait en parachute, il était fortement conseillé d'éviter les arbres. Gunner sentit l'horreur se déployer dans son ventre, une lente brûlure qui lui rongeait les entrailles comme de l'acide dévorant l'acier. Cela bouillonnait et sifflait, digérant muscles, tendons et organes jusqu'à ce qu'il ne reste qu'un magma de douleur.

Il ferma les yeux, soudain trop épuisé pour les garder ouverts.

— Comment est-ce arrivé ? répéta-t-il.

L'amiral répondit sans détour :

— Un problème de communication, le service météo n'a pas pu transmettre le changement à l'équipage, le vol n'a pas été reprogrammé ou modifié.

— Les pilotes auraient dû voir qu'ils affrontaient des vents violents et prévenir le maître de saut.

L'amiral McCarthy haussa les épaules.

— C'est exact, la cause du problème est la même : les communications ne passaient plus.

— Y a-t-il eu d'autres blessés ? insista Gunner.

— Non. Les autres ont pu dépasser la ligne des arbres et atterrir dans un champ.

Gunner voulut bouger, mais aussitôt, une douleur lancinante bloqua sa colonne vertébrale. *Oh, non ! Pas son dos !* Un commando ne pouvait se permettre un problème au dos et aux genoux – et c'étaient les endroits du corps qui écopaient le plus.

Pris par ses sombres réflexions, Gunner rata quelques platitudes de l'amiral, qui proclamait son espoir qu'il se remette vite. Mais ensuite, une formule guindée retint toute son attention :

— … vous allez devoir renoncer aux SEAL, Chief Vance.

— Je vous demande pardon ?

— C'est votre troisième accident à l'atterrissage. Votre médecin m'a confirmé que votre dos n'en supporterait pas davantage. Quelle que soit votre faculté de récupération, vous n'avez plus la condition physique nécessaire pour rester dans une équipe opérationnelle.

— Je n'ai pas mal du tout, mentit Gunner. Mon dos va très bien.

— Vous souffriez le martyre en arrivant, vous avez reçu des analgésiques puissants. Votre colonne vertébrale en subira les effets pendant quelques semaines, mais là n'est pas la question. Deux de vos disques intervertébraux sont fichus, c'est irréversible.

— Quoi ? Comment le savez-vous ?

— Vous avez passé une IRM ce matin.

— Eh merde !

L'amiral lui jeta un regard suspicieux.

— Dites-moi, étiez-vous au courant de vos problèmes de dos ?

Gunner répondit avec amertume :

— J'avais un peu mal de temps à autre, et alors ? Nous avons tous des crampes parfois, ça ne nous a jamais empêchés de remplir nos missions !

L'amiral secoua la tête.

— Votre radiologue n'a toujours pas compris comment vous réussissez à marcher avec un dos dans cet état, corrigea-t-il, d'un ton pincé.

Gunner ricana.

— Je suis un SEAL. La douleur ne compte pas pour moi.

— Voyons, Chief Vance. N'exagérons pas. Aussi vaillants soient-ils, les SEAL restent des êtres humains, tous ont des limites. Et il semble que vous ayez atteint les vôtres. La décision des médecins est sans appel, votre dos ne vous permet pas de rester dans les SEAL.

Gunner le fixa avec une telle intensité que McCarthy finit par détourner la tête.

— Non ! croassa Gunner. Je ferai de la rééducation, je renforcerai mes lombaires, je…

— Chief Vance ! tonna l'amiral. Vous êtes révoqué pour raison médicale, un point c'est tout. Ne discutez pas, c'est un ordre !

Putain, je suis foutu.

L'amiral enchaîna d'un ton plus calme :

— J'ai déjà demandé pour vous un travail de bureau ; d'ici huit ans, vous aurez accompli vos vingt ans de service, vous aurez droit à une retraite avec pension complète. Vous resterez dans la communauté SEAL, Chief Vance, j'y tiens, mais pas en service actif.

Gunner comprit que la paperasserie avait été remplie pendant qu'il était dans les vapes. Sachant parfaitement qu'il ne céderait pas sans se battre, ce salopard de McCarthy l'avait bel et bien baisé.

Gunner roula péniblement sur le côté, endurant stoïquement la douleur pour tourner le dos à l'amiral et l'informer en silence qu'il n'appréciait pas la façon dont il était traité. Il n'était pas un chien, bordel de merde, il était sous-officier !

Maussade, il écouta les pas de McCarthy quitter sa chambre.

Nom de Dieu ! Qu'allait-il faire désormais ?

Il s'était engagé dans la Navy en sortant de l'école secondaire, il avait rejoint les SEAL dès qu'il l'avait pu. Il n'avait jamais rien fait d'autre, il n'avait que ça dans sa vie. Gunner détestait tout ce qui avait trait à l'administratif, il détestait rester enfermé. Et McCarthy voulait le coller dans un putain de bureau pendant les huit prochaines années ?

Bien que superbement entraîné et doté de compétences létales, Gunner avait dépassé la trentaine, il s'était bousillé le dos. Il n'avait nulle part où aller. Il n'avait plus rien à faire. Plus de mission pour sauver le monde. Plus de guerre à arrêter… ou à déclencher.

Il n'avait rien.

Il n'était… rien.

En état de choc, il retomba sur le dos et fixa le plafond. Au fil des heures qui suivirent, il passa de la consternation à la rage, de la rage à la fatigue, de la fatigue à l'acceptation cynique. Il entrait dans une phase de terreur panique à la perspective d'avoir à affronter le monde réel – un monde dans lequel il n'avait jamais vraiment vécu et dont il ignorait les règles – quand son téléphone sonna.

Au départ, Gunner fut tenté d'ignorer l'appel, mais les vieilles habitudes avaient la vie dure. C'était peut-être important.

Il fit l'effort de tendre la main pour récupérer l'appareil posé sur sa table de chevet et vérifia l'identité de son correspondant…

Chasten Reed.

Son meilleur ami d'enfance et son pire ennemi.

Nom de Dieu ! Quoi encore ?

II

CHAS S'ACCROUPIT à côté d'une benne à ordures d'où émanaient des relents fétides tout en scandant entre ses dents :

— Réponds, réponds, réponds.

Une voix familière retentit enfin, d'une tessiture bien plus grave que la dernière fois où Chas l'avait entendue, avec plus de mordant. Sans même un bonjour, Gunner grogna à son oreille :

— Quelle surprise ! Qu'est-ce que tu veux ?

Juste une surprise, nota Chas, pas une *agréable* surprise. Sans s'y attarder, il chuchota avec urgence :

— J'ai de gros ennuis, Gunner, je ne sais plus quoi faire, tu es mon seul recours. Je vis toujours à Misty Falls, il y a eu une fusillade, tous les policiers sont morts, ma voisine est venue mourir sur mon porche. Elle avait un bébé avec elle. Maintenant, c'est moi qui l'ai récupéré. Les tueurs sont encore là, ils semblent... traquer quelqu'un ou quelque chose. Ils tirent sur tous ceux qui se mettent en travers de leur chemin.

— Combien sont-ils ?

Sa voix était sèche, laconique. Gunner était redevenu un SEAL.

— Je ne sais pas. J'ai vu qu'un SUV. Ou peut-être plusieurs, mais tous du même modèle. Je n'ai pas pu noter les plaques d'immatriculation.

— Quelles armes ?

— Je ne sais pas, ça ressemble à... euh, des fusils. Ils tirent très vite. Comme une mitrailleuse.

— Des armes d'assaut. Ils sont donc lourdement armés. Et tu dis qu'ils ont descendu les flics ? Comment le sais-tu ?

— Je me rendais au poste faire ma déposition et leur laisser la gamine quand j'ai vu un flic mourir sur le trottoir. Un type cagoulé l'a flingué juste devant moi. Il sortait du poste, personne ne l'a suivi. J'ai donc pensé... qu'il avait déjà tué tout le monde.

Gunner poussa un juron.

— Où es-tu en ce moment, Chas ?

— Je me cache dans une ruelle derrière une benne à ordures.

— Peux-tu trouver un abri plus sûr ? Avec des murs et une porte ?

11

— Je ne sais pas. Les gens ont entendu les coups de feu, ils ont peur, tout le monde s'est enfermé à double tour. J'ai frappé chez des gens que je connais, personne n'a répondu. C'est la panique.

— Casse une vitre, déclara Gunner, de préférence à l'arrière d'un bâtiment. Choisis une petite pièce et barricade-toi. Et tiens bon.

— Jusqu'à quand ?

— Ne bouge pas avant d'être absolument certain que la menace est passée et que ce sont les forces de l'ordre qui frappent à ta porte.

— Comment veux-tu que je les reconnaisse ? Et la petite, j'en fais quoi ? Crois-tu que c'est elle que les tueurs cherchent ? Que c'est pour la récupérer qu'ils tuent tout le monde ?

— Va te planquer, d'accord ? J'arrive. Je te rappelle dès que je peux.

— Dans combien de temps ? Tu es à proximité ?

— Non, mais je vais appeler un copain qui me doit un service. Je serai là-haut d'ici quelques heures. Ne fais pas de conneries en m'attendant, d'accord ?

— D'accord. Gunner ?

— Oui ?

— Dépêche-toi.

— Bien sûr.

La ligne fut coupée. Chas rangea son appareil dans sa poche et regarda autour de lui. Il ne vit que des murs de brique et des portes blindées. Au bout de la ruelle, il remarqua enfin une petite fenêtre.

Il se glissa vers elle, le dos collé au mur. La fenêtre était à côté d'une porte en métal rouillé. De toutes ses forces, Chas frappa la vitre de son coude.

Aïe.

Une douleur aiguë montait et descendait le long de son bras. Sans doute aurait-il dû prendre un caillou pour briser la vitre, mais à la télé, les soldats et les flics utilisaient toujours leur coude. Eux, bien sûr, cassaient du faux verre. Quel idiot il était de ne pas avoir réfléchi avant d'essayer !

Il se baissa et ramassa un caillou dont il se servit pour faire tomber les éclats de verre encore accrochés au cadre. Il se pencha ensuite par la fenêtre et tâtonna vers la porte, cherchant la serrure à tâtons. Il n'y parvint pas. L'enfant le gênant, il voulut la déposer par terre, mais elle s'accrocha à lui en pleurant.

Eh mince ! Paniqué que ces cris attirent les tueurs, Chas berça l'enfant et lui chuchota de se taire. Il fouilla des yeux le bout de la rue, s'attendant à voir les hommes en noir surgir pour le transformer en gruyère.

Heureusement, la petite se calma très vite. Chas retint une grimace, il savait d'où venait cette «sagesse» anormale : l'enfant était traumatisée par ce qu'elle venait de vivre. Pour le moment, il était soulagé que leur position n'ait pas été trahie.

Il eut un mal fou à tenir l'enfant tout en cherchant la poignée de la porte en se contorsionnant dans la petite fenêtre, il finit par utiliser sa main gauche. Enfin, il sentit le pêne et tourna à quatre-vingt-dix degrés. La porte ne s'ouvrait toujours pas. Chas reprit ses efforts et réussit à actionner un goupillon supplémentaire. Cette fois, il put entrer.

Dieu merci !

Il se glissa rapidement à l'intérieur et verrouilla la porte derrière lui. Il alluma la torche de son téléphone portable pour vérifier où il se trouvait ; sans doute était-ce la réserve d'un pub ou d'un restaurant. Il localisa un carton vide et le plaqua à la vitre cassée, le maintenant en place à l'aide d'un lourd portemanteau métallique qu'il tira jusqu'à la fenêtre. Si la fenêtre n'attirait pas trop l'attention, les tueurs passeraient peut-être devant sans descendre ceux qui se cachaient derrière, non ?

Que cherchaient ces fous furieux au juste ? En quoi la petite était-elle mêlée à une histoire pareille ? Parce que Chas avait au moins une certitude : Leah, sa voisine, avait amené le bébé jusqu'à sa porte pour une raison précise.

Chas récupéra sur le portemanteau plusieurs vestes et un sweat-shirt, puis il partit à la recherche d'une cachette. Il passa avec une grimace devant deux salles de bains dégoûtantes et sans rien pour barricader les portes de l'intérieur. Plus loin, il tomba enfin sur une petite pièce encombrée : un trop grand bureau occupait la majeure partie de l'espace. Et la porte ouvrait vers l'intérieur. C'était nettement mieux.

Chas s'y enferma avec le bébé et poussa le pupitre massif contre la porte. Il écarta la chaise et confectionna un cocon avec les manteaux sous le bureau. Il s'y étendit en tenant l'enfant contre lui.

Il prit enfin le temps de l'examiner de plus près.

Utilisant à nouveau la torche de son téléphone portable, il vérifia qu'elle ne soit pas blessée. Puis il la dévisagea. Toute menue et adorablement mignonne, elle avait de grands yeux sombres, de raides cheveux noirs et un teint olivâtre. Elle était d'origine asiatique, décida Chas, probablement japonaise. Il ne s'était pas trompé dans sa première estimation, elle avait environ dix-huit mois.

Il nota alors qu'elle commençait à trembler, peut-être de froid, peut-être de choc. Il l'enveloppa dans le sweat-shirt et la berça, la petite oreille pressée contre son cœur. Il ne savait pas grand-chose sur les tout-petits, mais il connaissait bien les bambins de cinq ans et savait qu'entendre un battement de cœur les aidait à repousser un accès de panique.

Lui aussi ressentait le contrecoup du choc de la dernière heure. Il tira les manteaux autour d'eux deux, puis resta blotti sous le bureau dans l'obscurité. Il aurait préféré une forteresse mieux défendue, mais il avait fait ce qu'il pouvait.

Il était trop énervé pour dormir, trop effrayé par le moindre bruit pour se reposer vraiment. Il resta donc aux aguets, avec la petite contre lui. Il espérait que tout finirait par s'arranger.

GUNNER QUITTA son lit, tellement soulagé d'avoir une mission en vue, une crise à gérer, qu'il avait envie de vomir. Il posa ses pieds nus sur le sol et testa ses jambes avec prudence. Puis son dos. Rien.

C'était quoi ces conneries ? Son dos allait bien. En fait, Gunner n'avait plus mal du tout. C'était sans doute dû aux drogues qu'on lui avait injectées. Merde quoi ! Pourquoi ne pas le laisser en service actif en le shootant périodiquement aux analgésiques ? Il réussirait bien à tenir encore quelques années.

Il ouvrit le placard de sa chambre et vérifia l'intérieur. Ses affaires personnelles avaient été mises dans un grand sac en plastique. Gunner fut très soulagé de trouver son sac bourré d'équipement de combat. Merci, Seigneur !

Il tenta de s'habiller rapidement, mais pour être franc, l'opération s'avéra lente et laborieuse. Il enfila son pantalon de camouflage et son maillot de corps vert olive, puis remonta avec soin la fermeture de ses bottes.

Pendant tout ce temps, des images et des flashs conservés dans sa mémoire clignotaient dans sa tête. Il se revit aller jusqu'au réservoir en vélo avec Chas pour nager dans les eaux glaciales de l'étang. Il se remémora s'être emmerdé comme un rat mort au dernier rang pendant un cours d'anglais en primaire et avoir cherché à coller sur le tableau noir des boulettes de papier mouillé de salive. Il se revit ensemble dans le bureau du directeur après avoir réussi. Il se revit pleurer dans les bras de Chas quand son père avait quitté la maison, abandonnant derrière lui femme et enfant.

Gunner secoua la tête pour oublier ces âneries et sortit son portable. Il contacta un de ses vieux copains, Rafael Adler, radié quelques années plus tôt de l'Armée de l'Air pour raison médicale après un accident d'hélicoptère. Rafe s'était reconverti, il pilotait principalement des charters. Il avait appris à voler étant enfant, commençant par un petit avion pour arroser les cultures. Avant d'atterrir dans l'armée, il avait été cascadeur à Hollywood. Il gérait comme un pro tout ce qui volait.

— Salut, Rafe. Ici Gunner Vance.

— Gun ! Salut, mec. Ça roule ?

— J'ai connu mieux, mais ce n'est pas pour ça que je t'appelle. Voilà, j'ai un service à te demander, mon pote. Je dois me rendre le plus vite possible dans le New Hampshire [2].

— T'es sérieux ? Tu me laisses le temps de baiser mon compagnon du moment ou je dois le virer et ramener illico mon cul à l'aéroport ?

— Seconde option, mec. C'est une question de vie ou de mort. Je ne déconne pas. C'est urgent !

Avec un grondement résigné, Rafe renvoya ledit compagnon. Moins d'une minute plus tard, il reprenait la ligne :

— On va où ? Je dois déposer un plan de vol.

Aux bruits que Gunner entendait en arrière-plan, il savait que Rafe courait déjà vers sa voiture. Bravo ! Rafe avait suffisamment fréquenté les SEAL pour comprendre la signification du mot « urgent ».

— Je dois me rendre dans une petite ville du nord de l'État appelée Misty Falls. Au nord de Manchester.

— D'accord, je vais trouver. ETA [3] ?

— Je serai là dans une demi-heure.

— Je serai prêt. J'aurai un Learjet blanc avec une bande rouge sur le côté. Numéro de queue : Yankee X-ray 84 Zulu.

— C'est noté.

Après une seconde, Gunner ajouta :

— Tu pourrais m'apporter quelques boîtes de munitions de 7,62 mm ?

---

2 État de Nouvelle-Angleterre, caractérisé par ses villages pittoresques et ses vastes étendues sauvages.

3 *Estimated time of arrival*, « heure d'arrivée estimée ».

— Régulier ou Téflon ? Balles à pointe creuse [4] ou obus hydrashock [5] ?

— Apporte-moi tout ce que tu as sous la main et je t'en serai extrêmement reconnaissant.

S'étant préparé le matin même pour un saut d'entraînement, il avait dans son sac son arme de poing, mais pas ses munitions.

— À bientôt, Gun.

— À tout de suite.

Gunner n'eut aucun mal à quitter l'hôpital en douce. Il se contenta d'avancer comme s'il savait exactement où aller. Il sortit au moment où le taxi qu'il avait appelé s'arrêtait devant la porte principale.

— Aéroport international de Norfolk ? cria le chauffeur par la fenêtre ouverte.

— C'est moi.

Gunner hésita à promettre au chauffeur un bonus de vingt dollars pour aller plus vite. Il finit par y renoncer, doutant fort que le sexagénaire grisonnant ait été formé à la conduite de combat.

La voiture s'éloigna tranquillement de l'hôpital. Gunner renversa la tête en arrière et ferma les yeux. Les souvenirs de Chas continuaient à affluer. Un jour, les deux ados avaient monté des magazines *Playboy* dans la chambre. Gunner regardait les femmes nues, Chas s'intéressait à la mode et aux articles. Putain, c'était dingue ! Qui regardait les articles de *Playboy* ? Encore aujourd'hui, Gunner dut étouffer un ricanement.

Il revit ensuite Chas, cerné et bousculé par des joueurs de football de l'école qui le traitaient de pédé et s'apprêtaient à lui casser la gueule. Gunner, alors capitaine de l'équipe, était intervenu et les avait renvoyés à leur entraînement à grand renfort de menaces musclées. Le soir même, Chas avait pleuré dans ses bras.

Chas et lui avaient connu l'enfer étant gosses. Ils avaient survécu à tout, parce qu'ils s'appuyaient l'un sur l'autre, Gunner avait à endurer le mariage pourri de ses parents et Chas le fait d'être gay dans une petite ville ultra-conservatrice.

En arrivant à l'aéroport, Gunner fumait comme un étron fraîchement posé. Il s'enregistra auprès d'un opérateur du hangar et se dirigea vers l'avion.

---

4 Type de balle dont la forme permet de diminuer la pénétration à l'impact.
5 Type de projectile à pointe creuse.

Rafe l'y attendait, accompagné d'un pilote qu'il présenta comme étant Noah. Gunner ne posa aucune question. C'était l'étiquette à suivre pendant une mission et tous les intervenants s'y pliaient. Noah était un pro, il en avait le regard dur et les épaules musclées.

Gunner se hissait sur les marches de l'avion quand Rafe déclara :

— Tu as une sale gueule, mec. Un vrai cadavre !

Gunner s'installa prudemment dans un siège.

— J'ai connu pire, grogna-t-il.

— D'accord, dors. Nous y serons dans une heure et demie. C'est assez rapide pour toi ?

— Non, mais il faudra que je fasse avec.

— D'accord, je peux gagner un quart d'heure, lança Rafe. Pas plus. Et je risque mes couilles !

— Merci, soupira Gunner.

Chasten Reed l'avait contacté, hein ? Gunner aurait bien cru ne plus jamais entendre parler de lui, vu la façon dont ils s'étaient séparés.

Chas avait deviné l'homosexualité de Gunner – ou sa bisexualité – avant lui, bordel ! Et ça, Gunner ne le lui avait jamais pardonné.

Les moteurs du jet rugirent. Peu après, l'avion décollait dans la nuit.

Gunner ignorait dans quel merdier il allait se fourrer, mais rien ne pouvait être pire que ce qu'il laissait derrière lui.

CHAS DÉCOUVRIT rapidement que la peur changeait totalement la perception du temps. Chaque minute qui passait lui paraissait une éternité. Il s'attendait à entendre des sirènes, mais il n'y en eut pas. En revanche, deux heures après son appel à Gunner, son téléphone vibra. Chas faillit faire un AVC.

La petite, qui avait fini par s'assoupir, se réveilla en sursaut. Affolée, elle se débattit et le frappa au visage. Elle poussa un bref sanglot, puis parut se souvenir et se tut. Chas lui en fut terriblement reconnaissant.

Il vérifia qui appelait. C'était Gunner.

— Salut, chuchota Chas.

— Tu n'es pas mort, alors ? demanda le commando.

— Ne sois pas idiot, si j'étais mort, je n'aurais pas répondu.

— Je viens d'atterrir à l'aéroport. Où es-tu ?

— Derrière un restaurant, peut-être un bar. À l'angle nord-est d'une ruelle entre Fifth Street et Maple Avenue.

— Je vois. Je vais entrer dans le bâtiment, alors, évite de me tirer dessus.

— Tu es hilarant, grinça Chas. Je ne suis pas armé, je ne sais même pas me servir d'une arme à feu.

— Il suffit d'appuyer sur la gâchette.

— Hein ?

— Laisse tomber, souffla Gunner.

Il respirait lourdement, comme s'il courait.

Chas ne put s'interroger longtemps, car Gunner enchaîna déjà :

— Il me faut un véhicule, ensuite, je vais y aller mollo et vérifier que la zone est dégagée avant d'approcher ta position. Je t'enverrai un texto avant d'entrer dans le bâtiment pour que tu saches que c'est moi. Tiens bon, mec. Je suis presque arrivé.

Chas fut inondé d'un soulagement presque accablant. Il n'avait plus longtemps à attendre. Il continua à bercer l'enfant en marmonnant des banalités, mais le petit corps dans ses bras restait rigide. Pourtant, sa présence le réconfortait. Il louait aussi le ciel de pouvoir se concentrer sur elle plutôt que d'avoir à réfléchir à la panique qu'il éprouvait.

Vingt minutes plus tard environ, une vibration discrète annonça un SMS.

Le carton sur la fenêtre éclatée ?

Il répondit aussitôt :

Oui.

J'arrive.

Par prudence, Chas resta sous le bureau à se ronger d'anticipation. Il attendrait d'entendre la voix de Gunner de l'autre côté de la porte avant de tourner le verrou ! Il tenait à agir en toute sécurité.

Un coup discret le fit sursauter violemment. Bon sang, il était à bout de nerfs.

— Chas, c'est moi, ouvre.

— Une seconde. Je dois bouger le bureau. Il est collé à la porte.

— Je vais t'aider.

Chas sortit de dessous le meuble et regarda, sidéré, le verrou sauter et la porte s'ouvrir. Une grande ombre emplit l'embrasure de la porte et le faisceau d'une lampe de poche éclaira la petite pièce encombrée. Chas reconnut les cheveux noirs et les yeux foncés. Un visage familier, même si le hâle était plus marqué qu'autrefois.

Il se rua en avant, le bébé serré contre lui, et s'assomma à moitié en se jetant contre Gunner. Il aurait aussi bien pu heurter un mur, un mur de muscles, un rempart qui vivait et respirait, la personnification même de la sécurité. Des bras puissants s'enroulèrent autour de lui, formant une cage de protection dans laquelle Chas se blottit avec un soupir. Il tremblait de tout son corps. Ce fut un autre choc de le réaliser.

— Je suis là, marmonna Gunner. Ça va aller, tu es en sécurité à présent. En tout cas, presque.

— Que se passe-t-il dehors ?

— La ville est confinée. Les flics ont envahi le poste de police et ta maison. C'est quoi ces conneries ? Qu'est-ce que tu as fabriqué ?

— Rien du tout ! J'étais tranquillement assis dans mon salon à siroter une bière quand j'ai entendu du bruit à l'extérieur. Et puis ma voisine est venue mourir sur mon porche et...

Il s'interrompit, horrifié des visions trop graphiques que son récit lui remémorait.

— Bon, et si on filait ? chuchota Gunner.

— Tu crois vraiment qu'on peut sortir ? On ne risque rien ?

— Ça devrait aller, mais pour mettre toutes les chances de notre côté, nous allons nous montrer super prudents.

Chas recula, quittant les bras de Gunner, surpris de se sentir aussi paumé. Nom d'un chien, il était bouleversé !

Il ajusta sa prise sur le bébé et quitta le bureau derrière Gunner.

— Comment as-tu réussi à déverrouiller la porte ? demanda-t-il.

Gunner haussa les épaules.

— Hé, c'est pas Fort Knox quand même, juste une bête serrure intérieure. J'ai utilisé la pointe de mon couteau pour tourner le mécanisme de l'extérieur.

Instinctivement, Chas baissa les yeux. Effectivement, Gunner tenait un énorme coutelas dans la main droite. La lame noire paraissait aiguisée et dangereuse. Chas resta bouche bée en voyant Gunner se baisser et ranger le couteau dans un étui de cheville, qu'il cacha ensuite sous la jambe de son pantalon. Une présence était un grand réconfort, jugea Chas, surtout celle d'un commando grand, solide, expérimenté et armé.

— En venant, tu n'as pas repéré un SUV noir avec des vitres teintées dans les rues ? demanda Chas.

— Non. C'est le véhicule des tueurs ?

— Oui.

— Ils ont dû quitter la ville. Probablement avant le débarquement des flics des villes voisines.

— Il y en a tant que cela ?

— Oh, oui ! J'ai vu au moins trente voitures d'escouade. Et elles venaient de tout l'État.

En arrivant devant la porte par laquelle Chas était entré, Gunner se retourna :

— C'est qui, la gosse ?

— Je n'en ai aucune idée. Mais je pense qu'elle est impliquée.

— Un bébé ? Comment ça ?

— Je ne sais. Mais si ma voisine est venue avec elle jusque chez moi, il doit bien y avoir une raison.

— Effectivement. Bon, et si nous allions remettre ta protégée à la police ?

À cette perspective, Chas sentit ses tripes se nouer d'anxiété.

— Et s'ils ne me croient pas ? S'ils ne comprennent pas qu'elle est en danger, alors que c'est le cas ? Et si les tueurs reviennent la chercher ? Et si...

— Ho, ho, on se calme. Nous ne sommes pas obligés de la rendre à la minute. En fait, je suis d'accord avec toi. Cette gamine qui débarque en pleine tuerie, c'est un peu trop bizarre pour n'être qu'une coïncidence.

Dieu merci !

— Sortons d'ici, enchaîna Gunner. Nous allons mettre un peu de distance entre nous et les scènes de crime. Je passerai ensuite quelques coups de fil pour savoir ce qui s'est passé et comprendre le rôle exact de cette enfant dans un merdier pareil.

Chas était extrêmement soulagé que Gunner n'insiste pas pour rendre l'enfant avant d'en savoir davantage sur son implication. Pauvre petite ! Bien que traumatisée, elle s'accrochait à lui en toute confiance. Il aurait détesté la remettre à de parfaits inconnus, surtout des flics qui risquaient de la considérer comme... un élément d'enquête !

— Je n'aurais jamais cru que je reviendrais un jour dans ce putain de trou, marmonna Gunner avec amertume, et encore moins que je me retrouverais encore à filer en douce avec toi !

Chas soupira.

— Je n'ai jamais espéré te revoir après la façon dont tu es parti.

Gunner s'arrêta à l'embrasure de la porte, il vérifia les deux côtés de la ruelle avant de faire signe à Chas de le suivre. Ensuite, il marcha très vite et Chas dut presque courir pour rester derrière lui.

Une berline banale était garée à l'entrée de la ruelle. Gunner prit place derrière le volant en grimaçant et Chas se glissa sur le siège passager.

— Baisse-toi, ordonna Gunner.

— Pardon ? Ça veut dire quoi ?

— Je ne veux pas qu'on te voie, alors, baisse-toi, disparais.

Chas fonça les sourcils et se laissa glisser dans son siège. Malheureusement, il dépassait toujours. Il finit par soulever l'accoudoir central et s'allonger sur le côté, le bébé lové contre lui. Un peu comme Leah l'avait tenue en tombant morte sous son porche.

Comment Leah avait-elle récupéré cette gamine ? D'après ce que Chas savait d'elle, elle était divorcée depuis des années et n'avait qu'un fils, déjà adulte, célibataire et délinquant. Il avait eu des problèmes avec la loi et passé quelque temps en prison. Serait-il lié au bébé ?

Au bout d'un moment, Chas fut surpris de constater que Gunner conduisait avec une prudence excessive, sans jamais dépasser la vitesse autorisée en ville. De son poste d'observation, aussi inconfortable soit-il, Chas nota aussi que Gunner était tendu, les yeux aux aguets.

Parfait, au moins, il n'était pas le seul à paniquer !

C'était totalement surréaliste d'être dans une voiture avec des tueurs aux trousses et Gunner Vance comme chauffeur. Chas avait les yeux à hauteur de la cuisse droite de Gunner. Mmm…

Il jugea bon de se changer les idées.

— Ça doit te faire bizarre de revenir à Misty Falls, non ?

— Tu n'as aucune idée ! répondit Gunner d'un ton laconique.

— Parle-moi ! insista Chas. Fais-moi penser à autre chose.

— Partout où je regarde, j'ai des souvenirs.

— Bons ou mauvais ?

— Un peu des deux.

Chas enchaîna d'un ton pensif :

— Mes souvenirs de petite enfance sont plutôt bons. On s'entendait bien, on s'est bien amusés. Plus tard, à l'adolescence, c'est devenu moins évident.

— Oui, confirma Gunner, il y a eu de bons moments.

Chas devina une immense douleur cachée sous ces mots tout simples. Ainsi, Gunner n'était pas sorti indemne de Misty Falls après tout ? Quand il était parti, Chas avait supposé que c'était sans retour, qu'il ne regarderait jamais en arrière. Apparemment, il gardait des séquelles de sa jeunesse difficile, surtout dans les dernières années.

Chas n'insista pas. Il avait conscience d'avoir aggravé les problèmes de Gunner à l'adolescence.

Ils roulèrent une demi-heure en silence. L'enfant s'était enfin détendue contre Chas, peut-être même dormait-elle. Elle semblait sentir que le pire de la crise était passé.

— Tu peux te redresser maintenant, murmura Gunner.

Chas obtempéra, tout raide d'avoir gardé si longtemps une position tordue. Si son professeur de yoga était là, il serait bien déçu de son élève.

— Où sommes-nous ?

— Sur l'ancienne route du réservoir, au nord de la ville.

— Pourquoi ici ?

Gunner haussa les épaules.

— Parce que c'est une route le plus souvent déserte. Si quelqu'un cherche à nous approcher, je le verrai arriver à un kilomètre. En plus, l'endroit a une bonne réception. Moi, à la place des tueurs, je serais déjà descendu dans le Sud, c'est plus facile de rester anonyme dans une grande ville.

Chas secoua la tête.

— S'ils ont cherché à gagner la frontière canadienne, nous risquons de les rencontrer.

— Le Canada, pourquoi pas ? Mais si c'était leur destination, ils ont des heures d'avance sur nous.

— Mon Dieu, j'espère !

Gunner eut un bref sourire en sortant son téléphone. Chas fut frappé par le côté prédateur de ce sourire – *il ressemble à un loup !* Gunner avait les joues plus maigres qu'autrefois, il ne s'était pas rasé depuis au moins trois jours et il était sexy à tomber par terre. Sa peau était d'un hâle profond, même à cette époque de l'année, alors que le soleil était pâle et que l'hiver s'annonçait. Il avait gardé sa mâchoire carrée, mais son nez, jadis rectiligne, avait été cassé une ou deux fois.

Le vrai changement, c'étaient les yeux. Bien sûr, ils restaient aussi bleus qu'un ciel d'été, mais ils étaient devenus froids et durs comme de la glace. Et il émanait de Gunner une aura de danger qui ne donnait pas envie de déconner avec lui.

— Salut, Spence. Ici Gunner Vance. Vous m'aviez dit que je pouvais vous appeler si j'avais besoin d'aide.

Chas n'entendit pas la réponse de Spence, mais Gunner poursuivit :

— Justement, j'ai peut-être un problème. Une vieille connaissance m'a contacté ce soir. Il a été mêlé à une fusillade dans le patelin où j'ai grandi. Plusieurs assaillants avec des armes d'assaut ont massacré pas mal de locaux. Mon ami se retrouve avec un bébé inconnu qui pourrait être mêlé à cette histoire et il ne sait quoi en faire.

Une pause.

— Oui, les flics du patelin ont été abattus. Oui. Tous, apparemment.

Une autre pause plus longue. Puis Gunner poursuivit :

— Je suis sur place, mon pote et l'enfant sont avec moi. Oui, c'est ce que je pense aussi, l'enfant peut avoir un rôle clé. Mieux vaut la garder tant que… Bien sûr que j'ai une CB qui ne peut être tracée ! Nous pouvons nous planquer dans un motel.

Chas cacha sa surprise. Il avait cru que Gunner les déposerait au premier poste de police, ou dans les locaux du FBI.

Dès que Gunner raccrocha, Chas demanda :

— À qui parlais-tu ? Tu le connais bien ? Et pourquoi n'est-il pas d'accord pour remettre la petite aux forces de l'ordre ?

— Spence ? Je le connais depuis longtemps, il est fiable et très intelligent. Il a été dans les SEAL, c'était mon officier commandant. Il est comme moi, il trouve que ton affaire… sent mauvais.

— Ça veut dire quoi ?

Gunner remit la voiture en marche et reprit la route.

— C'est difficile à expliquer.

Chas commença à s'agacer.

— Sois plus précis !

À la lueur des voyants du tableau de bord, il vit Gunner froncer les sourcils.

— Dans mon métier, on apprend vite à écouter ses tripes. Là, ton histoire pue, je sens que derrière cette violence, il y a plus qu'il n'y paraît. J'ai appelé Spencer pour vérifier sa réaction et il a eu exactement la même que moi.

— Alors, on fait quoi ?

— On va rouler quelques heures histoire de brouiller les pistes, trouver un joli petit motel anonyme et prendre une chambre. Au fait, je ne t'ai pas demandé, mais la gamine n'a rien ? Elle est couverte de sang. Toi aussi, d'ailleurs.

— J'ai remarqué, répondit Chas avec une grimace. Non, elle n'a rien, j'ai déjà vérifié, c'est le sang de Leah, ma voisine. C'est elle qui a amené le bébé sur mon porche.

— La mère ?

— Non, elle avait au moins cinquante ans.

— La grand-mère, alors ?

— Pas que je sache. De plus, cette petite a des traits asiatiques.

— Hein ? s'exclama Gunner. Tu es sûr ?

— Oui, je crois qu'elle est japonaise.

— C'est intéressant.

Chas grinça des dents.

— Il faut vraiment t'arracher les mots de la bouche ! Pourquoi *intéressant* ? Qu'est-ce que tu veux dire par là ?

— Rien de particulier. Ça sort de l'ordinaire, donc c'est intéressant. Spencer va se renseigner, histoire de vérifier quelles sont les théories qui courent sur le réseau.

Chas ne désespérait pas d'obtenir des réponses plus détaillées, même si cet emmerdeur de Gunner n'y mettait pas du sien.

— Quel réseau ? insista-t-il.

— Tous ! Dans le Renseignement, on récolte les infos partout où elles se trouvent, dans les agences gouvernementales bien sûr, mais aussi chez les indics…

— Quelles agences ?

— Le FBI, la CIA, la NSA… Tu connais quand même ?

— Oui. Quels indics ?

— Je ne connais pas leurs noms, je sais juste que Spencer a des contacts un peu partout, c'est très utile. Il va se renseigner. En attendant, nous allons nous planquer et nous faire oublier.

— Mon Dieu ! Les parents de cette enfant doivent être horriblement inquiets !

— Spencer va vérifier les avis de disparitions. Nous aurons des réponses d'ici quelques heures et, si tout va bien, les parents récupéreront bientôt leur fille saine et sauve. Je veux la garder sous la main tant que son identité n'est pas confirmée, je veux aussi savoir ce qui s'est passé à Misty Falls avant de la rendre.

Chas frissonna.

— C'était surréaliste ! Un SUV arpentait les rues et des tueurs fous tiraient sur tous ceux qu'ils croisaient !

— C'est insuffisant, je veux savoir s'il y avait un seul SUV ou plusieurs, le nombre exact de tireurs, leur armement… mais aussi qui ils sont et ce qu'ils cherchent. Pourquoi ont-ils abattu ta voisine ? Quel était son lien avec eux ? Pourquoi t'a-t-elle apporté cette gosse alors qu'elle était à deux doigts de mourir ? Pourquoi n'a-t-elle pas contacté le 911 et demandé une ambulance ?

Chas regarda curieusement la petite endormie dans ses bras. Pauvre chou ! Elle était épuisée. Lui aussi, d'ailleurs, en y réfléchissant.

— Sacrée nuit, pas vrai, ma puce ? souffla-t-il.

Quand il releva les yeux, il examina Gunner et remarqua les ecchymoses qui marbraient son visage. Aurait-il perdu un match contre un boxeur poids lourd ?

— Pourquoi es-tu dans cet état ? Tu t'es battu ?

— Si on veut, marmonna Gunner. Contre un arbre.

— Tu n'as rien de grave ?

— Non, je pense m'en tirer, répondit le militaire.

— Et l'arbre ? rétorqua Chas. Tu lui as réglé son compte, j'espère ?

Gunner se contenta d'esquisser un rictus. Chas soupira, il racontait n'importe quoi, les nerfs sans doute.

— Je te suis très reconnaissant d'avoir répondu si vite à mon appel.

— Laisse tomber.

— Pourquoi es-tu devenu aussi laconique ! se plaignit Chas. Tu savais parler autrefois, en tout cas, tu répondais par de vraies phrases, pas deux ou trois mots.

Cette fois, Gunner se contenta de hausser une épaule – une épaule puissante et musclée, sans l'exagération grotesque du bodybuilding. Il était dans une condition physique exceptionnelle. Il était déjà athlétique à l'école secondaire, mais là, il avait atteint un niveau supérieur.

Chas faisait également de l'exercice, vélo, altères, un peu de boxe, mais rien à voir avec l'entraînement d'un commando militaire. Il se dépensait physiquement pour être en bonne santé et évacuer le stress de son métier, pas pour se préparer à tuer des ennemis.

Ils roulèrent en silence pendant un moment.

Gunner finit par s'arrêter devant un motel bon marché, il entra seul à la réception réclamer une chambre. Chas resta dans la voiture, caché sous le tableau de bord. Il avait du mal à croire qu'il était à peine minuit.

Gunner revint et roula jusqu'au bout du bâtiment, où il se gara.

Chas descendit en essayant de ne pas réveiller la petite… qui paraissait partie pour la nuit.

La chambre était banale, avec deux lits jumeaux. Stupéfait, Chas vit Gunner inspecter le placard, le dessous des lits et la baignoire.

— Mais enfin, qu'est-ce que tu fais ? Tu as peur du croquemitaine ?

Gunner lui jeta un regard féroce.

— OPSEC [6] 101.

— Hein ?

— C'est une technique militaire basique : la sécurité opérationnelle. Le principe est de se méfier de tout : il faut toujours vérifier une pièce inconnue avant de s'y installer.

— Oh là là ! Ça me paraît totalement parano !

Cette fois, Gunner ne prit pas la peine de répondre. Il avança jusqu'à la fenêtre et ferma rapidement les rideaux, puis il demanda par-dessus son épaule :

— Que vas-tu faire de la gamine ?

Chas paniqua.

— Moi ? couina-t-il. Je n'en sais rien ! Je ne suis pas nounou ! Tu me prends pour Mary Poppins ou quoi ?

— Elle est gouvernante, pas nounou.

— Tu connais *Mary Poppins* ? Ne me dis pas que tu as regardé le film ? insista Chas sans cacher son scepticisme. Je te mets au défi de me fredonner une des chansons !

Gunner l'ignora.

— Ma mère m'a dit un jour que tu étais devenu instituteur, Chas. Tu enseignes en maternelle, c'est ça ? Tu connais donc les mômes bien mieux que moi.

Ainsi, Gunner avait demandé à sa mère des renseignements sur lui, nota Chas. Il en fut surpris, presque choqué.

Avec un soupir, il avisa la pièce.

— Et si on demandait un lit d'enfant à la réception ?

— On *pourrait*, mais on n'en fera rien, inutile d'attirer l'attention. Mets des oreillers autour de cette gamine pour qu'elle ne tombe pas du lit, ça ira très bien.

— Ah, d'accord.

---

6 *OPerations SECurity*, méthode de prévention si des informations sensibles sont acquises par un adversaire.

Les oreillers étant chichement comptés, Chas finit par se résoudre à utiliser les coussins du vieux canapé merdique. Ils étaient durs, mais formaient justement une barrière efficace autour de l'enfant.

Gunner s'approcha pour la regarder.

— Quel âge a-t-elle? chuchota-t-il.

— Environ dix-huit mois, je dirais.

Quand Gunner avança la main, Chas, d'instinct, le retint en s'accrochant à son bras... *Nom d'un chien! Ce biceps était aussi dur que du granit!*

— Ne la réveille pas! chuchota Chas, un peu essoufflé. Elle est déjà assez traumatisée!

— Je ne comptais pas la réveiller, juste vérifier ses vêtements, ou plutôt leurs étiquettes. Son nom est peut-être dessus.

— Oh.

Chas n'y avait pas pensé.

Le bébé ne cilla pas pendant l'inspection. Gunner brandit ensuite son téléphone et prit des photos de l'enfant, de ses vêtements et de leurs étiquettes. Les flashs ne réveillèrent pas la petite dormeuse.

Gunner transmit les photos, probablement à Spencer, supposa Chas.

— Les étiquettes sont japonaises, confirma Gunner. Aucun nom.

Il examina un moment la petite et ajouta :

— Il faudrait la changer, non?

— Va chercher une serviette dans la salle de bains, j'en ferai une couche. Rapporte-moi aussi les épingles à nourrice du kit de couture. Je lui donnerai un bain demain, histoire de la débarrasser de ce sang séché, pour le moment, elle a surtout besoin de dormir. Gunner, crois-tu que la police va vouloir récupérer des échantillons de sang sur elle pour leur enquête?

Gunner, qui revenait de la salle de bains avec la serviette réclamée, émit un grognement.

— Ils ont déjà eu accès au sang étalé sur ton porche. Toi aussi, tu aurais besoin d'un brin de toilette. Tu as vu ta tête? Tu as tout d'un échappé de film d'horreur!

Chas lui fit un doigt d'honneur et continua à changer la fillette. Une fois sa tâche accomplie, il se releva, jeta la couche sale à la poubelle et passa dans la salle de bains. Il tressaillit de consternation en découvrant son reflet dans le miroir. Il était couvert de sang séché, ses cheveux étaient poisseux, le dessous de ses ongles aussi, même son visage en était maculé.

Chas se déshabilla et se rua sous la douche, où il lava en même temps une partie de ses vêtements. Sa chemise était fichue, mais au moins Chas ne ressemblerait-il plus à Jack l'Éventreur.

Au fur et à mesure que le sang coulait dans le drain, une partie de sa tension s'évapora et sa situation commença à lui apparaître plus clairement. Il était dans une chambre de motel avec Gunner Vance, son premier amour, son seul et véritable amour. Celui-là même qui lui avait tourné le dos en quittant définitivement Misty Falls le jour où il avait découvert la vraie nature de ses sentiments.

Chas se sécha et renfila à contrecœur son jean, taché aux genoux. Il retourna dans la chambre torse nu.

Le bébé était réveillé et Gunner était assis par terre avec elle. Elle avait quelque chose dans la bouche, une sorte de long cylindre métallique.

— Qu'est-ce que c'est ?

— Un chargeur.

— Tu la laisses jouer avec des balles ? hoqueta Chas.

— Bien sûr que non ! Le chargeur est vide. Et même si j'avais laissé les munitions dedans, que veux-tu qu'elle en fasse sans pistolet ?

Chas ôtait déjà le chargeur de la bouche de l'enfant.

— Un enfant ne joue pas avec des armes à feu ! protesta-t-il. Mon Dieu, Gunner, à quoi penses-tu ?

Il se pencha, récupéra la petite et la remit sur le lit. Il lui donna un gant de toilette propre. Elle le mit dans sa bouche et s'endormit en le suçotant.

D'un mouvement puissant et fluide, Gunner se releva sans faire de bruit et son regard croisa celui de Chas.

Alors, le passé fit surface, en suspens entre eux deux.

Le désespoir. L'attraction. Et la trahison.

Oh, mon Dieu ! La trahison !

III

QU'EST-CE QU'IL foutait ici avec Chas, bordel ? Gunner savait pourtant mieux que personne que Chasten Reed était sa kryptonite. Il n'aurait pas dû répondre au téléphone. Non, il aurait dû rester loin, très loin de Misty Falls. Rien que traverser le patelin en voiture avait été une épreuve. Il avait été inondé de souvenirs douloureux, des souvenirs qu'il parvenait en temps normal à garder derrière une porte close, des souvenirs dont il ne voulait plus.

Rien ne bougeait dans le parking extérieur, devant la chambre. Pourtant, par prudence, Gunner le surveillait. Chas s'était enfermé dans la salle de bains en marmonnant qu'il allait se laver et ôter le sang de ses vêtements. La douche coulait depuis un bon bout de temps…

La porte de la salle de bains s'ouvrit dans le dos de Gunner, il jeta un coup d'œil par-dessus son épaule et…

Torse nu. Putain !

Chas était torse nu. Et toujours aussi beau qu'autrefois. Un peu trop mince peut-être, mais avec des muscles joliment dessinés. Il devait continuer à lever des poids. Sans doute faisait-il également de l'aérobic ou de la course à pied. Il avait un corps à poser pour les plus grands sculpteurs, un dieu de l'Olympe souple et gracieux à la peau d'albâtre à jamais immortalisé dans le marbre.

Une toison blonde plus épaisse, plus adulte, marquait le centre de la poitrine, assortie aux boucles indisciplinées de ses cheveux. Et les yeux étaient toujours aussi clairs, verts comme les premiers bourgeons du printemps. Ils évoquaient pour Gunner le temps des plaisirs innocents.

Gloups.

— Tu as perdu ta chemise en route ? demanda-t-il.

Sa voix était un croassement, sa bouche sèche et parcheminée. Il déglutit convulsivement.

— Non, je l'ai lavée. Je l'ai mise à sécher.

— Tu es sûr qu'on ne devrait pas aussi nettoyer la gamine ?

— Non. Laissons-la dormir. Elle a passé une très mauvaise nuit.

— C'est pas la seule, marmonna Gunner.

Les pupilles de Chas se dilatèrent tellement que le noir mangea presque entièrement la couleur de l'iris. Gunner comprit que son ami d'enfance était tout aussi conscient que lui de la tension sexuelle entre eux. Gunner en eut la chair de poule, comme s'il venait de recevoir une décharge électrique.

Chas approcha du lit et se pencha vers l'enfant.

— Elle dort.

— Oui. C'était efficace ton truc de gant de toilette à sucer.

Gunner regarda le seul lit restant de la chambre, un 140 de deux places en principe, qui lui semblait pourtant soudain beaucoup trop petit.

— Je dormirai par terre, déclara-t-il d'un ton bourru.

— Non ! protesta Chas. Tu as été blessé, prends le lit, je m'arrangerai très bien avec des coussins par terre.

— On peut partager le lit… commença Gunner.

Il regretta ses paroles à peine les avait-il prononcées. Il ne voulait pas coucher avec Chas. Enfin, dormir. Il ne voulait pas s'approcher de lui !

Pas comme ça.

— Ah… tu es sûr ?

Chas paraissait sceptique.

Ne sois pas chiant. N'en fais pas tout un plat.

Étant enfants, ils avaient souvent dormi ensemble, chez l'un ou chez l'autre, organisant des soirées pyjama presque tous les week-ends. Alors, pourquoi Chas semblait-il aussi choqué ? Presque aussi horrifié que Gunner ?

Pourquoi Chasten Reed ? Pourquoi, parmi tous les gars que Gunner avait croisés, Chas était-il le seul à l'avoir attiré ? Pourquoi fallait-il que Chas fasse irruption dans sa vie et réveille le trouble d'autrefois ?

Gunner avait à nouveau dix-sept ans, le jour où il avait découvert son homosexualité.

À cause de Chas.

Sa mère lui interdisait d'emmener une fille dans sa chambre, mais avec Chas, elle ne s'inquiétait pas, pensant que les deux garçons allaient étudier ensemble. Oh, Gunner avait beaucoup appris, mais pas ce que sa mère espérait. Par chance, elle ne l'avait jamais su…

— Ça va ? s'enquit Chas.

— Oui, bien sûr.

— Tu tires une drôle de tête.

— Je réfléchissais.

— À quoi ?

— Tu étais aussi curieux et indiscret étant jeune ? s'emporta Gunner. En fait, oui, maintenant que j'y pense, tu as toujours été chiant !

Loin de se vexer, Chas sourit avec effronterie et l'espace d'un instant, il redevint l'adolescent qui avait séduit Gunner en lui révélant un aspect de lui-même dont il ignorait l'existence.

Déjà, Chas avait une autre question :

— Ton copain SEAL et tous ses contacts n'ont toujours rien appris sur l'identité de la petite ?

Il regardait l'enfant.

— Pas encore. Ils y travaillent.

— Et nous, on fait quoi en attendant ? On attend, c'est tout ?

Gunner pesa leurs options.

— Pour commencer, ce ne serait pas mal de dormir un peu, répondit-il. C'est une technique recommandée dans les Opérations Spéciales : dormir dès qu'on peut, parce qu'on ne sait jamais quand se présentera la prochaine occasion !

— J'aurais fait un très mauvais commando, déclara Chas. Si je n'ai pas un sommeil régulier, je ne suis bon à rien.

Gunner esquissa un rictus. Oui, Chas n'aurait jamais été admis chez les commandos, pour… d'innombrables raisons.

Chas sourit.

— J'ai besoin de mes huit heures de sommeil, insista-t-il. Et toi ?

Gunner secoua la tête.

— Moi, non. Il m'est arrivé de passer six jours sans dormir. Je ne le recommande pas.

— Six… couina Chas.

Réalisant qu'il parlait trop fort, il jeta au bébé un coup d'œil coupable et baissa le ton :

— *Six jours* ? Je n'imagine même pas comment tu as pu le gérer !

— Nous avions des pilules d'amphétamines, c'est sacrément efficace, ça te dope jusqu'aux ouïes ! Le hic, c'est qu'il est fortement déconseillé de dépasser cinq jours de traitement consécutif. Mais nous étions coincés… ben, on a tiré sur la corde.

— Et alors, qu'est-il arrivé ? demanda Chas, les yeux brillants.

Oh, merde ! Parfois, Gunner oubliait que les civils voyaient le monde des Forces Spéciales comme glamour, excitant, voire romantique.

31

— Ensuite, nous avons réussi à atteindre notre point de ralliement, nous avons été évacués par hélicoptère et nous avons passé la semaine suivante à l'hôpital à dormir et à récupérer.

— Waouh ! Quand même !

Gunner haussa les épaules. Le boulot, c'était le boulot, rien de plus. Chas le regardait comme un super-héros. Gunner connaissait ce regard, les cochons grenouilles [7] – les groupies – l'avaient quand elles chassaient les SEAL dans les bars pour ensuite se vanter de leurs coucheries. Mais Chas... c'était différent. Ils se connaissaient depuis l'enfance.

Pourtant, Gunner trouvait très difficile d'être dans une chambre avec Chas. Il avait beaucoup trop chaud, son sweat le serrait autour du cou. Pourquoi ne pas s'en débarrasser ?

Merde, si Chas se baladait torse nu, pourquoi pas lui ?

Sans plus hésiter, Gunner arracha son sweat à capuche et le tee-shirt qu'il portait en dessous.

Il se figea en entendant le hoquet étouffé de Chas.

— Mon Dieu ! Tu es dans un sale état ! Comment arrives-tu seulement à marcher ?

Gunner baissa les yeux. Effectivement, son torse était couvert d'hématomes allant du pourpre au violet. Pas étonnant qu'il ait eu aussi mal à son réveil et qu'il continue à souffrir comme un damné depuis qu'il avait quitté l'hôpital ! D'un autre côté, il avait eu de la chance, parce que s'écraser dans un arbre aurait pu lui coûter beaucoup plus que des côtes cassées. Un poumon perforé par exemple, une blessure très dangereuse si elle n'était pas traitée rapidement.

Gunner se renfrogna en pensant à son accident. Il ne digérait pas que McCarthy l'ait déjà viré des SEAL, du moins du service actif. Pourquoi ne pas lui avoir laissé une chance de guérir ? Manifestement, cet enfoiré ne connaissait rien aux SEAL et à leur détermination féroce quand ils avaient un objectif en tête – là, pour Gunner guérir. McCarthy n'occupait son poste actuel qu'à titre intérimaire pour remplacer l'amiral Jérôme Klausen. Gunner espérait que le processus d'une vraie nomination irait vite. McCarthy ne faisait pas le poids, les SEAL allaient en faire de la charpie.

— Qu'est-ce qui t'est arrivé ? chuchota Chas.

---

7 Frog hog en VO, femme qui recherche de façon compulsive la compagnie des SEAL.

L'inquiétude vibrait dans sa voix. Il approcha de Gunner et effleura la pire des ecchymoses. Gunner ne put s'empêcher de frissonner. Il s'éloigna avec brusquerie.

Chas tressaillit à son tour, comme s'il avait reçu une gifle.

— Ne tire pas cette tronche, grommela Gunner. Ce n'est pas contre toi.

Il détourna la tête, incapable de supporter l'expression blessée de son ami d'enfance. Merde, il s'y prenait comme un pied. Il avait toujours été nul en relationnel. Bien sûr, on ne pouvait pas dire qu'il ait gardé une « relation » avec Chas. À moins que le passé compte dans ce genre de situation ? Merde de merde, Gunner n'en savait rien, ce qui le déstabilisait d'autant plus. Il détestait se sentir en porte-à-faux.

Sans ajouter un mot, Chas s'approcha du lit, souleva les couvertures et s'étendit, le dos tourné.

Avec un gros soupir, Gunner s'assit de son côté du lit et entreprit à son tour de s'étendre. Soulever les jambes lui fut très douloureux, mais il serra les dents et refusa de gémir. Dieu, il avait mal de la tête aux pieds. Un pincement dans sa zone lombaire l'avertit que d'ici une semaine ou deux, quand les analgésiques de sa péridurale se dissiperaient, il allait souffrir le martyre.

Chas tendit la main et éteignit la lampe de son côté du lit. La chambre plongea dans les ténèbres.

Cette fois, Gunner soupira de soulagement. Il préférerait la nuit. Il se sentait plus à l'aise quand il pouvait se dissimuler et agir comme une ombre silencieuse.

Il parla dans le noir :

— J'ai fait un mauvais saut en parachute.

Le ronronnement d'empathie de Chas se logea tout droit dans le cœur de Gunner, peu habitué à ce genre de manifestations. Enfin, il y avait une bonne entraide parmi les SEAL, mais elle se manifestait le plus souvent par des bourrades dans le dos et des vannes. Avec Chas, c'était une affection plus tendre, plus intime.

— Que s'est-il passé ?

— Il y avait trop de vent, je ne m'y attendais pas et j'ai été projeté contre des arbres.

La prochaine question de Chas tomba comme une pierre :

— Les SEAL savent-ils que tu es gay ?

Les mots restèrent suspendus au-dessus de Gunner, lourds et pesants, presque étouffants.

— Je ne suis pas même sûr de l'être !

— Peuh ! grogna Chas.

Au prix d'un grand effort physique et mental, Gunner roula sur le dos, se détournant de Chas. Après tout, pourquoi pas ?

Sauf que le lit était trop étroit, dès que ses genoux touchèrent le matelas, son dos se trouva collé contre le corps chaud et musclé de Chas. Pour le moment, constata Gunner, sa colonne vertébrale ne s'en plaignait pas. En fait, la chaleur corporelle de Chas lui faisait même du bien.

Plus les secondes s'écoulaient, plus cette position dos-à-dos avait sur lui un effet étrange, comme s'il était électrocuté. Des étincelles le traversaient tout entier, crépitant jusqu'au bout de ses doigts.

Gunner ne bougeait pas, aussi figé et immobile qu'un sniper en poste à proximité des oreilles ennemies. Il gommait sa présence, son aura, s'enterrant le plus possible en lui, s'effaçant autant que faire se pouvait. Cette technique qu'il avait apprise chez les SEAL lui avait sauvé la vie plus d'une fois.

Gunner n'aurait su estimer le temps qu'il passa ainsi, mais enfin, il sentit Chas se détendre, sa posture devenant plus naturelle. Son souffle régulier indiquait aussi qu'il s'était endormi. Gunner s'autorisa alors à relâcher son attention et sa tension, muscle par muscle, jusqu'à trouver le sommeil.

Il était sur le dos, paresseusement vautré, et Chas lové à côté de lui, une jambe sur ses cuisses. Il le caressait. Il joua d'abord avec ses couilles, puis empoigna son sexe érigé et resserra le poing dessus. C'était si bon ! Gunner se concentra sur les va-et-vient réguliers qui gagnaient en amplitude à chaque passage. Bientôt, tout son monde se réduisit au plaisir qui montait dans son ventre, au fantastique orgasme qui s'apprêtait à jaillir...

Il se réveilla, la respiration rauque. Bien entendu, il bandait comme un malade. Par chance, il était toujours sur le côté, ce qui lui évitait de créer un chapiteau sous les draps, avec sa queue comme poteau central.

Il lui fallut un long, *très long* moment pour calmer son érection. Il décida ensuite qu'il ferait bien de dormir. Pourquoi ne pas suivre le conseil qu'il avait donné à Chas ? *Dormir dès qu'on peut, parce qu'on ne sait jamais quand se présentera la prochaine occasion.* Oui, il ferait mieux de dormir. Dommage que son cerveau s'obstine à penser au mec dont le cul était plaqué au sien.

Gunner avait tellement fantasmé au fil des années. Il avait nourri tellement de regrets. Et voilà que Chas refaisait irruption dans sa vie, en une fraction de seconde, le temps qu'il fallait pour accepter un appel téléphonique, la connexion était à nouveau totale. Gunner aurait-il en fait gardé Chas en lui sans même le savoir ? Quel idiot !

Dors, connard.

C'est ça.

Il dut employer toutes les techniques de relaxation du manuel de formation des SEAL pour parvenir à se rendormir.

CHAS OUVRIT les yeux quand les premiers rayons du soleil matinal se glissèrent par la fente entre les rideaux. Il se releva sur un coude pour examiner l'enfant. Elle dormait encore. Pauvre gosse ! Il se laissa retomber sur le lit. Puis Gunner roula sur lui-même, toujours endormi, posa le nez contre son épaule et se lova à son flanc. Quelle sensation étrange !

Chas lui jeta un coup d'œil. Dans son sommeil, Gunner était détendu, les traits adoucis, il semblait plus… accessible. Ses défenses momentanément abandonnées, il redevenait un enfant en manque d'amour.

Chas se souvint… Le père de Gunner était un homme dur, exigeant, déterminé à faire de son fils unique un homme, « un vrai ». Sa mère éteinte et insignifiante se fondait dans le décor. Avait-elle eu peur de son mari ? Peut-être pas. Peut-être était-elle juste… émotionnellement absente. Très différente de la mère de Chas, si férocement protectrice envers son fils. Elle prétendait avoir pressenti son homosexualité lorsqu'il avait quatre ans et, d'aussi loin que remontaient ses souvenirs, elle l'avait encouragé à être lui-même, envers et contre tout. Il avait fait son coming out à l'école secondaire et affichait son orientation ouvertement.

Gunner… pas vraiment. Pfut, même aujourd'hui, d'après ce que Chas avait cru comprendre, Gunner restait dans le déni. Il cherchait encore à se tromper lui-même.

Tous deux auraient trente ans l'été prochain. Chas n'imaginait pas avoir eu à passer les dix dernières années dans le placard. Il s'était beaucoup amusé à l'université, il avait profité au maximum du fait d'être jeune et insouciant. Gunner, lui, avait consacré cette même décennie à apprendre à tuer. C'était difficile d'associer l'adolescent qu'il avait été, drôle, intelligent et généreux, à l'homme qu'il était devenu, un SEAL froid, sérieux et sinistre.

Et voilà que le farouche commando était collé à Chas comme un enfant apeuré. C'en était presque déstabilisant !

La petite remua, elle écarta bras et jambes avec un gémissement. Elle avala très vite son cri. Manifestement, elle avait encore peur.

Chas s'éloigna de la chaleur de Gunner et récupéra l'enfant dans ses bras.

— Chut, ma puce, murmura-t-il. Je suis là. N'aie pas peur. Mais si tu veux pleurer, vas-y, ça défoule.

Il se leva sans la lâcher et passa dans la pièce adjacente, songeant qu'un bain chaud la réconforterait. Pendant que la baignoire se remplissait, il la déshabilla et jeta la serviette mouillée sous le lavabo. Il prit note qu'il leur faudrait très bientôt acheter des couches et de la nourriture, mais pour le moment, il tenait à débarrasser l'enfant du sang qui la maculait.

Elle apprécia sa baignade, ne protestant même pas quand Chas l'allongea dans l'eau, une main sous la nuque, pour lui laver les cheveux. Elle ferma les yeux avec confiance et se laissa flotter. Chas sourit, heureux de la voir aussi détendue après l'épreuve qu'elle venait de vivre. Quand elle fut rincée, il l'assit dans l'eau et la persuada de jouer. Au début, elle hésita en tapant l'eau de ses petites mains, mais devant le sourire de Chas, elle s'enhardit. Elle finit même par l'éclabousser. Il éclata de rire, ce qui arracha un sourire hésitant à la petite bouche ronde comme un bouton de rose. Dieu merci ! Si elle était encore capable de s'amuser, peut-être n'était-elle pas totalement traumatisée.

Se prenant au jeu, la petite finit par faire de vraies vagues qui inondèrent la salle de bains.

Soudain, Chas tressaillit en remarquant un mouvement à l'embrasure de la porte. Il leva les yeux et vit Gunner appuyé d'une épaule au chambranle, les bras croisés contre sa poitrine.

— Tu t'en sors vraiment bien avec elle.

Chas haussa les épaules.

— Ce n'est pas si difficile, il y a un enfant au cœur de chaque adulte, il faut juste le retrouver. Pour comprendre les enfants, il faut aussi se mettre à leur niveau et voir le monde à travers leurs yeux.

— Si tu le dis.

— C'est ce que l'expérience m'a appris, corrigea Chas. Passe-moi une serviette, veux-tu ?

Il vida la baignoire, sortit la petite et l'enveloppa dans la grande serviette éponge blanche que Gunner lui tendait. Il sourit quand la petite posa la tête sur son épaule. Après avoir séché l'enfant, il la ramena dans la chambre et utilisa une autre serviette en guise de couche.

Il tendit la gamine à Gunner.

— Prends-la.

La mine alarmée, Gunner recula d'un pas.

— Non !

Chas gloussa.

— N'aie pas peur, elle ne te mordra pas. Enfin, si peut-être, mais ce n'est qu'un bébé, elle te ne fera aucun mal.

— Je ne connais rien aux bébés, rétorqua Gunner d'un ton mordant.

— Écoute, ne sois pas idiot. Je dois me sécher et remettre ma chemise, ce que je ne peux pas faire avec une enfant dans les bras.

Sans plus se soucier des protestations du commando, il lui colla la petite dans les bras et retourna dans la salle de bains.

Quand il en sortit peu après, séché et habillé, Gunner observait fixement la petite et elle lui rendait son regard d'un air dubitatif, se demandant manifestement si elle devait hurler ou accepter cet étranger.

— Il va nous falloir de toute urgence des couches. Et de la nourriture.

Gunner vacilla d'horreur.

— Elle pourrait me pisser dessus ?

— Et alors ? Tu te laverais, voilà tout. Il y a pire dans la vie, mec. Je vais rincer les vêtements qu'elle portait et tenter de les sécher au sèche-cheveux, je dois donc te laisser faire du baby-sitting encore un moment, d'accord ? Il lui faudrait d'autres vêtements, mais en attendant, ceux qu'elle a feront l'affaire. Au moins, ils seront à peu près propres. Tu te sens capable dc rester avec elle pendant que je fais quelques courses en vitesse ?

— Euh, non. Tu restes avec elle. Moi, je me charge des courses.

— Sais-tu quelle taille de vêtements il lui faut ? Ou quelles couches prendre ? Et tant qu'on y est, ce que mange un bébé de dix-huit mois ?

Gunner fronça les sourcils.

— Non. Bon, d'accord, lave ses vêtements, ensuite, nous irons faire des courses tous ensemble. Je tiens à vous surveiller tous les deux.

Chas releva rapidement les yeux.

— Quoi ? Mais pourquoi ? Penses-tu que nous soyons encore en danger ici ? Nous sommes loin de Misty Falls !

Gunner haussa les épaules.

— Rappelle-toi que tu as ce bébé parce qu'une femme est venue mourir devant ta porte. Il est possible que cette enfant soit la raison de la tuerie et si les tireurs la cherchent encore, ils connaissent ton nom et ton adresse à présent. Ils savent que tu es parti avec elle. Tu m'as bien dit qu'ils étaient revenus tirer sur ta maison, pas vrai ?

— Oh, oui !

— Alors, ils sont après toi. Effectivement, ils ne peuvent deviner où tu es parti, mais il y a des techniques pour retrouver un fugitif, par exemple pirater les systèmes de cartes de crédit ou les caméras urbaines, utiliser un programme de reconnaissance faciale… ou payer des informateurs.

— Je comprends.

— Donc, je ne vous laisserai pas seuls, la gamine et toi, avant de savoir ce qui s'est passé à Misty Falls.

Chas déglutit.

— Qui sont ces gens ? Pourquoi tuer tout le monde pour mettre la main sur un bébé ?

— Connaître l'identité de l'enfant nous aiderait à répondre à cette question, je suppose. Dis-moi, sa couche n'était pas pleine de diamants ou d'autres choses de valeur ?

— Non. Je n'ai trouvé que du pipi et une petite crotte.

— Holà ! Pas besoin de ce genre de détail !

— Oh, tu espères éviter la corvée change, pas vrai ? Tu rêves en couleurs, mon grand ! Si nous gardons cette enfant un certain temps, nous nous partagerons les tâches de coparentalité.

Pour la première fois depuis que Gunner était entré la veille dans le bureau où il se cachait, Chas le vit changer de couleur. Et son visage exprimait la peur, la terreur même. La lourde mâchoire se crispa et des rides de stress apparurent au coin des yeux.

Pris de pitié, Chas tendit les bras.

— Je vais prendre la petite le temps que tu remettes ton tee-shirt, Gunner. Au fait, il faudrait aussi lui trouver un nom. Nous ne pouvons pas continuer à l'appeler « la petite ».

Gunner enfila son tee-shirt, quand son visage apparut, ses yeux étaient écarquillés et hantés.

Chas eut un sourire amusé.

— Ne tire pas cette tête ! Ce n'est quand même pas sorcier de trouver une idée. On ne vous apprend rien dans les commandos ?

— Ferme-la, Reed.

— Je…

— Non ! Tu es instit en maternelle, tu t'y connais bien mieux que moi en noms d'enfants. Choisis celui que tu veux.

Chas fixait la petite fille.

— Son tee-shirt a une grosse fleur rouge, on dirait un coquelicot. Et si on l'appelait Poppy?

— D'accord. J'aime bien.

— Oh, je suis impressionné! Si tu as une opinion, peut-être y a-t-il encore de l'espoir pour ton âme.

— Ferme-la, il me semble te l'avoir déjà dit. Putain!

— Ne dis pas de gros mots devant Poppy. À cet âge, les enfants répètent tout ce qu'ils entendent.

Gunner s'agita nerveusement.

— Elle ne parle pas!

— Si elle a bien dix-huit mois, elle ne devrait pas tarder à prononcer ses premiers mots.

— Elle n'a pas émis un son depuis que je vous ai récupéré tous les deux.

Chas baissa les yeux vers Poppy, qui jouait à tirer le col de sa chemise.

— Je crois que la fusillade et toute l'agitation qui a suivi depuis que je l'ai arrachée des bras de Leah lui a flanqué une peur bleue. C'est le choc qui l'empêche de parler.

— Super! Donc, une fois détendue, elle risque de hurler non-stop pendant que nous cherchons à échapper à des tueurs armés? Putain! C'est un cauchemar!

— Pas de gros mots, le tança Chas.

— Je ne sais pas si c'est possible. Les commandos ne sont pas des enfants de chœur.

— Eh bien, fais un effort. Je ne veux pas t'entendre jurer devant Poppy.

— Tu deviens une vraie mère poule! persifla Gunner.

Chas en avait assez.

— Une amibe se montrerait plus empathique que toi! Tu n'as aucun instinct parental, j'ai compris. Moi, c'est différent, je passe ma vie entouré d'enfants. Plus l'année scolaire avance, plus je considère mes petits élèves comme mes enfants. Je traiterai Poppy comme ma fille jusqu'à ce que nous retrouvions ses parents, un point, c'est tout.

Gunner leva les mains en signe de reddition.

— D'accord, d'accord. C'est ta fille, tu t'occupes d'elle, moi, je gère les tangos.

— Les *quoi?*

— Tango pour la lettre T. T pour terroristes.

— Les tireurs seraient des terroristes, d'après toi? s'écria Chas.

— Je n'en sais rien. Il est plus probable qu'ils soient des trafiquants d'enfants.

Chas était en état de choc quand il regarda Poppy.

— Elle aurait été volée à sa famille et vendue ici en Amérique ? C'est barbare !

— Ce n'est qu'une supposition. C'est la première fois que je suis impliqué dans une opération où un enfant tient le premier rôle.

— Elle est avant tout un être humain, Gunner. Elle a des sentiments et des besoins. À l'heure actuelle, il lui faut un petit déjeuner. Et une couche.

— D'accord, allons faire des courses.

Ils trouvèrent un supermarché à proximité et y entrèrent avec Poppy dans le siège du chariot. Chas fit signe à Gunner de le pousser.

Gunner s'exécuta en fronçant les sourcils. Poppy joua avec ses gros doigts, posés sur la poignée, aussi Gunner lui tendit-il un peigne qu'il sortit de sa poche. Poppy le mit dans sa bouche, bien évidemment. Très amusé, Chas vit Gunner tressaillir d'horreur et récupérer son bien déjà baveux. Contrariée, Poppy poussa un cri aigu. Gunner fit un bond d'un mètre. Cette fois, Chas éclata de rire.

Gunner était très agité.

— Elle fait autant de bruit qu'un vélociraptor, se plaignit-il. Fais-la taire. Tout le monde nous regarde.

— Mon chou, personne ne s'étonne d'entendre un gosse crier. C'est très habituel, crois-moi.

— Je m'en fiche, ça m'énerve. Fais-la taire !

— Dommage que la magie n'existe pas, répondit Chas. Il te suffirait d'agiter ta baguette et de lui envoyer un sort de silence.

Ils arrivaient dans le rayon enfant. Chas prit une peluche qu'il donna à Poppy. Elle se calma aussitôt et serra l'éléphant bleu contre elle. Le soupir de soulagement que poussa Gunner fut audible.

— Ne rêve pas, avertit Chas. Un jouet tout neuf n'occupe un enfant qu'une soixantaine de secondes, ensuite, il faudra trouver autre chose.

— Soixante secondes ?

L'horreur dans la voix de Gunner était palpable.

Chas éclata de rire.

— Oh ! Tu as décidément beaucoup à apprendre sur le rôle de papa !

— Va te faire foutre ! marmonna Gunner.

— Pas de gros mots !

Chas scrutait les couches empilées sur les rayons devant lui.

— Voyons voir, enchaîna-t-il. Dois-je prendre des douze/dix-huit mois ou des dix-huit/vingt-quatre mois ?

— Prends les deux, grommela Gunner.

De toute évidence, il était vexé que Chas ait ri de lui.

— Elle est plutôt petite, elle nagerait dans du deux ans. Je vais aussi prendre des biberons, une tétine, même si elle n'en a pas l'habitude, cela pourrait l'aider à se détendre, des lingettes, de la lotion, un bavoir, un gobelet, un bol, une cuillère et un sac pour bébé.

— Un sac ? s'étonna Gunner. Pour quoi faire ?

— Pour trimbaler tout ce matériel, expliqua Chas.

Il déposa un sac rose à pois dans le chariot. Gunner restant sceptique, Chas ajouta mi-figue mi-raisin :

— Pense à toutes les armes que tu pourras cacher à l'intérieur !

Cette fois, Gunner acquiesça.

Chas sortit son téléphone portable et fit une rapide recherche Internet.

— Qu'est-ce que tu cherches ? demanda Gunner, la mine suspicieuse.

— Ce que mange un enfant à deux ans… Ça paraît assez simple. Mêmes aliments qu'un adulte, mais coupés en petits bouts, éviter le sucre et le sel ajoutés, les colorants artificiels et les conservateurs. Oh, c'est intéressant ! Elle est encore censée boire du lait maternisé. Vois si tu peux trouver ça, Gunner.

— Je ne sais même pas à quoi ça ressemble, merde !

— Lis les étiquettes, voyons ! En principe, c'est en boîte et ça ressemble à du lait en poudre. Plus gros qu'une boîte de soupe, plus petit qu'une boîte de café.

— Voilà, j'ai trouvé, annonça Gunner, peu après.

— Super, mais c'est du lait premier âge. Cherche la même chose pour dix-huit/vingt-quatre mois.

— Je ne suis pas complètement con ! grommela Gunner.

Chas sourit.

— Je sais. Et pas de gros mots ! Tu as déjà utilisé tous tes jokers avec les « merde » et les « putain » !

Une jeune femme qui passait, accompagnée de son jeune fils, lui lança un regard sévère. Chas s'empourpra.

— Je vous prie de m'excuser, madame.

Gunner sourit.

— Ha ! Grillé !

Chas le fusilla des yeux.

— Je vais la vêtir en tulle et en paillettes roses histoire de te griller quand tu sortiras avec elle sous le bras !

— Hé ! J'aime bien le rose et j'aime bien les filles.

— Peuh ! marmonna Chas entre ses dents. Sauf quand il s'agit de coucher avec !

— Si, mon tableau de chasse est impressionnant ! Je ne pourrais même pas décompter toutes les femmes que j'ai sautées !

La jeune mère, qui repassait, l'entendit et s'étrangla d'horreur indignée. Chas plaqua sa main sur sa bouche pour retenir un fou rire et Gunner lui lança un regard noir.

Sans se laisser décontenancer, Chas étudia le rayon vêtements.

— Combien de tenues devons-nous lui prendre, à ton avis, Gunner ?

— Pas beaucoup. Je compte me débarrasser d'elle le plus vite possible.

— Six, peut-être ?

Chas choisit deux robes, deux barboteuses, deux pantalons et des tee-shirts et sweat-shirts, une combinaison de neige et un adorable pyjama rose avec une capuche, des oreilles de lapin et une queue en peluche.

Gunner fronça les sourcils.

— Cela me semble très excessif.

— Un enfant se salit souvent, il faut le changer plusieurs fois par jour.

— Nom de Dieu !

— Je ne sais pas pour toi, mais moi, je suis parti sans valise, je vais donc acheter un manteau et une tenue de rechange, des sous-vêtements et des chaussettes. Ah, il me faut aussi un chargeur de téléphone. Heureusement, j'ai mon portefeuille sur moi.

Gunner roula des yeux.

— Je regrette sacrément de ne pas avoir un kit de terrain.

— Un quoi ?

— C'est un sac préemballé avec tout le nécessaire pour survivre en mission pendant plusieurs mois.

— Y compris des armes ?

— Hé, je suis dans les Forces Spéciales, grogna Gunner.

— Oui, très cher, je sais, répondit Chas d'un ton flûté.

— Va te fair…

— Arrête ! Sinon cette bonne femme qui nous guette au bout de l'allée va prévenir les autorités !

— Quelle pétasse ! gronda Gunner.

Chas gloussa. Le chariot était quasiment plein, ils retournèrent vers les caisses.

— Oups! s'écria Chas. J'ai oublié un truc important.

— Quoi encore?

— Un siège de voiture.

— Hein?

— Poppy a besoin d'un siège-auto.

Gunner roula des yeux à outrance. Sans se soucier de lui, Chas retourna au rayon bébé, il prit le premier siège-auto disponible et revint au pas de course à la file d'attente devant les caisses.

Gunner ouvrit de grands yeux quand la caissière lui annonça le montant à payer.

— Cette gamine va nous coûter une fortune! se plaignit-il.

Il tira de son portefeuille plusieurs billets de cent dollars.

— Laisse-moi payer, insista Chas. J'ai ma carte de crédit…

— Non, coupa Gunner.

La caissière les regardait sans cacher sa surprise.

En quittant le magasin, Chas étudiait le ticket de caisse.

— Tu veux le garder pour ta note de frais. ? Le gouvernement américain va-t-il te rembourser?

— Non. Ce n'est pas une opération officielle.

— Dans ce cas, je te rembourserai dès que je serai rentré chez moi.

— Là n'est pas la question, coupa Gunner. Cette note ne me mettra pas sur la paille, quand même. De toute façon, je ne dépense rien de mon salaire.

— Vraiment? Tu ne prends jamais de vacances?

— Non. Où irais-je?

— Je ne sais pas, voir ta famille, rendre visite à des amis ou te détendre dans un endroit paradisiaque.

— Je n'ai plus aucun rapport avec mes parents, mes amis sont les SEAL avec lesquels je travaille et la seule «détente» qui m'intéresse, c'est celle de mon fusil.

— Waouh! Quelle vie de patachon tu mènes!

Ils atteignirent la voiture. Gunner ouvrit le carton contenant le siège-auto. Chas enchaîna :

— Je présume que tu tires une grande fierté d'être un loup solitaire, Gunner. Monter un bête siège-auto devrait être pour toi un jeu d'enfant. Moi, je vais ranger le reste des affaires dans le coffre et changer Poppy.

Il étendit la petite sur le siège avant et, après lui avoir mis une vraie couche, l'habilla de neuf de pied en cap. Il termina par le coupe-vent qu'il avait acheté pour la saison, un automne assez chaud, mais venteux.

Au niveau de la banquette arrière, Gunner jurait comme un charretier.

— Tu t'en sors ? cria Chas.

— Absolument pas ! Je n'ai jamais vu un merdier pareil !

— Besoin d'un coup de main ?

— Non. Qui m'a foutu des instructions aussi incompréhensibles ? Ils ne sont pas capables d'écrire en anglais décent !

— Bon, je te laisse, je vais rapporter le chariot. Viens, Poppy. Laissons papa-bis travailler au calme.

— Papa-bis ? hoqueta Gunner. Si je réussis à accomplir cette tâche titanesque, je mérite d'être papa numéro 1 !

Chas éclata de rire.

Quand Poppy et lui revinrent à la voiture, Gunner, la mine triomphale, leur désigna le nouveau siège dûment installé et sécurisé.

— Bravo, papa numéro 1 ! Je te laisse ce titre… pour l'instant.

Chas installa Poppy, puis il lui remit un jouet incrusté de morceaux colorés qui émettaient des bruits de bisous.

Peu après, ils quittaient le parking.

Chas remarqua que Gunner regardait fréquemment son rétroviseur.

— Ne me dis pas que nous sommes suivis ! s'exclama-t-il, alarmé.

— Non, pas pour le moment, mais mieux vaut être trop prudent que pas assez. Nous sommes en Amérique, c'est déjà ça, et je compte mettre le plus de kilomètres possible entre nous et Misty Falls.

— Pourquoi as-tu refusé que j'utilise ma carte au supermarché ?

— Parce qu'un hacker retrouve assez facilement la trace d'une carte de crédit et qu'il vaut mieux présumer que les hostiles ont de bonnes connexions dans la pègre.

— Tu n'as pourtant pas hésité à payer notre chambre de motel avec ta carte.

— Ma carte… mes cartes sont spéciales et elles sont sous de faux noms.

— Des faux noms ? Sérieusement ?

— Oui, un SEAL ne doit jamais laisser de traces.

— Je vois.

Gunner prit la direction du Sud, mais il opta pour une route sinueuse alors que l'autoroute était à quelques kilomètres.

— Hum, déclara Chas, je te signale que j'ai cours lundi. Je ne peux pas disparaître sans préavis.

— Et si les tireurs attendent à Misty Falls que tu reviennes avec la gamine ?

Chas le regarda avec consternation.

— Oh, mon Dieu ! Que suis-je censé faire ?

— Tu disparais sans préavis, justement, et tu restes avec moi... jusqu'à ce que nous découvrions l'identité des tireurs et ce qu'ils voulaient. Ensuite, je les éliminerai.

— Ça veut dire quoi au juste ? s'affola Chas. Tu comptes les tuer ?

Gunner haussa les épaules.

— Je verrai en fonction des circonstances. L'essentiel est qu'ils ne représentent plus une menace.

— Et je fais quoi, moi, avec mon travail ?

— Téléphone à ton directeur et annonce-lui que tu es malade. Un stress post-traumatique, par exemple, dû à la fusillade sur ta maison et au fait que ta voisine soit venue mourir sous ton porche. Demande aussi à ton patron d'appeler la police et de lui faire savoir que tu reviendras faire ta déposition dans quelques jours.

— La police ? lâcha Chas, alarmé.

— Les flics ont sûrement trouvé ta voisine devant chez toi et ils savent que tu as disparu. Si ça se trouve, tu es déjà recherché.

— Super ! De mieux en mieux ! J'avais vraiment besoin de ce souci en plus !

— Ce dont tu as besoin, ce dont nous avons tous besoin, c'est d'un peu de temps pour comprendre ce qui est arrivé et qui est cette enfant.

— Oui, c'est vrai, marmonna Chas.

Il appela son école, tomba sur le répondeur et laissa un message indiquant qu'il serait absent quelques jours, le temps de se remettre des tragiques événements du vendredi soir.

Ensuite, il utilisa une bouteille d'eau achetée au supermarché pour préparer un biberon de lait maternisé. Poppy le but avidement. Chas lui servit ensuite un bol en plastique rempli de Cheerios, de fraises et de banane tranchées avec un couteau de poche que Gunner lui passa en silence. La petite se jeta également dessus.

— On dirait qu'elle n'a pas mangé depuis une semaine, remarqua Gunner.

— J'ai la dalle moi aussi, déclara Chas.

Il tendit à Gunner une barre granola et une banane, et prit la même chose pour lui.

— On mange la même chose que la gosse ? ricana Gunner.

Chas haussa les épaules.

— C'est ça ou rien. Je suis désolé, mais je n'ai ni steak ni barbecue à ma disposition en ce moment. Et je doute que tu tiennes à perdre du temps dans un restaurant.

Gunner ne répondit pas. Il regardait toujours dans le rétroviseur.

— Pourquoi n'as-tu pas pris l'autoroute 91 ? s'enquit Chas. Nous irions plus vite.

— Parce que je compte tourner vers l'Ouest à un moment donné et nous sommes beaucoup plus difficiles à suivre en restant sur les petites routes.

— Pourquoi ?

— Parce que toutes les autoroutes sont surveillées par des caméras. Et qui dit caméras, dit piratage possible des données.

— Tu es complètement parano, tu le sais ?

— Non, je suis réaliste. Dans mon travail, j'ai souvent besoin des films des caméras de surveillance. Et si les SEAL peuvent les pirater, les hostiles le font aussi.

Chas se tut, plus que choqué. Le fait qu'il puisse être «pisté» sur le sol américain le chagrinait plus qu'il ne voulait le montrer.

En milieu de matinée, Gunner reçut un appel. Il porta son téléphone à son oreille, écouta attentivement pendant un long moment, puis se contenta de dire :

— Bien compris.

Quand il raccrocha, Chas ne put contenir plus longtemps sa curiosité.

— Alors ?

— Alors quoi ? répondit Gunner.

— Arrête, ne te fiche pas de moi. Excuse-moi d'avoir ri pour le siège-auto et raconte-moi.

— Te raconter quoi ? insista Gunner, d'un ton énigmatique.

— Tu n'es pas drôle. As-tu des nouvelles concernant Poppy et ce qui s'est passé à Misty Falls ? Qui étaient ces excités de la gâchette ?

IV

SPENCER NEWMAN entra dans la cahute des gardes à l'entrée de la base aéronavale de Norfolk. Il trouvait sacrément bizarre de devoir s'inscrire en tant que visiteur civil.

Alors qu'ils retournaient à la voiture, son compagnon, Drago Thorpe, chuchota :

— Ça va ?

— Non, pas vraiment. Je n'aime pas du tout revenir ici.

— Désolé, mec. N'oublie pas que je suis là, j'assure tes arrières.

Spencer adressa un sourire intime à son meilleur ami et tout nouveau mari.

— Je sais, merci. Finissons-en avec cette histoire.

— On va jusqu'à DC ?

— Oui. Je doute que nous obtenions quoi que ce soit d'utile de tes anciens contacts, sauf si nous les voyons en personne.

Une ombre passa sur le beau visage de Dray. Lui aussi avait récemment perdu son emploi à la CIA. Quelques mois plus tôt, Spencer et Dray avaient débarrassé la planète d'un de ses terroristes les plus dangereux, mais leur mission n'avait pas suivi le circuit officiel, aussi l'Oncle Sam les avait-il virés tous les deux. C'était une sacrée vacherie, mais le règlement était le règlement. Spencer et Dray s'estimaient heureux de ne pas avoir fini en prison.

Spencer conduisit jusqu'au bâtiment qui abritait la plus grande unité de Renseignement de la base et se gara au parking visiteur. Sacrifier sa carrière avait été sa décision, inutile d'en être amer.

De plus, il avait gagné Dray au change.

Ils entrèrent ensemble et la réceptionniste reconnut Spencer :

— Lieutenant Newman ! Il y a bien longtemps !

— C'est M. Newman désormais. Penelope Walker est-elle dans son bureau ?

— Oui, monsieur. Euh, oui.

— Pourriez-vous la prévenir que j'aimerais la voir ?

Quelques minutes plus tard, une flamboyante rousse d'une trentaine d'années, analyste du Renseignement, arrivait dans le hall. Elle remit à Spencer et à Dray un laissez-passer visiteur qu'ils attachèrent à leur col, puis les conduisit jusqu'à une pièce à peine assez grande pour contenir un bureau et deux chaises.

Une fois Spencer et Dray assis, elle demanda :

— Que puis-je faire pour vous, messieurs ?

— Auriez-vous entendu parler d'une fusillade qui a eu lieu hier soir dans le New Hampshire ? Et de l'éventuelle implication d'une enfant d'origine asiatique ?

— Oh. Je pensais que vous veniez me parler de Gunner Vance. Il a travaillé pour vous, n'est-ce pas ?

— Oui. Il était numéro deux dans l'un de mes pelotons. Quel est le problème concernant Gunner ?

— Il a été hospitalisé avant-hier suite à un saut en parachute à basse altitude qui a mal tourné. Il a heurté des arbres et a été grièvement blessé. La Marine mène une enquête, mais si j'ai bien compris, c'est un problème de communication interne. Il y a eu des modifications météorologiques concernant les vents et personne n'a transmis cette information au maître de saut.

— Gunner est-il grièvement blessé ? répéta Spencer, inquiet.

Penelope grimaça.

— Oui, ses lombaires sont HS. Il a été révoqué des SEAL pour raison médicale. Les papiers sont déjà signés.

— C'est super rapide ! s'exclama Spencer. Qui les a signés ?

— L'amiral McCarthy. Comme vous le savez peut-être, il remplace temporairement l'amiral Klausen.

— McCarthy n'est pas un opérateur ! grinça Spencer. Comment peut-il décider de briser aussi vite la carrière active d'un SEAL ?

Penelope haussa les épaules.

— Je n'en sais rien, cela dépasse mon niveau de compétence.

Spencer se pencha en avant, le regard dur.

— Gunner est un excellent opérateur. Même avec un dos en compote, c'est le genre de gars avec qui j'aimerais travailler. Pourriez-vous tirer quelques ficelles et lui décrocher un poste de formation ou de supervision dans un centre d'opérations ?

Elle hocha la tête, l'expression sombre.

— Oui, bien sûr, je ferai de mon mieux.

Spencer recula.

— Merci. Je n'oublierai pas votre geste. Si vous avez un jour besoin de moi, n'hésitez pas à me contacter.

Un court silence tomba dans le petit bureau.

Lorsque Spencer considéra qu'il avait suffisamment retrouvé son sang-froid pour ne pas mettre son poing dans un mur, il revint à sa première question :

— Alors, Penelope ? Le New Hampshire, une fusillade, une petite fille d'origine asiatique, que pouvez-vous me dire ?

— Je ne comprends pas que vous soyez au courant, répondit-elle. C'est le black-out pour le moment, aucun journaliste n'a eu l'occasion de publier quoi que ce soit.

— Un black-out ? s'étonna Spencer. Pourquoi ?

— Parce que c'est un vrai gâchis ! Le FBI est impliqué, la Sécurité intérieure a bloqué la presse et obligé tout le monde en ville à signer un NDA [8].

— Quoi ? s'étrangla Spencer.

— J'ai reçu ce matin un appel plutôt laconique d'une secrétaire adjointe de la Marine me déconseillant de mettre le nez dans cette affaire, ajouta-t-elle amèrement.

Spencer la fixa, choqué. Merde alors, dans quel bourbier Gunner s'était-il foutu ?

— Alors, vous ne pouvez rien me révéler ?

Elle esquissa un sourire hautain.

— Je n'ai pas dit ça.

— Je vous écoute.

Penelope s'adressa à Drago :

— Fermez la porte, voulez-vous ?

Il n'eut même pas à quitter son siège, il se contenta de tendre la main.

— Tirs d'armes automatiques, déclara Penelope. Quatre flics et cinq civils ont été tués. Quatre des civils sont morts au même endroit et le cinquième, une femme, a fui la scène de la fusillade pour aller mourir devant la maison voisine.

— Et les tireurs ? demanda Spencer, laconique.

— Ils se déplaçaient dans au moins deux SUV aux vitres teintées, peut-être trois. Leur nombre reste inconnu, ils avaient des armes d'assaut et

---

8 *Non-Disclosure Agreement*, « contrat de confidentialité » spécificité du droit anglo-saxon.

des gilets pare-balles. Nous avons les films des caméras de sécurité du poste de police, les officiers se sont défendus, ils ont tiré à bout portant sur les assaillants avec des .45 sans effet apparent. Donc, les hostiles étaient bien équipés, du matériel militaire.

— Si vous avez ces films, vous pouvez les identifier, non ?

— Non, ils portaient tous des masques de ski et des gants. Et ils savaient utiliser leur armement et contrôler le champ de tir.

— Des militaires ? questionna Spencer.

— Pas nécessairement. Mais ils ont eu le même genre d'entraînement.

— Rien d'autre ?

— Les plaques d'immatriculation des SUV étaient couvertes de ruban adhésif, donc, l'attaque était préméditée.

— Savez-vous quelque chose sur les civils décédés ?

— Non. Le FBI n'a pas divulgué cette information. Je suis désolée.

— Et la gamine ?

— Aucun rapport n'évoque une enfant. En général, un enlèvement est très largement diffusé à travers toutes les agences gouvernementales.

Spencer et Drago se regardèrent, les sourcils froncés.

— Si je comprends bien, intervint Dray, personne ne parle d'une jeune Asiatique qui aurait disparu ?

— Je vais encore vérifier.

Elle tapa sur son clavier et étudia un moment les informations qui défilaient sur son écran.

— Des disparitions de filles d'origine asiatique, il y en a des centaines dans le monde entier, mais aucune en rapport avec Misty Falls, New Hampshire. Je vais contacter le Département d'État et faire passer ma demande aux ambassades d'Asie. Je vous tiendrai au courant.

— Avez-vous autre chose pour nous ? insista Spencer.

— Non. Mais je vais continuer à fouiner. Au gouvernement, il est rare que les secrets se gardent longtemps. Les informations finissent toujours par fuiter.

Spencer et Drago ricanèrent à l'unisson.

Puis le premier se leva.

— Merci pour votre aide, Penelope.

— J'ai été heureuse de vous revoir, Spencer. J'aimerais vraiment vous convaincre de revenir travailler pour moi, vous savez. Vous feriez un sacré spécialiste du Renseignement !

— Non, merci. Primo, je suis à la retraite, ensuite, les militaires, pour moi, c'est du passé. Je n'ai pas du tout apprécié la façon dont j'ai été traité.

— Que comptez-vous faire désormais ? demanda-t-elle.

— Dray et moi envisageons de créer une compagnie de sécurité. Nous allons commencer petit.

— Bonne idée ! Je vous enverrai des clients si je trouve des gens qui correspondent à votre profil.

— Merci, Pen. Un autre service qui s'ajoute à mon ardoise.

Elle gloussa.

— Je garde votre proposition à l'esprit, vous savez. C'est toujours utile de connaître un ex-SEAL !

— Appelez-moi quand vous voulez, je serai là. Vous êtes une fille bien. Et si vous cherchez un jour un autre emploi, pensez à nous, d'accord ?

Elle hocha pensivement la tête et accepta la carte professionnelle que Spencer lui tendait, avec son numéro de portable personnel.

Ils quittèrent la base.

Une fois dans la voiture, Drago s'assit dans le siège passager et regarda Spencer.

— Ton gars est dans un sacré merdier, non ? Tu sais pourquoi ?

— Non, aucune idée, mais à mon avis, cette affaire cache beaucoup plus qu'on le pense.

— Oui, mes tripes me disent la même chose.

La mine sombre, Spencer lui jeta un coup d'œil.

— Maintenant, essayons tes contacts.

— D'accord. En route pour Langley, alors.

V

GUNNER PARLA les yeux fixés sur la route venteuse.

— Mon contact, qui se trouve être mon ancien patron, n'arrive pas à obtenir des informations. Personne ne dit rien ! Et c'est sacrément bizarre. Mon vieux Chas, tu es empêtré dans une histoire bien plus importante qu'un simple incident de violence domestique.

— Un *incident* ? s'étrangla Chas. Il y a eu plusieurs morts, je te le rappelle. C'était une tuerie, un massacre, une boucherie !

— Non, non, corrigea Gunner, un massacre, c'est quand toute la population d'un village est anéantie.

Il parlait en connaissance de cause. Il avait vu plusieurs « massacres » et c'était une vision qui hanterait à jamais sa mémoire.

— La nuit dernière à Misty Falls, ajouta-t-il, neuf personnes sont mortes. Quatre flics, ta voisine et quatre civils de plus chez elle.

— Chez elle ? Mais Leah vivait seule, elle ne fréquentait personne. Même son fils ne venait jamais lui rendre visite. C'était presque comme si...

Chas s'interrompit.

Au bout de quelques secondes, Gunner demanda :

— Comme si *quoi* ? Termine ta phrase, c'est peut-être important. Les intuitions sont plus souvent vraies que fausses.

— Comme si elle se cachait. Elle sortait rarement de chez elle, juste pour se rendre à l'épicerie au bout de la rue. Elle restait calfeutrée chez elle, les rideaux fermés.

— Intéressant. De qui pouvait-elle bien se cacher ?

Chas haussa les épaules.

— De son fils, je présume. Elle m'a parlé de lui une fois, elle semblait en avoir peur.

Gunner passa son téléphone à Chas.

— Envoie un texto à Spencer Newman, répète-lui ce que tu viens de me dire. Et donne-lui aussi le nom du fils de ta voisine, si tu le connais.

Chas obtempéra, puis il dut s'occuper de distraire Poppy.

Deux heures plus tard, la gamine en avait marre et elle le faisait bruyamment comprendre. Qui aurait cru qu'une enfant aussi petite puisse faire un tel ramdam dans un espace clos ? Sa voix atteignait des aigus à percer le tympan !

— Il va falloir que tu t'arrêtes, annonça Chas. Poppy a des fourmis dans les jambes. Peut-être aussi évacue-t-elle enfin le stress de la nuit dernière. Elle risque de pleurer un moment.

— J'espère que non, marmonna Gunner.

Il regrettait amèrement de ne pas avoir acheté des bouchons d'oreilles au supermarché. Il ralentit et s'engagea sur un chemin de terre qui semblait ne mener nulle part. Il apprécia de quitter son siège et de s'étirer. Il restait tout endolori de son accident.

L'air était vif et frais, les arbres revêtus de toute leur gloire automnale. Un patchwork de tons jaunes, orange, rouges, marron et même violets couvrait le terrain vallonné qui s'étalait devant eux.

À peine hors de la voiture, Poppy détala en courant. Chas s'élança derrière elle et Gunner les regarda avec un sourire. Chas convainquit la petite de ramasser des feuilles, occupation à laquelle elle se livra avec enthousiasme. Les cris de joie et les roucoulements qu'elle poussait devant une trouvaille particulièrement grande ou colorée étaient plutôt adorables.

Quand Chas et Poppy revinrent enfin jusqu'à la voiture, une demi-heure plus tard, ils avaient les joues roses et arboraient le même grand sourire heureux. Gunner les regarda rire et échanger des bêtises, sidéré de la vague de chaleur qui lui nouait le ventre. Enfin, Chas parlait ; Poppy répondait par un charabia puéril. Mais c'était agréable de la voir aussi animée alors que la veille, elle était prostrée de terreur.

Gunner s'adressa à Chas par-dessus la tête brune de l'enfant.

— Tu l'as muselée ?

— Tu es hilarant ! Je lui ai simplement permis d'expurger l'essentiel de sa frustration. Elle va être aussi dynamique qu'un lapin Energizer pendant quelques heures avant de tomber comme une masse.

— Nous ne pouvons pas rester ici des heures !

Chas réfléchit une minute.

— Donne-moi ton téléphone, dit-il enfin, je vais lui télécharger des émissions pour enfants. Cela devrait l'occuper une heure ou deux.

Gunner regarda la petite comme s'il s'agissait d'une extraterrestre.

— D'accord, marmonna-t-il. Une heure ou deux, c'est toujours bon à prendre.

— Au prochain arrêt, c'est ton tour. Tu la changeras et tu l'amuseras.

— Quoi ? Merde, non !

— Pas de gros mots.

Gunner soupira.

— Tu me gonfles !

— Fais un effort quand Poppy est à portée d'oreilles.

— Pourquoi ferais-je un effort ? Cette gosse n'est pas à moi, je me tape qu'elle apprenne à jurer comme un marin.

Chas le toisa d'un regard sévère, le défiant en silence de réfléchir à l'ineptie de sa déclaration et aux remords que cela devrait lui procurer.

Gunner lui rit au nez.

— Tu dois être un bon prof ! En tout cas, tu maîtrises bien le regard qui tue.

— Merci, répondit Chas, magnanime dans la victoire.

— En route. Je veux mettre le plus de distance possible entre nous et Misty Falls.

Chas récupéra un des lacets des petites chaussures roses et s'en servit pour attacher le téléphone de Gunner à l'arrière de son appuie-tête, juste devant Poppy mais hors de sa portée. Une fois cette tâche accomplie, ils reprirent la route. La petite regardait son émission, toute calme.

Peu après, ils traversèrent la frontière est de l'État de New York.

Chas se tourna vers Gunner.

— Raconte-moi un peu ce que tu as fait ces dernières années !

— J'ai bourlingué.

— Je présume qu'un SEAL n'est pas autorisé à parler de ses missions ?

— Exactement.

— Il n'y a rien que tu pourrais me raconter ?

— Non.

— J'ai la sensation de taper une balle contre un mur, marmonna Chas. À chaque rebond, elle cherche à me frapper au visage.

— Désolé, vieux. Toi, parle-moi de ta vie.

Technique de diversion pour les débutants : le moyen le plus simple d'éviter de parler de soi était d'amener les autres à parler d'eux-mêmes.

Chas soupira.

— Il n'y a pas grand-chose à dire. Je suis allé à l'UMass. J'ai fait la bringue comme jamais. J'ai obtenu mon diplôme. Je suis retourné à Misty Falls et j'y enseigne en maternelle.

— Pourquoi retourner à Misty Falls ?

— Parce que ma mère travaillait au bureau du surintendant. Elle m'a obtenu un entretien d'embauche et ça a marché.

— Mais tu es resté. Plus jeune, tu parlais constamment de quitter ce foutu patelin.

Chas fronça les sourcils et regarda droit devant lui. Ah, pensa Gunner, il avait touché un point sensible. Il attendit patiemment.

Après un long silence, Chas répondit enfin :

— J'ai un peu bougé après l'université. J'ai vite appris à mes dépens qu'il y avait aussi des homophobes dans les grandes villes. Il y a des cons partout, il y a aussi des braves gens partout.

— Peut-être. Mais les gens sont particulièrement intolérants dans certains patelins.

— Waouh ! Tu es bien amer, déclara Chas. Tu pourrais élaborer ta pensée ?

— Non.

— Ça n'a pas dû être facile pour toi d'être dans les SEAL en tant que gay.

— Merci, Einstein, répondit Gunner sèchement. Je n'aurais jamais compris ça tout seul.

— Idiot.

— Idiot toi-même, répondit Gunner automatiquement.

C'était le mode d'insultes qu'ils échangeaient étant enfants.

Chas eut un sourire attendri.

Dieu, quel pied d'être avec quelqu'un qu'on connaissait depuis toujours ! Avec Chas, Gunner n'avait pas à faire semblant, il pouvait être lui-même, se détendre et dire tout ce qui lui passait par la tête.

Le trajet continua plusieurs heures, entrecoupé de pauses pour laisser Poppy se dégourdir les jambes, changer de couche, manger et trouver de nouveaux divertissements. Gunner reconnut que Chas était créatif et doué pour deviner ce qui allait occuper la petite.

Vers seize heures, Poppy en avait ras la frange de la voiture, Gunner aussi, même s'il s'efforçait de cacher ses douleurs et autres courbatures de plus en plus invalidantes. Il aurait voulu se rendre au Canada, mais Poppy n'ayant aucune pièce d'identité, il préférait ne pas courir ce risque. Il trouva donc une petite ville dans les Adirondack et prit une chambre dans un motel anonyme. Le réceptionniste s'exclama qu'ils avaient de la chance, qu'en principe, le motel était complet, mais il y avait eu une annulation.

La chambre n'avait qu'un grand lit, aussi Gunner dut-il se résoudre à demander un lit-cage. Ils dînèrent dans un restaurant voisin où leur trio, deux hommes et une enfant, attira un peu trop l'attention. Gunner fut soulagé de revenir au motel.

Une fois dans la chambre, cependant, Chas annonça :

— C'est ton tour, papa numéro 1.

— Moi ? Quel tour ? répéta Gunner, alarmé.

— C'est ton tour de donner un bain à Poppy et de la préparer pour la nuit.

— Il n'en est pas question ! Je ne sais pas m'y prendre…

— Et tu n'apprendras rien tant que tu n'auras pas essayé. Il suffit de se lancer. Laisse-la jouer dans la baignoire. Plus elle sera fatiguée, plus vite elle s'endormira. Tu es dans la Marine, non ? L'eau, ça te connaît !

Furieux, mais résigné, Gunner attrapa Poppy sous les aisselles et l'emporta dans la salle de bains en la tenant à bout de bras devant lui. Considérant que c'était un nouveau jeu, elle gloussa et agita ses petits pieds. Ce qui, bien entendu, compliqua nettement la tâche de Gunner quand il dut la déposer sur le tapis de bain et la déshabiller.

— À quelle température doit être l'eau ? cria-t-il.

— Chaude, mais pas brûlante, répondit Chas sur le même ton. Fais comme pour toi, elle est humaine, comme toi.

Gunner entendit la télé s'allumer dans la chambre. L'enfoiré ! Il devait prendre son pied à se foutre de lui ! Il l'avait abandonné avec Poppy. Bien. En principe, la tâche ne devait pas être insurmontable, pas vrai ? Donner un bain à une gamine de moins de quinze kilos ?

Il dut courir derrière Poppy dans toute la pièce pour lui retirer ses vêtements, il finit par l'attraper et la jeter dans la baignoire. Elle s'amusa avec les jouets en plastique que Chas avait achetés. Gunner s'assit sur les toilettes et la regarda. D'accord. Il ne s'en sortait pas si mal…

Plouf.

La petite venait de lui envoyer une grande giclée d'eau. Elle gloussa timidement, comme si elle s'inquiétait de sa réaction. Se souvenant que Chas, la nuit passée, avait ri d'être trempé, Gunner força un sourire.

Plouf. La seconde gerbe fut bien plus importante. Résigné à finir trempé, Gunner plongea la main dans l'eau et lança un peu d'eau vers la petite. Elle cria de plaisir et se mit à rire. Il recommença. Sa joie était contagieuse. Peu après, il était assis par terre à côté de la baignoire, le bras dans l'eau, à faire des ballons avec les gants de toilette pour les submerger et à regarder l'air émerger en faisant des bulles sous les pieds de Poppy. Chatouillée, elle riait de plus belle.

Chas finit par intervenir :

— Ne l'excite pas trop, sinon, elle ne voudra jamais s'endormir. Je le constate souvent avec mes petits avant la sieste. Essaie de lui laver les cheveux. Cela l'a bien détendue la nuit dernière.

Le shampooing, oui. Gunner récupéra le flacon pour bébé et en versa un peu trop dans sa main. La mousse jaillit de partout, ce qui amusa beaucoup Poppy. Pendant plusieurs minutes, Gunner dut vider en partie la baignoire et faire recouler de l'eau, mais il finit par gérer le désastre. La petite se retrouva dans la baignoire vide. Gunner se pencha, étonné qu'une aussi petite chose soit aussi glissante. Il parvint à l'envelopper dans une serviette sans la laisser tomber sur la tête. Il lui frotta les cheveux et retourna avec elle dans la chambre.

Sans un mot, Chas tendit un rectangle blanc. Une *couche ?*

Nom de Dieu! Gunner la prit, la mine pincée; il coucha Poppy sur le sol et ouvrit la serviette de bain. Elle roula sur elle-même et fila à quatre pattes. Il plongea en avant pour la récupérer avant qu'elle disparaisse sous le lit – probablement plein de poussière.

Quand Gunner leva les yeux, il nota que Chas retenait un fou rire.

— Tais-toi, cracha-t-il.

Chas fit un mouvement de fermeture Éclair sur ses lèvres. Renfrogné, Gunner déplia la couche, pourchassa une fois encore Poppy qui tentait une autre évasion et réussit à l'entortiller dans la couche. En y réfléchissant, il l'avait probablement mise devant derrière, mais c'était sans importance, il ne comptait plus y toucher.

Il se redressa et essuya son front moite. Une main apparut devant ses yeux avec le pyjama grenouillère. Il l'arracha de la main de Chas et regarda Poppy avec détermination.

La lutte fut rude, mais Gunner en sortit vainqueur. Pour être franc, Poppy fit de son mieux pour l'aider, même si ses efforts maladroits n'arrangèrent rien à l'inexpérience de Gunner.

Elle était si petite et si douce. Et tellement fragile.

Une fois la dernière pression enclenchée, Gunner serra la petite contre lui, étonné de l'instinct protecteur qui montait en lui. Il aurait voulu la garder de tous les méchants de l'univers.

Il leva les yeux et reçut un choc : Chas le fixait, les yeux brûlants.

— La parentalité te va bien, Gunner.

Gunner renifla sans élégance.

Chas lui tendit un biberon déjà prêt, eau tiède et lait maternisé. Très concentré, les sourcils froncés, Gunner coucha la petite dans le creux de son bras gauche et présenta la tétine à la petite bouche rose. Poppy sourit et se chargea du reste, bénie soit-elle!

Elle téta avec ravissement, en fermant ses yeux sombres. Elle était si détendue dans ses bras que Gunner se déraidit également. Il s'assit doucement dans un fauteuil et soutint le biberon quand la petite s'endormit, la dernière goutte avalée.

Gunner demanda d'une voix à peine audible :

— Et maintenant, je fais quoi?

Chas répondit sur le même ton :

— Garde-la encore un moment, histoire qu'elle soit bien endormie. Tu la déposeras ensuite dans son lit.

Gunner hocha la tête et regarda Poppy qu'il serrait contre lui. Même endormie, elle s'agitait un peu. Si vivante, si vulnérable et si confiante. Il fut envahi de sérénité, une sensation qu'il n'avait jamais ressentie.

C'était un peu magique, dut-il reconnaître.

En guise d'excuse, il se disait qu'il ne fallait pas la réveiller. Il la regardait dormir, il admirait le petit visage parfait. Il resta une bonne heure avec elle dans les bras avant de se sentir prêt à la déposer dans son lit.

Quand il se redressa, Chas lui tendit en silence un verre de whisky avec deux glaçons. Gunner l'accepta et s'assit sur le lit pour le siroter.

— Oui, dit-il avec délectation. Je suis définitivement papa numéro 1.

Chas sourit.

— Très bien, ce sera donc à toi de gérer le prochain caprice, quand elle nous cassera les oreilles avec ses cris perçants.

— Poppy? Jamais. C'est une adorable princesse!

Le sourire de Chas s'agrandit.

— Je travaille toute la journée avec des enfants, rappelle-toi. Même le plus angélique d'entre eux peut devenir un démon quand ça le prend.

— Ils ont un côté sombre, alors? Comme les adultes? demanda Gunner avec cynisme.

— Oui.

Chas avait mis la télé, la chaîne des informations.

Soudain, Gunner demanda :

— Parle-t-on de Misty Falls?

— Non.

— Spencer m'a appris que la Sécurité intérieure avait muselé la presse.

— Oh, ils ont ce pouvoir?

— Oui, absolument.

— Qu'allons-nous faire ? demanda Chas à mi-voix. Continuer à fuir sans savoir où aller ?

— J'espère que non. Idéalement, Spencer découvrira ce qui s'est passé dans le New Hampshire et il nous dira que Poppy n'a rien à y voir. Ensuite, nous pourrons la rendre aux autorités et à sa famille.

Au moment même où Gunner prononçait ces mots, une étrange douleur lui noua les tripes.

La mine sombre, Chas coupa la télé, éteignit sa lampe de chevet et se mit au lit. Gunner suivit son exemple.

Il ne parvenait pas à dormir. Alors, pour s'occuper l'esprit, il chercha à analyser la source de cet élan de douleur.

Après environ une heure à fixer le plafond, Gunner fut surpris lorsque Chas se retourna et se colla à lui, un bras et une jambe se posant en travers de son corps.

Il se figea. Des années de fantasmes lui revinrent en mémoire. Dans sa tête, il avait baisé Chas d'innombrables façons, dans toutes les positions, il avait inventé leurs conversations sur l'oreiller, il se voyait même parfois blotti contre lui. *Comme ça. Exactement comme ça.*

Être dans ce lit dans le noir, avec Chas drapé sur lui, chaud, souple et détendu, était un merveilleux cadeau du destin, c'était plus que Gunner n'en avait espéré, surtout après avoir perdu sa carrière suite à un accident grotesque.

Quand Chas avait roulé sur lui, Gunner tenait son bras droit au-dessus de la tête et cherchait à détendre la crispation d'une vieille blessure à l'épaule. Maintenant, il baissa le bras et le glissa en douceur sous l'oreiller où Chas avait posé la tête. Les quelques secondes furent tendues, mais Gunner sentit enfin la tête de Chas sur son épaule à travers le mince oreiller. S'il fléchissait l'avant-bras, Chas serait contre lui, contre son cœur. Il pourrait le garder là toute la nuit. Un rêve qu'il avait longtemps caressé, même quand il refusait de l'admettre.

Chas bougea un peu dans son sommeil et sa paume glissa sur le ventre de Gunner, s'approchant dangereusement de ses parties intimes. Waouh ! Gunner n'oublierait jamais leur première soirée pyjama : dans son sommeil, Chas lui avait caressé la queue. Gunner s'était réveillé, le visage flamboyant de honte dans l'obscurité, et il avait savouré la caresse, les doigts de Chas serrés sur son érection.

Plus tard, il avait attribué sa réaction au rut quasi constant d'un adolescent, mais c'était bien davantage et il le savait. Il avait répondu au toucher de Chas, à ce jeune corps pressé contre le sien, à son odeur, à la sensation de…

Hmm, il réagissait à présent de la même façon. En fait, il acquérait rapidement une douloureuse érection. Le bout des doigts de Chas reposait assez près de ses poils pubiens pour effleurer son sexe. Il suffirait d'un rien pour que ces doigts le caressent et remontent…

Chas bougea dans son sommeil. D'instinct, Gunner enroula le bras autour de ses épaules. *Ne pars pas. Ne t'arrête pas.* Les mots s'inscrivaient dans son cerveau en lettres de feu. Gunner voulait Chasten Reed. Il voulait ses caresses. Il voulait lui faire l'amour.

Et il n'était pas dans ses habitudes de reconnaître son homosexualité. Le faire cette nuit était bizarre, mais heureusement, l'étrangeté de la situation n'était pas en lien avec Chas. Gunner aimait le contact de son ami d'enfance.

C'était bien. C'était même génial.

Aussi maladroit et pataud que Gunner se soit montré, Chas avait toujours fait en sorte que leur relation reste normale et naturelle. Quand ils étaient ados, à l'école secondaire, ni Chas ni Gunner ne savaient comment se comporter. Oh, Chas savait ce qu'il voulait, mais il était bien trop timide pour l'exprimer. Et Gunner n'avait jamais envisagé de coucher avec un garçon avant de réagir au toucher de son meilleur ami. Il n'avait pas du tout prévu que Chas lui tende son petit cul pâle et serré, le suppliant de le baiser. Sidéré, Gunner avait failli jouir avant même de passer à l'acte.

C'était un souvenir sur lequel il s'autorisait rarement à revenir. En général, il le gardait sous clé dans la cage plus profonde et la plus sombre de son esprit. Mais allongé ici ce soir, avec les doigts de Chas sur son ventre, se dirigeant millimètre par millimètre vers sa queue érigée, Gunner ouvrit la porte de la cage.

Il avait toujours refusé d'admettre que leur union n'avait pas été uniquement charnelle, bien que le corps brûlant s'ouvrant pour accepter sa queue ait été une vision si excitante et si graphique que Gunner avait eu du mal à se contrôler le temps que Chas s'adapte à l'invasion.

Non, pour lui, la possession avait été émotionnelle. Il aimait Chas. C'était son meilleur ami, le frère qu'il n'avait jamais eu… et le seul être humain avec lequel il voulait partager l'intimité du sexe. Et cette révélation à dix-sept ans avait été… stupéfiante.

Gunner n'était pas prêt à aimer, surtout pas son meilleur ami.

Il s'était donc montré odieux. Chas lui avait ouvert son cœur et Gunner avait répondu par un coup de pied dans les dents, émotionnellement parlant. Il lui avait dit des horreurs, invoquant l'excuse d'une terrible erreur. Qu'il se sentait trahi, manipulé. Que cela ne se reproduirait jamais. Pire que tout, il avait prétendu ne pas être attiré par Chas *de cette façon*. C'était un mensonge.

Chaque mot était un mensonge.

Et c'était ce dont Gunner se cachait le plus, ce qu'il refusait en général de s'avouer. Sauf la nuit, quand il était seul avec ses pensées et ses regrets… parfois, il osait affronter son hypocrisie.

Ce soir, la culpabilité le submergea, inondant sa conscience, se logeant sous son sternum, une brûlure dix fois pire qu'une indigestion.

Il avait traité Chas comme de la merde. Chas si doux, si affectueux, si généreux et si honnête.

Gunner n'était qu'un salaud.

Il soupira et tourna la tête, enfouissant le nez dans les cheveux blonds. Il resta allongé comme ça un moment, à inhaler le parfum du shampooing de Chas, avec la paume chaude et légère sur son bas-ventre, juste au-dessus de l'aine.

C'était une position intime et Gunner prit le temps de l'absorber. À vrai dire, jamais il n'était resté ainsi étendu avec une de ses conquêtes. Après le sexe, Gunner se sentait toujours sale, souillé.

Parce qu'il ne désirait qu'une seule personne au monde : Chas.

Comment ne l'avait-il pas compris plus tôt ?

VI

QUEL IDIOT !

Comment avait-il pu nier l'évidence pendant toutes ces années ? Il voulait Chas comme amant.

L'idée explosa dans son cerveau avec la force d'un feu d'artifice. Et dans la noirceur qui suivit, les questions et les doutes affluèrent. Était-ce viable ? Gunner devait-il risquer de compromettre leur amitié ? Et si leur relation ne durait pas ? Et si au contraire, elle avait des chances de le faire ? D'accord, il venait d'admettre son orientation sexuelle, mais était-il prêt à s'engager dans un couple gay ?

Il repensa aux années passées et certains aspects de sa vie prirent tout leur sens. Gunner ne s'était jamais intéressé aux magazines pornos alors que ses compagnons en avaient tous dans leurs sacs, ils se branlaient en les feuilletant quand ils étaient en mission.

Parfois, Gunner s'était même demandé s'il était « normal ». Ensuite, il avait craint que sa rencontre avec Chas à l'école secondaire ne l'ait profondément marqué, ou ait modifié sa libido, le rendant incapable de se satisfaire avec une femme. En vieillissant, il était devenu moins ignorant sur les questions sexuelles, aussi avait-il admis que cette idée était ridicule, mais il n'avait pas poussé son raisonnement plus loin, il n'avait pas voulu reconnaître qu'il s'intéressait aux hommes, point barre.

Rétrospectivement, Gunner devait s'avouer que primo, il s'était montré stupide ; secundo, il avait été en plein déni. Au fond, il avait toujours su, tout au fond de ses tripes, qu'il était gay. Mais conscient des complications que son orientation entraînerait, il avait cherché à s'en protéger. Il adorait être un SEAL, se sentir intégré dans une équipe, avoir des compagnons, des frères d'armes. Il n'avait pas voulu risquer de tout perdre. Du coup, il s'était privé du genre de relation susceptible de lui apporter un bonheur à long terme. Sans parler d'un simple équilibre de vie.

Il avait préféré se mentir pendant des années et nier son homosexualité.

Et puis Chas lui avait téléphoné, absolument terrifié par une situation de violence qui le dépassait.

Et Gunner avait tout oublié, les SEAL, sa carrière. Il n'avait plus pensé qu'à une seule chose : rejoindre Chas et protéger le seul être qu'il ait jamais aimé. Celui qu'il aimait toujours.

Cet amour était la vraie priorité de sa vie.

Gunner eut un frisson. Il espérait que sa décennie de folie passée à fuir la vérité n'avait pas détruit les sentiments de Chas envers lui.

Il poussa un profond soupir, sa poitrine se souleva, ce qui fit bouger Chas contre lui. Sa main glissa plus bas et Gunner haleta.

Les doigts de Chas atterrirent sur sa queue et, en deux battements de cœur, son érection devint complète. Le sang battait en elle avec un martèlement presque douloureux. Gunner serra les dents pour retenir un gémissement, il ferma aussi les yeux et se concentra pour contrôler sa queue. *Pas question de jouir comme un ado en rut. Je suis adulte, je suis censé me maîtriser.*

Les doigts de Chas s'immiscèrent sous la ceinture de son boxer et se refermèrent sur le sexe érigé, gorgé de sang et de tension. Les caresses étaient légères, aériennes, pourtant, Gunner sentit ses bourses durcir, comme si elles s'apprêtaient à éclater, comme deux petites bombes à retardement entre ses jambes.

Il constata ensuite qu'il creusait les reins et levait les hanches pour mieux s'enfoncer dans la main de Chas. Son esprit tout entier était focalisé sur son entrejambe et le poing de Chas serré autour de sa queue.

Le toucher restait lent, presque paresseux. Sans doute Chas dormait-il toujours. Sa main glissait de haut en bas et Gunner tremblait d'anticipation fiévreuse, tenté de réveiller Chas et de lui demander d'accélérer son rythme.

Il n'en eut pas besoin. Chas se réveilla et, d'une manière que Gunner n'aurait pas su expliquer, il baissa le boxer et libéra le sexe avide. À présent, ses gestes étaient plus fermes, plus décidés. Il pompait avec enthousiasme, presque avec exigence, comme pour marquer la queue de son sceau.

Dans le noir, Gunner s'abandonna à ces caresses et au plaisir. Des vagues déferlèrent sur lui, emportant tout ce qu'il avait connu auparavant. Ce qu'il vivait cette nuit, c'était la réalisation d'un fantasme qu'il nourrissait depuis des années. Aucune de ses interactions avec une femme ne l'avait autant excité.

Chas remonta jusqu'au gland ultrasensible et le caressa du pouce. Oh putain, que c'était bon ! Cette fois, Gunner ne put retenir son gémissement, il s'était raidi et pompait dans la main serrée de Chas.

Un peu choqué, Gunner réalisa qu'il était une marionnette totalement contrôlée par la main de Chas. Mais il le voulait tellement et depuis si longtemps ! Il n'avait plus la force de nier, de se priver de cette jouissance sans fin. Alors, il s'abandonna complètement.

Chas s'accouda au-dessus de lui sans lâcher sa queue. Il tira même si fort dessus que Gunner décolla du matelas avec un cri sourd. Il vibrait de tout son corps, son orgasme montait. Et là, Chas…

Oh, merde ! Chas se pencha et posa sa langue sur le gland de Gunner, une caresse humide, chaude qui faillit déclencher sa jouissance. Chas l'en empêcha en resserrant les doigts.

Gunner gronda de déception.

— Non, murmura Chas, son souffle chatouillant la queue de Gunner. Tu es à moi, c'est moi qui te dirai quand tu peux jouir. Laisse-toi faire !

Gunner hésita. Il n'était pas dans sa nature de se soumettre. Toutefois, sans lui laisser le temps de réfléchir, Chas le prit dans sa bouche.

— Tu te rends ? souffla-t-il.

— Non.

— Sans blague ?

Gunner entendit un défi dans ce grognement. Il aurait dû se méfier, surtout en sachant qu'au cours des dix dernières années, pendant que lui jouait les hétéros – et menait en réalité une vie de moine –, Chas avait beaucoup appris dans le domaine du sexe.

Chas referma les lèvres sur sa queue et glissa de haut en bas, coupant à Gunner toute option de raisonner avec cohérence. Chas réussit à le prendre tout au fond de sa gorge et Gunner sentit ses muscles se contracter autour de son gland. Incroyable, la sensation était jouissive.

Chas changea de position et s'installa à califourchon sur ses cuisses, cet angle lui donnant meilleur accès. Gunner avait la bouche ouverte, le souffle coupé, il avait du mal à comprendre ce qui lui arrivait. C'était la meilleure pipe qu'il ait reçue.

Il entendit un gargouillement et se rendit compte qu'il venait de lui. Il tremblait, totalement soumis au bon vouloir de Chas, à ses gestes, à ses succions. *Soumis* ? Oui, et il adorait. Ça lui plaisait de n'être qu'un jouet entre les mains – euh, les lèvres de Chas.

Sans dire un seul mot, Chas exigeait des réponses et Gunner ne pouvait que les donner, il n'avait pas d'autre option.

Agenouillé au-dessus de lui, Chas laissa glisser sa main libre jusqu'aux couilles de Gunner, il les prit dans sa paume, les fit rouler. Elles étaient presque aussi dures que des pierres. Et puis Chas insinua un doigt entre les cuisses de Gunner et pressa son sphincter.

Gunner se figea. C'était un territoire vierge. Mais alors, Chas le lécha de haut en bas, distrayant son attention. Oubliant le doigt fureteur, Gunner ne pensa plus qu'à son orgasme imminent. Chas le pénétra de l'index en même temps que sa langue titillait le méat. C'était magique. Incapable de repousser l'invasion, Gunner permit à ses muscles intimes de se détendre. Aussitôt, des éclairs électriques le traversèrent tout entier, jamais il n'aurait imaginé avoir autant de terminaisons nerveuses à cet endroit de son corps. Comment avait-il pu être aussi ignorant?

Il cessa de penser et se laissa aller à ses sensations.

Des lumières blanches éclataient sur l'écran de ses paupières closes comme autant de minuscules feux d'artifice, sa respiration était haletante, son corps cambré décollait du matelas. Tendu comme un arc, Gunner attendait avec une anticipation frémissante le moment où Chas lâcherait la flèche et déclencherait une jouissance qui s'annonçait phénoménale.

Un seul mot tournait en boucle dans sa tête : *Oui. Oui. Oui.*

Il se rendit compte qu'en fait, il le marmonnait entre ses dents serrées. Il le sanglotait presque. Chas l'engloutit tout entier et pressa plus profondément son doigt en lui, visant la prostate.

Gunner ravala son hurlement en se plaquant l'avant-bras sur la bouche. Son orgasme jaillit sans avertissement, le déchirant en deux par vagues successives tandis qu'il se vidait dans la bouche de Chas.

Quand ce fut terminé, il retomba sur le matelas, anéanti, essoufflé, muet. Il n'avait pas la force de lever un doigt ou un orteil, il tremblait toujours du contre-choc de sa jouissance. Finalement, une pensée se forma dans son esprit : voilà donc ce dont il s'était privé avec ses conneries?

Il resta allongé un long moment, trop choqué pour parler.

Cette fois, contrairement à sa première expérience avec Chas, il reconnaissait qu'il avait adoré. C'était – et de très loin ! – le meilleur orgasme de sa vie. Et Gunner devait affronter la vérité : il en voulait davantage.

Il voulait Chas, il voulait faire l'amour avec lui. Il y tenait même plus qu'à son prochain souffle. Il voulait passer le reste de sa vie avec Chas, rire avec lui, baiser avec lui.

Il tressaillit en s'imaginant baiser son meilleur ami et l'entendre crier de plaisir. Cette fois, il avait eu la bouche de Chas. Pour son prochain orgasme, il voulait son cul. Il martèlerait ce beau corps mince jusqu'à ce que ni lui ni Chas ne puissent plus tenir debout.

— Ça va ? demanda prudemment Chas.

— Oui. Non. Oui.

— Ce n'est pas très clair, remarqua Chas.

Gunner chercha ses mots.

— Je suis… une épave.

Inquiet de tout gâcher comme autrefois, il ajouta hâtivement :

— … de la meilleure façon possible !

— Tu es sûr ?

— Oui, j'ai du mal à m'en remettre.

— Tu n'es pas en colère contre moi ?

— Non, répondit Gunner, c'est contre moi que je suis en colère.

Surpris, Chas s'accouda pour le regarder dans le noir.

— Pourquoi ?

— Parce que j'aurais pu être avec toi ces dix dernières années.

Chas éclata d'un rire étouffé, un son qui glissa sur la poitrine de Gunner comme une caresse.

— Dieu merci ! Quand je me suis réveillé et que j'ai réalisé ce que je faisais, j'ai pensé que tu allais me tuer.

Gunner se retourna et le serra contre sa poitrine.

— C'est toi qui m'as tué.

Ils restèrent un long moment étendus, enlacés, leurs jambes mêlées et Chas blotti contre Gunner. Il était tard, le calme de la nuit s'accordait à la paix qui envahissait l'âme du commando. Enfin ! Il avait rattrapé son erreur de jeunesse. Il était au lit avec son amant dans les bras et son cœur se libérait de douze ans de culpabilité.

Un bruit à l'extérieur attira son attention. Gunner tourna la tête vers la fenêtre. Ce bruit ? C'était une portière de voiture refermée en douceur. Un peu trop même, comme si le son avait été délibérément étouffé.

Gunner sentit ses cheveux se hérisser sur sa nuque.

Il quitta le lit d'un geste fluide et se dirigea entièrement nu jusqu'à la fenêtre. Il jeta un coup d'œil en veillant à rester derrière les rideaux. Trois hommes vêtus de sombre venaient de sortir d'un SUV noir. Et chacun enfilait un masque de ski pour dissimuler son visage.

— Lève-toi, Chas ! chuchota Gunner. Tout de suite ! Habille-toi et attrape ce que tu peux. Nous devons avoir quitté cette pièce dans les trente secondes.

— Quoi ? marmonna Chas.

— *Vite !*

Gunner s'habilla à une allure record et enfila ses bottes. Prêt avant Chas, il s'occupa de ranger dans le sac l'équipement de Poppy. Ensuite, il ouvrit la porte donnant sur le couloir et jeta à droite et à gauche un regard prudent. Derrière lui, Chas récupéra Poppy et l'enveloppa dans une couverture. Gunner, d'un signe, indiqua à Chas de le suivre, il s'élança aussi vite et aussi silencieusement que possible. Chas était sur ses talons. Il ne faisait pas trop de bruit, pour un civil, mais il respirait trop fort, ce qui indiquait un certain niveau de panique.

En atteignant la porte de la cage d'escalier, Gunner l'ouvrit d'un coup d'épaule. Un «*ping*» discret indiqua que la cabine de l'ascenseur, situé au milieu du couloir, arrivait à leur étage. Gunner tint la porte ouverte et indiqua à Chas de passer devant lui, puis il la referma à la hâte. Le mouvement avait-il été détecté ? Il n'avait aucun moyen de le savoir.

— Cours, souffla-t-il.

Par chance, leur chambre était au premier étage, aussi la descente ne leur demanda pas longtemps. Ils émergèrent dans un couloir qui correspondait à celui du dessus et Gunner repassa devant. Il courut vers la sortie la plus proche de leur voiture. Il ralentit pour ouvrir la porte, ils sortirent et longèrent le mur du bâtiment. Gunner grimaça en voyant les traces qu'ils laissaient dans le paillis et les buissons, mais il n'y pouvait rien. Il espéra que leurs poursuivants n'étaient pas de bons pisteurs.

En arrivant à la voiture, Gunner ouvrit la portière passager et fit signe à Chas de s'y installer avec Poppy. La petite fille clignait des yeux, elle commençait à se réveiller.

— Fais-la tenir tranquille, surtout, marmonna Gunner.

Il referma la porte le plus discrètement possible alors que Chas fourrait une tétine dans la bouche de Poppy. Gunner fit le tour de la voiture et prit place derrière le volant. Il ne démarra pas, se contentant de desserrer le frein à main. Il avait choisi cette place de parking pour deux raisons : primo, elle était juste à côté de la sortie, secundo, elle était en pente.

La voiture roula aussitôt et Gunner attendit trente secondes pour démarrer. Il était presque arrivé au bout du bâtiment. Si le SUV se lançait à leur poursuite, il les rattraperait sans peine, son moteur étant bien plus puissant.

Gunner accéléra et fonça droit devant lui dans la nuit. Il ne prit pas le même chemin qu'à son arrivée, espérant qu'une route détournée fasse perdre leur piste à ses poursuivants, au moins pendant un certain temps.

Il tenait à comprendre comment les tueurs les avaient retrouvés.

— Chas, as-tu utilisé une carte de crédit aujourd'hui sans que je le voie?

— Non.

— As-tu téléphoné?

— Non. Pourquoi ces questions?

— Parce que nos poursuivants ne sont pas arrivés par hasard dans notre hôtel, dans une petite ville paumée à des heures de Misty Falls, donc, ils nous ont suivis. Ils savaient même à quel étage nous logions.

Chas écarquilla les yeux.

— Oh, mon Dieu! Comment?

— C'est Poppy, répondit Gunner, la mine sombre. Ils ont mis un traceur sur elle. Ou en elle.

— *En elle*? couina Chas.

— Bien sûr. J'en ai un implanté sous l'épaule. Si je disparais, l'Oncle Sam peut me retrouver où que je sois.

— Tu plaisantes, j'espère? lâcha Chas.

— Non. C'est une intervention extrêmement douloureuse.

Chas fronça les sourcils.

— Je n'ai pas vu de cicatrices sur Poppy en lui donnant son bain.

— Le traceur est probablement dans ses vêtements. As-tu encore la chemise et le pantalon qu'elle portait la nuit où tu l'as trouvée?

— Oui.

— Vérifie-les. Cherche un petit appareil métallique de la taille d'un grain de riz. Il sera collé au tissu ou caché dans une couture.

Chas se mit à genoux sur le siège avant et se retourna pour installer Poppy dans son siège-auto.

— Je suis inquiet pour elle, chuchota-t-il. Elle est redevenue silencieuse.

— Parce qu'elle détecte ta panique, déclara Gunner. Il y a des moments où le silence est vital, alors, je ne vais pas m'en plaindre.

— Mais ça n'est sûrement pas bon pour elle, émotionnellement parlant, protesta Chas.

Il s'adressa gentiment à la petite :

— Tout va bien, ma chérie. Je suis là. Je vais te préparer un biberon.

Gunner leva les yeux au ciel. Chas ressemblait à sa mère : pour apaiser un chagrin, la nourriture était sa première réaction.

Peu après, Poppy tétait son biberon et dodelinait de la tête. Rassuré, Chas fouilla dans les affaires de bébé et en sortit un sac en plastique. Il se laissa retomber sur le siège avant.

— J'ai gardé ces vêtements au cas où ils pourraient servir de preuve. Je n'ai jamais imaginé qu'ils puissent être piégés !

Il fit une pause, puis ajouta d'un ton coupable :

— Je suis désolé, Gunner. Tout est de ma faute. Je ne savais pas.

— Tu es un civil, c'est normal que tu ne penses pas à ce genre de détail. Moi, en revanche, j'aurais dû vérifier plus tôt.

Merde, il était complètement à la masse depuis son réveil dans cette chambre d'hôpital !

Chas ouvrit le sac et en sortit les vêtements. Il trouva le traceur dans l'ourlet du pantalon de Poppy.

— Oh mon Dieu ! Tu avais raison. Le voilà. J'en fais quoi ? Je le jette par la fenêtre ?

— Non ! s'exclama Gunner.

Il fonçait vers l'autoroute la plus proche. Il s'y engagea une demi-heure plus tard et prit la direction du Nord jusqu'à ce qu'il trouve une station-service. Il demanda à Chas de faire le plein pendant que lui se dirigeait vers les pompes réservées aux routiers. Il choisit un camion avec des plaques canadiennes et jeta subrepticement le traceur par une fenêtre ouverte, derrière le siège du chauffeur.

En revenant à sa voiture, il surveilla Poppy : elle dormait dans son siège-auto. Étonné, Gunner regarda autour de lui. Où était Chas ?

Il verrouilla les portières et entra dans la station-service.

— Vous cherchez le joli blond ? demanda le caissier.

— Oui.

— Il est aux toilettes. Mais vous allez devoir attendre votre tour. Deux routiers l'ont suivi, ils doivent déjà le sauter dans une stalle.

Nom de Dieu ! Prêt à en découdre, Gunner fonça dans l'allée menant aux toilettes. Dès qu'il entra, son sang se glaça dans ses veines.

Chas était contre les lavabos, les poings levés devant lui, comme un boxeur. Il paraissait très en colère.

Deux routiers cherchaient à le coincer.

— Besoin d'un coup de main ? s'enquit Gunner.

— Pour quoi faire ? demanda calmement Chas.

— Massacrer ces deux connards.

Les routiers étaient costauds. Ils se retournèrent, la mine agressive, et toisèrent Gunner, pesant leurs chances contre lui.

— N'essayez même pas, bande de nazes. Je suis un Navy SEAL en service actif et mes mains sont considérées comme des armes mortelles.

Vous avez été prévenus, comme l'exige la loi. Si vous m'attaquez, ce sera à vos risques et périls. Vous finirez à l'hosto ou à la morgue.

L'un des routiers ricana, sans cacher son scepticisme.

Le second hésitait. Il finit par demander :

— Un Navy SEAL, hein ? Quelle équipe ?

— Ça ne te regarde pas, comique ! Viens ici, Chasten !

Chas contourna les routiers indécis pour se rapprocher de Gunner, puis murmura :

— Montre-leur ton couteau.

Ainsi, Chas avait vu son couteau militaire, un Ka-Bar qu'il gardait dans un fourreau attaché à sa cheville. D'un geste preste, Gunner le récupéra et le tint devant lui, sa position indiquant clairement qu'il savait s'en servir.

— Avec ce joujou, je peux soit vous trancher la gorge, soit graver mes initiales sur vos sales tronches. J'hésite encore.

Les deux routiers reculèrent.

Gunner leur adressa un sourire létal et rengaina son arme.

Chas ouvrit la porte et se glissa dans le couloir.

— Bonne soirée, messieurs. Et bonne route.

Gunner suivit Chas jusqu'à la voiture où Poppy dormait tranquillement.

Ils reprirent la route en direction du sud. Gunner constata que ses mains tremblaient sur le volant. Soudain, il fut tenté de faire demi-tour pour zigouiller les deux enfoirés.

Dans le siège passager, Chas était pâle et tendu. Rien d'étonnant. Les routiers avaient tenté de le violer. Grâce au ciel, Gunner était arrivé avant que les choses tournent mal.

D'un autre côté, Chas n'était pas sans défense, il avait toujours été doué en arts martiaux quand il prenait des cours à l'YMCA. Il était agile et très rapide, de sacrés atouts au corps-à-corps.

Chas était un vrai moulin à paroles en général, rester muet ne lui ressemblait pas. Aurait-il la même réaction au stress que Poppy ?

Gunner finit par ne plus supporter le silence de l'habitacle.

— Ça va, Chas ? demanda-t-il. Parle-moi. Tu me fous la trouille.

VII

— Quoi ? Moi, je te fous la trouille ? s'exclama Chas.

Il se tourna vers Gunner, dont la mâchoire était si serrée qu'on l'aurait dite taillée dans le même granit que les vieilles montagnes qu'il voyait derrière les vitres de la voiture.

— Tu es un SEAL ! ajouta-t-il. Merde, tu as sorti ton couteau comme si c'était une seconde nature pour toi. Je ne vois pas de *quoi* tu pourrais avoir peur !

Gunner secoua la tête.

— Je suis mort de peur à l'idée qu'il t'arrive quelque chose et que je ne sois pas là pour te protéger. Dis-moi, tu ne paraissais pas surpris de voir ces deux connards. As-tu déjà été agressé ?

Chas détourna les yeux et regarda par la fenêtre, fixant la nuit.

— Oui, quelques fois. Je ne me cache pas d'être gay, alors, j'ai vite dû apprendre à me défendre. Quand tu as quitté Misty Falls, je me suis inscrit dans un club de boxe.

— Aurais-tu été… ?

Gunner hésita, puis il baissa le ton :

— Aurais-tu été violenté ?

— Violé ? Non, j'ai été plus fort que mon agresseur.

— Qui était-ce ? demanda Gunner.

Il parlait d'une voix dure et glacée, ce que Chas trouva étonnamment gratifiant. Gunner était prêt à tuer celui qui avait levé la main sur lui.

— C'est de l'histoire ancienne, répondit-il. L'expérience aidant, je repère mieux les tordus qu'autrefois. Ce soir, j'étais fatigué, ce qui explique que je me sois fait surprendre. Je ne faisais pas assez attention.

Un son grave vibra dans la voiture. Il fallut une seconde à Chas pour l'identifier : il émanait de la gorge de Gunner. Un grondement ? Oui.

Il ne put retenir un sourire. C'était agréable d'avoir un protecteur. Il y avait bien longtemps que…

Il tressaillit et bloqua le cheminement de ses pensées. La dernière fois qu'il avait eu un protecteur, c'était à l'école secondaire, parce que Gunner interdisait aux autres de le harceler.

— Quoi ? s'étonna Gunner. Tu tires une drôle de tronche.

— Je viens de réaliser quelque chose, Gunner. Tu as toujours été mon noble chevalier, tu es toujours venu prendre ma défense, rugissant comme un lion et repoussant les marauds qui se moquaient de moi.

Gunner éclata de rire.

— N'importe quoi ! Je n'ai rien d'un chevalier à l'armure étincelante.

— Tu crois ? Je trouve que tu as vite terrorisé ces routiers qui n'avaient pourtant rien de freluquets.

— Ne me parle pas de ces deux enfoirés ! Je m'en veux terriblement de ne pas leur avoir collé une sacrée raclée en guise de leçon.

— Ils ne valaient pas la peine que tu te salisses les mains. Quoi qu'on fasse, quoi qu'on dise, il y aura toujours des abrutis intolérants et homophobes. J'ai appris depuis longtemps à vivre ma vie et laisser les autres vivre la leur. On ne peut pas changer les mentalités qui ne veulent pas évoluer.

Gunner baissa la voix :

— Je débute dans ce domaine. Je crains que ça me prenne du temps pour me ficher de ce que les autres pensent. Je ne suis pas comme toi.

Chas ne cacha pas sa surprise.

— Comme moi ? Parce que je suis gay ? Et ça veut dire quoi, *je débute dans ce domaine* ? Quel domaine ?

— Eh bien, le monde gay.

Un rire échappa à Chas avant qu'il puisse le retenir.

— Ce n'est pas un scoop ! Tu étais déjà gay quand nous étions ados, je l'ai toujours su.

— Et moi pas ! protesta Gunner. Comment diable est-il possible que tu l'aies su avant moi ?

— M'enfin, c'était évident. Tu étais capitaine de l'équipe de foot, toutes les filles de l'école se jetaient sur toi et primo, tu ne le remarquais même pas, secundo, tu ne leur portais pas le moindre intérêt.

— Et alors ? Ça ne veut pas dire que j'étais gay. C'est peut-être… que le sexe ne m'intéressait pas.

— Ah, mais justement ! Je savais aussi que le sexe t'intéressait.

Gunner serra si fort les mains sur son volant que ses jointures devinrent blanches.

Chas eut alors une vision du passé : Gunner, la tête rejetée en arrière, son jeune corps athlétique tout cambré pendant qu'il recevait une pipe. C'était leur première fois et cette fellation avait presque été un accident. Ils avaient passé la nuit ensemble chez Chas… parce que les parents de Gunner se disputaient une fois de plus. Ils partageaient le lit double de Chas. Cette nuit-là, Chas s'était réveillé d'un rêve érotique où il était couché sur Gunner. Il avait vite constaté qu'effectivement, il était lové sur son meilleur ami. Il commençait à se dégager quand Gunner l'avait saisi dans le noir, sans un mot.

Alors, Chas avait suivi son instinct et pris la queue de Gunner en bouche. Enivré par les gémissements de son ami, il avait continué jusqu'à lui arracher un orgasme.

La deuxième fois, il devait aller chercher Gunner après son entraînement de foot et le ramener chez lui. Arrivé en retard, il avait trouvé Gunner seul dans le vestiaire. Quel cliché ! Une pipe dans un vestiaire ! Mais putain, ça avait été torride. Le risque d'être surpris pimenta cet intermède et ils étaient tous les deux si excités qu'en quelques minutes à peine, Gunner avait joui en étouffant ses cris avec son sweat universitaire en guise de bâillon.

Après cela, ils s'éclipsaient dès qu'ils le pouvaient. Ils ne parlaient jamais de leur relation, ils ne la reconnaissaient même pas ouvertement.

Pourtant, Gunner devait bien savoir que Chas était amoureux fou de lui, non ?

Chas soupira. Si c'était à refaire, il agirait différemment. Par exemple, il confronterait Gunner et lui parlerait ouvertement de ce qui se passait entre eux, pour le forcer à reconnaître leur attirance mutuelle. Quelle idée d'avoir permis à Gunner de croire que c'était juste du sexe, comme ce qu'il aurait pu si facilement avoir d'une de ses admiratrices !

À l'époque, Chas surveillait Gunner de très, *très* près et il savait très bien que le capitaine de l'équipe de foot ne bandait jamais quand les cheerleaders venaient se frotter à lui ou qu'une fille se jetait à son cou. En revanche, dès que Chas arquait un sourcil ou esquissait un sourire, même à l'autre bout de la classe, Gunner s'agitait sur son siège et tirait sur son jean au niveau de l'entrejambe.

Chas ne savait pas trop pourquoi le destin leur avait donné cette deuxième chance, mais il n'avait pas l'intention de la gâcher.

Au bout d'un moment, il souffla :

— Tu peux faire semblant d'être hétéro si ça te chante, Gunner, peut-être que tout le monde y croira, mais pas moi. Parce que je te *connais bien*, je suis même celui qui te connaît le mieux sur cette terre.

— Peuh ! rétorqua Gunner. Tu ne sais pas tout de moi.

— Ah, oui ? Dis-moi ce que je ne sais pas sur toi.

— J'ai tué… souvent. J'ai vu mes victimes exploser et des morceaux voler partout. J'ai tranché des gorges et entendu les râles des mourants.

— Bien sûr ! Tu es un SEAL, merde, pas un boy-scout !

Gunner fronça les sourcils, l'air déçu. Apparemment, il avait pensé effrayer Chas avec sa grande déclaration.

Chas ajouta :

— Tu es un soldat, Gunner, un commando. C'est bien pour ça que tu es le premier nom qui m'est venu à l'esprit quand je me suis retrouvé face à des tueurs et dans une situation impossible. Je savais que le danger ne te ferait pas peur et que tu saurais nous protéger, Poppy et moi.

— En clair, la seule chose qui t'intéresse chez moi, c'est mon entraînement militaire. C'est pour ça que tu m'as contacté !

C'était plus une assertion qu'une question.

— En partie, oui.

Gunner lui jeta un coup d'œil.

— Et le reste ?

— Je voulais te revoir. Tu as quitté Misty Falls si vite… et il restait beaucoup de questions en suspens entre nous.

Gunner se ferma comme une huître cachant une perle. Les yeux fixés sur la route devant lui, refusant même de regarder Chas.

Merde, pensa Chas, l'avait-il encore poussé trop fort ? Gunner niait-il toujours son orientation sexuelle ? Chas aurait voulu que Gunner reconnaisse éprouver des sentiments pour lui, mais sans doute le moment était-il mal choisi. Chas préféra donc ne pas insister. Sinon, Gunner ne risquait-il pas de disparaître encore dix ans ?

Le silence dura un bon moment. Peu à peu, Gunner se détendit.

Alors seulement, Chas demanda :

— Où allons-nous ?

— En Pennsylvanie. Nous attendrons là-bas d'en savoir davantage sur ce qui se passe et le rôle de Poppy dans ce sinistre merdier.

— Pas de gros mots, murmura Chas machinalement.

Gunner jeta un coup d'œil dans le rétroviseur, sans doute pour vérifier que la petite n'avait rien entendu.

— Ferme-la.

Chas sourit et Gunner lui rendit son sourire. Le ciel en soit remercié !

VIII

GUNNER JETA un regard approbateur au petit chalet. Les murs en rondins résisteraient à une fusillade. Et l'emplacement en hauteur sur le flanc d'une montagne lui donnait un excellent point de vue sur la route d'accès. Le verrou de la porte d'entrée était solide, sans doute pour résister aux ours, mais il tiendrait aussi les humains à l'écart. Mieux encore, il y avait deux chambres, donc Poppy aurait la sienne et Chas et lui bénéficieraient d'un minimum d'intimité.

Pour faire quoi, Gunner n'en était pas certain, mais justement, il pensait le découvrir à l'usage. L'intermède de la veille avant l'arrivée des tueurs avait été… une révélation.

De toute évidence, Chas l'attirait tout autant qu'autrefois.

Depuis la kitchenette, dans le coin, ce dernier demanda.

— Qu'est-ce qui ne va pas?

— Pardon?

— Tu fronces les sourcils comme si cet endroit ne te plaisait pas.

— Oh. Non, ça va.

— Tu veux faire une sieste? Tu as conduit presque toute la nuit. Je vais surveiller Poppy pendant que tu te reposes.

— Je n'ai pas sommeil.

— N'est-ce pas toi qui recommandais de dormir à la moindre occasion?

Il avait raison. Gunner roula des yeux.

— D'accord, d'accord. Je vais faire une sieste.

Il s'étendit sur le grand lit et soupira d'aise. Au cours de la dernière décennie, il avait plus souvent dormi par terre que dans un lit, aussi avait-il appris à apprécier le confort d'un matelas.

Il se réveilla en sursaut en entendant une voiture s'arrêter devant le chalet. Il quitta son lit d'un bond et récupéra le pistolet caché sous son oreiller. Il courut silencieusement jusqu'au salon. Il ne vit pas Chas. Sans doute était-il dans l'autre chambre avec Poppy. Tant mieux. Il ne risquait pas une balle perdue.

Gunner vit bouger la poignée de la porte d'entrée, il s'accroupit dans l'embrasure de la chambre, utilisant le mur en rondins comme couverture, et pointa son arme. Il expira lentement lorsque la porte s'ouvrit et son doigt commença à presser la gâchette. Il n'aurait qu'une milliseconde pour voir le tango et mémoriser son visage avant de le tuer.

L'intrus se glissa à l'intérieur, le percuteur était presque engagé.

Merde.

Gunner releva le pistolet à la dernière seconde, choqué que le coup ne soit pas parti. Il lâcha la gâchette avec précaution et vérifia l'arme avant de la baisser. Son cœur battait comme un marteau-piqueur.

Gunner se redressa et avança dans le salon.

— T'es con ou quoi ? J'ai failli te tirer dessus !

Chas posa plusieurs sacs d'épicerie sur le comptoir, se retourna, vit l'arme dans la main de Gunner et ouvrit de grands yeux.

— J'ai pensé que tu aurais faim à ton réveil. Il y a bien un restaurant au lodge principal, mais je me suis dit que par précaution, mieux valait que personne ne nous voie, encore moins avec Poppy.

Gunner soupira et rangea son arme dans son étui. Il glissa le tout dans son dos, sous la ceinture de son pantalon.

Chas, tout en déballant les courses, demanda :

— Tu ne risques pas de te flanquer une balle dans le cul avec un flingue dans ton pantalon ?

— Non, il est verrouillé. Je ne suis pas inconscient. Certains modèles Sig Sauer n'ont pas de sûreté, il faut les garder dans un harnais.

— Comment savoir si une arme est verrouillée ou pas ?

Gunner avança jusqu'au comptoir de la cuisine et ressortit son arme.

— Les sûretés diffèrent en fonction des armes, c'est souvent un cran manuel qui bloque simultanément la gâchette et le percuteur, ce qui empêche la décharge. Moi, j'active la sécurité du pouce. Regarde, c'est ce petit levier. S'il pointe vers le bas, comme ceci, l'arme est sans danger. Si je le tourne comme ça, le long du canon, je peux tirer. Pour t'en souvenir, pense à la direction où la balle va partir.

— Je préfère ne pas y penser, murmura Chas.

Gunner pencha la tête sans répondre.

— Et Poppy, elle dort encore ? demanda Chas.

— Merde ! J'ai pas vérifié. Je me suis réveillé en entendant la voiture et j'ai foncé à la porte.

— Pour me descendre.

— Eh bien, pour descendre l'intrus.

— Pourquoi ne pas essayer de l'appréhender ? Nous aurions pu le faire parler, non ? Peut-être nous aurait-il dit ce que lui et ses copains voulaient à Poppy.

Gunner secoua la tête.

— C'est plus facile à dire qu'à faire. Pour faire parler un prisonnier, il faut le briser et crois-moi, c'est à la fois salissant et chronophage. Pas du tout ce qu'on voit à la télé.

— D'accord, répondit Chas. Je suis très déçu.

Gunner traversa la pièce vers la deuxième chambre, qui contenait un lit enfant. Il ouvrit la porte et jeta un coup d'œil à l'intérieur. Poppy était étendue à plat ventre, le visage sur le matelas. Elle serrait contre elle son éléphant en peluche et ronflait doucement.

Il referma la porte et retourna vers Chas.

— Elle dort. Et elle ronfle aussi, comme si elle était en plein coma éthylique.

— Ne dis pas de bêtises ! protesta Chas. On ne donne jamais d'alcool à un enfant !

— Je sais, reconnut Gunner. Qu'as-tu acheté de bon ?

Son estomac grondait bruyamment.

— Eh bien, cette kitchenette n'a qu'un équipement rudimentaire, ce qui limitait un peu mes options. Quand nous retournerons à Misty Falls, je te ferai tous mes plats préférés, tu en pleureras de joie. Ce soir, ce sera juste des hamburgers.

— Ça me convient très bien.

Ils travaillèrent côte à côte pendant quelques minutes, Gunner cuisant les steaks sur le grill tandis que Chas éminçait des pommes de terre et les mettait à la poêle. Une fois cuites, il les saupoudra d'épices.

Gunner le regarda faire avec étonnement.

— Depuis quand t'intéresses-tu à la cuisine ?

— Comme je vis seul, ça m'occupe. J'ai pris quelques cours au début, j'ai même appris quel vin servir avec chaque plat.

— Je vois. Moi, il m'est arrivé de manger des insectes.

Chas fit la grimace.

— Tu te fiches de moi, j'espère ?

— Non, non. Quand il n'y a rien d'autre, on ne fait pas le difficile, crois-moi.

— Mais enfin, tu ne pouvais pas chasser ou pêcher ?

Gunner haussa les épaules.

— Parfois, une mission dure plus longtemps que prévu, alors, on finit par bouffer tout ce qu'on a emporté. Il n'y a pas toujours du gibier disponible, ou alors, il ne faut pas faire de bruit parce que les hostiles sont à proximité. En fait, le vrai problème, ce n'est pas la bouffe, on peut se passer de manger pendant dix ou quinze jours, mais il faut de l'eau. La déshydratation vous tue en moins de cinq jours.

— C'est gai !

Chas remplit deux verres d'eau qu'il posa sur la table. Un petit cri provenant de la chambre annonça que Poppy s'était réveillée.

— Juste à temps pour manger avec nous, annonça Chas. Va la chercher, Gunner, et change-la pendant que je finis le repas.

— Ben voyons ! Belle excuse pour éviter la corvée !

Chas lui lança un clin d'œil espiègle assorti d'un sourire. Gunner ne put s'empêcher de le lui rendre. Même enfant, Chas débordait d'une joie contagieuse qu'il répandait autour de lui. Il devait être un excellent enseignant.

Gunner se rendit dans la chambre, se pencha au-dessus du lit à barreaux et saisit Poppy. Elle se blottit contre sa poitrine, les yeux encore lourds de sommeil. Il baissa les yeux sur elle, si douce, chaude et confiante, et son cœur s'ouvrit pour elle. Il découvrait des sentiments qu'il n'avait encore jamais ressentis.

Alors qu'il couchait la petite fille sur le lit pour la changer, il tenta d'analyser ce qu'il éprouvait : de l'affection, une grande tendresse, une envie de la protéger, mais aussi, pour la première fois, le sentiment d'être père. Quelle étrange idée ! Il n'avait jamais envisagé de fonder une famille. Merde, il n'avait même pas de vraie relation…

Il tourna alors la tête vers la porte et regarda Chas qui s'activait dans la kitchenette. *Chas*. Gunner l'avait toujours eu dans sa vie, d'aussi loin qu'il s'en souvienne. Chas avait d'abord été un ami fidèle, un allié, un complice, la seule constante de son enfance, en fait.

Quand Gunner souleva Poppy, elle lui colla son doigt dans l'oreille. Il tourna la tête et fit semblant de la mordre, elle poussa un cri chatouillé. Gunner retourna avec elle dans la cuisine et la déposa dans sa chaise haute.

— Nous avons eu de la chance de trouver cet endroit, déclara Chas. Tout a été prévu pour les enfants.

— J'ignorais que les enfants avaient besoin d'autant de choses.

Chas haussa les épaules.

— Ils peuvent se passer de presque tout en fait, il leur faut juste le nécessaire : des couches, des repas équilibrés et beaucoup d'amour.

Quand Chas voulut s'asseoir, Gunner lui tint sa chaise. Chas rougit de plaisir, ses grands yeux verts devenant plus clairs encore.

— Merci, murmura-t-il.

— Merci à toi de si bien prendre soin de Poppy et de moi, marmonna Gunner.

— Tu serais tout à fait capable de t'occuper d'elle sans moi !

Gunner ricana.

— Sûrement pas ! Je ne connais rien aux enfants, je ne saurais pas par quel bout la prendre.

— Tu apprendrais vite.

— J'en doute. J'ai toujours considéré les enfants comme des extraterrestres.

— Extraterrestres, mais mignons, corrigea Chas.

Il coupa le hamburger et les pommes de terre en petits morceaux dans l'assiette de Poppy et ajouta de fines tranches de pomme.

— Tu es super avec elle, déclara Gunner.

— J'adore les enfants !

— As-tu déjà pensé à en avoir ?

— Il faudrait que ce soit dans un délai assez rapide, répondit Chas. J'ai presque trente ans.

Gunner sentit un frisson de terreur lui remonter dans le dos. Chas et des enfants ? Waouh ! C'était un engagement… énorme !

Mais enfin, d'où venait cette idée grotesque ? Pourquoi était-elle apparue dans sa tête ? Son inconscient envisageait-il *réellement* une relation avec Chas ? Du genre… couple qui s'aime sur le long terme, qui a un compte joint et partage les frais d'hypothèque sur la maison ?

Brusquement, le succulent hamburger se transforma en sciure de bois dans sa bouche. Gunner n'avait jamais envisagé de se mettre en couple, encore moins avec… eh bien, un mec. Même si Chas était un cas à part, un engagement avec lui serait sans retour en arrière possible. Parce que le monde entier le saurait gay, même s'il rompait avec son amant.

Son cerveau s'emballa encore une fois. Serait-ce une telle catastrophe d'admettre ce qu'il était et de s'afficher publiquement avec celui qu'il aimait ? Un étau lui contracta la poitrine, l'empêchant carrément de respirer. Putain de merde ! Une crise de panique !

Gunner reposa son hamburger et se leva d'un bond.

— Qu'est-ce qui ne va pas ? s'inquiéta Chas. Tu n'aimes pas ? C'est trop cuit ?

Gunner secoua la tête et se rua hors du chalet. Au passage, il récupéra son manteau et son holster.

Il faisait froid dehors, l'après-midi était gris et humide, et un vent violent s'acharnait à arracher aux arbres leurs dernières feuilles jaunies. Gunner fit le tour complet du chalet, essentiellement pour calmer son cerveau parti en vrille et desserrer la bande d'acier qui lui coupait le souffle.

Sa vie tout entière n'avait été qu'un énorme mensonge. Il savait qu'il était gay depuis ses quatorze ans, pourtant il s'était obstiné à le nier. En partie à cause de son père, bien entendu, cet enfoiré ne cessant d'insulter Chas pour son homosexualité affichée. Si son père n'avait pas formellement refusé que son fils unique continue à fréquenter « un sale petit pédé », c'était parce qu'il ne lui était jamais venu à l'idée que Gunner puisse en être un aussi. Dès l'adolescence, Gunner était conscient que son père le tuerait s'il savait la vérité. Alors, il s'était caché.

Et une fois adulte, il avait continué. Il avait également cru qu'être gay signifiait ne jamais avoir de famille, de partenaire à aimer et avec lequel partager sa vie. Quel sombre idiot ! Il s'était lui-même enfermé dans le déni. Il avait eu peur de s'autoriser à être heureux. Merde quoi ! Ces dix années de solitude avaient-elles été une façon compliquée de se punir pour ce qu'il était ?

Gunner fit un autre tour complet du chalet. Il étudia également le terrain, envisagea les meilleurs itinéraires possibles pour filer et réfléchit à la façon dont il attaquerait s'il était à la place des tueurs.

Peu à peu, au fur et à mesure que son choc se dissipait, remplacé par l'idée ébouriffante qu'il pouvait à la fois accepter son orientation et être heureux en amour, une vérité émergea en lui : rien n'avait changé au fond. Il restait le même, un SEAL, un commando capable de protéger Chas et Poppy de ceux qui étaient à leurs trousses.

Il était toujours… Gunner Vance.

Au troisième tour, avec un périmètre plus large, sa panique s'était calmée. Gunner alla jusqu'au pied de la colline et remonta. Il grimaça en constatant le nombre de caches possibles pour grimper sans se faire voir. Avec un peu de bol, leurs poursuivants étaient toujours aux trousses du camion dans lequel il avait déposé le traceur, en route pour le Canada.

Lorsqu'il revint au chalet, il trouva Poppy assise sur le tapis devant la télévision, occupée à regarder une bruyante émission pour enfants. Elle semblait captivée.

Chas avait rangé la cuisine, il somnolait sur le canapé.

— Va dormir, Chas, marmonna Gunner. Je surveille la gamine.

— Tu es sûr ?

— Oui, dans une équipe, il est courant de se partager les tâches. Ça optimise l'efficacité de chacun. Je dormirai plus tard et je monterai la garde cette nuit. Repose-toi pendant que c'est possible.

— Nous sommes une équipe ? demanda Chas, la mine sceptique.

— Oui.

IX

EN OUVRANT les yeux, Chas se sentait rafraîchi. Il put libérer Gunner, qui paraissait épuisé après quelques heures de dessins animés et de jeux puérils. Chas s'en amusa beaucoup.

— Je n'arrive pas à croire qu'un aussi petit bout de chou mette un commando sur les genoux. C'est fatigant d'être père, pas vrai?

— Éreintant, admit Gunner. Je n'ai jamais rien fait de plus ardu de toute ma vie.

Même s'il plaisantait, Chas crut entendre une note d'authenticité dans sa voix.

— Quel est le programme ce soir?

Gunner répondit du tac au tac, donc, il avait dû y réfléchir.

— Je vais dormir quelques heures. Quand tu auras sommeil, réveille-moi et je monterai la garde. Les hostiles ont tendance à attaquer la nuit, quand tout le monde dort, ou que la vigilance est moindre.

Chas s'inquiéta derechef.

— Il y a toujours du danger, d'après toi?

— Mieux vaut prévenir que gérer la merde, non?

— Je doute que ce soit la bonne formule.

Gunner haussa les épaules.

— J'ai adapté, reconnut-il. Je préférerais toujours la prudence au fait de me retrouver cul nu.

Chas gloussa.

— Hmm. Voilà une image qui me plaît tout à fait.

Gunner tourna vivement la tête et le regarda fixement. Un peu inquiet d'avoir dépassé les bornes, Chas retint son souffle jusqu'à ce que Gunner sourie et lève les yeux au ciel.

D'accord, alors. Gunner se faisait à l'idée d'être avec lui. C'était bien. C'était même très bien.

Puis Gunner se retira dans la chambre et Chas se tourna vers Poppy. Elle répétait les sons de la télé et il crut détecter dans sa prononciation un accent asiatique. Venait-elle de l'étranger? Surpris par cette idée, il consacra un moment à enregistrer ses babillages sur son téléphone portable.

Peut-être un des contacts de Gunner réussirait-il à identifier d'où Poppy venait d'après ce qu'elle disait.

Chas toucha ensuite sa poitrine et dit :

— Chas.

Elle comprit le jeu et répéta :

— Chi.

Amusé, il répéta :

— Chas.

— Chichi [9], énonça-t-elle clairement.

Elle poussa un cri aigu, il la fit taire en espérant qu'elle n'ait pas réveillé Gunner. Peut-être mettait-il des bouchons d'oreilles pour dormir ?

Chas coupa la télévision et joua avec Poppy jusqu'à ce qu'elle se lasse et devienne grincheuse. Il lui donna un bain rapide, la mit en pyjama et lui fit un biberon en guise de souper. Elle le but, blottie contre lui avec confiance. Chas sourit, soulagé qu'elle semble bien remise de son récent traumatisme.

S'il pouvait la garder au calme jusqu'à ce qu'ils retrouvent ses parents, peut-être s'en sortirait-elle sans séquelles. Ayant l'expérience des enfants, Chas savait qu'ils étaient en général résilients et aptes à s'épanouir à condition d'être aimés et soutenus.

Le biberon fini, Chas déposa Poppy dans son lit-cage et s'allongea à côté d'elle sur le lit de la chambre. Il se réveilla à minuit quand son téléphone vibra, indiquant qu'il était temps de réveiller Gunner.

Chas s'en alla pieds nus et passa dans l'autre chambre. Le lit était un 160, pourtant Gunner en occupait la majeure partie. Étalé sur le ventre, il dormait à poings fermés.

Chas tira sur le drap, exposant le dos nu. Il grimaça devant les nombreuses contusions qui dessinaient un patchwork sur les muscles en relief. Il se pencha et posa un baiser léger sur l'épaule de Gunner, à un endroit où la peau n'était pas marbrée de bleu ou de violet.

Gunner grogna un peu, sans ouvrir les yeux. Chas mit un genou sur le matelas et embrassa son omoplate, puis il descendit le long de la colonne vertébrale, savourant le contact de la peau souple tendue sur des muscles durs. Il écarta davantage le drap pour dénuder les reins fermes et fit jouer sa langue dans la légère fossette au creux des lombaires, juste avant le galbe des somptueuses fesses.

---

9 « Papa » en japonais.

Désormais réveillé, Gunner remua paresseusement, sans cacher qu'il appréciait ces attentions. Encouragé, Chas changea de position, s'agenouilla entre les cuisses écartées de Gunner et se mit à masser les jambes puissantes, descendant le long des cuisses et des mollets jusqu'aux pieds. Il enfonça les pouces dans la voûte plantaire jusqu'à ce que Gunner gémisse faiblement. Chas remonta, pétrissant les muscles qui roulaient sous ses paumes.

Il se pencha et lécha l'arrière des genoux. Gunner se tortilla très vite. Ah, il était chatouilleux, hein ? C'était bon à savoir. Chas mordilla et embrassa l'arrière d'une cuisse jusqu'à atteindre la jonction. Il hésita une seconde, puis décida de continuer.

Il écarta les cuisses de Gunner afin d'avoir accès à ses bourses et les lécha, heureux d'entendre son amant haleter. Gunner bandait, Chas joua avec sa queue érigée écrasée sur le matelas. L'épaisse veine palpita sous sa langue.

Gunner s'était raidi. Décidé à le torturer un peu, Chas continua à le titiller, remonta le long de sa colonne vertébrale et plaqua son corps au sien. Il murmura à son oreille :

— Tu es prêt à faire ça bien, cette fois, ou tu préfères continuer à faire semblant que tu veux juste une pipe de temps en temps ?

Gunner réagit très vite. D'un coup de reins, il renversa Chas, roula sur lui et sa grande ombre menaçante se pencha dans l'obscurité.

— Ne joue pas avec moi, Chasten !

— Je ne joue pas, je pose juste une question. À toi de décider ce que tu veux faire.

— Tu es sûr de vouloir aller jusqu'au bout ? insista Gunner. Il n'y aura pas de retour en arrière possible.

— Mon pote, il n'y en a jamais eu. Tu es le seul à ne pas l'avoir admis.

Chas était conscient de prendre un risque en pressant Gunner, mais il en avait assez des atermoiements. Gunner avait passé toute sa vie d'adulte dans le placard, c'était stupide et il était plus que temps de lui ouvrir les yeux une bonne fois pour toutes.

Gunner le fixa pendant un très long moment. Ensuite, très lentement, centimètre par centimètre, il baissa la tête et ses lèvres effleurèrent celles de Chas. Un baiser léger comme une plume. Comme si Gunner testait le goût de cette nouvelle relation.

Chas patienta, le laissant prendre son temps.

Puis Gunner planta le coude sur l'oreiller et se pencha à nouveau. Cette fois, son baiser fut plus ferme. Chas ouvrit la bouche pour accueillir sa langue, il gémit aussi. Il attendait cette connexion, il en rêvait depuis toujours. Il s'accrocha à la nuque puissante et tira un peu, invitant Gunner à approfondir le baiser.

Cette fois, ce fut Gunner qui gémit, le son étouffé par leurs lèvres et leurs langues s'affrontant de façon sensuelle. Chas bandait comme un malade, il souleva les hanches et se frotta à Gunner.

— Non, je… marmonna Gunner contre ses lèvres.

Chas espérait que Gunner n'allait pas changer d'avis.

— Non quoi? souffla-t-il.

— Euh, je ne sais pas trop comment faire.

Chas aurait pu en pleurer de soulagement.

— Ne t'inquiète pas. Moi, je sais. Je vais te montrer.

Gunner posa la tête sur l'épaule de Chas. Il tremblait un peu. Et Chas trouva infiniment émouvant cette vulnérabilité chez un commando. Son cœur gonfla dans sa poitrine. Gunner lui faisait confiance. C'était… follement sexy.

Chas tendit la main et fouilla dans le tiroir de la table de chevet.

— Il se trouve que j'ai rangé du lubrifiant dans ce tiroir.

— Oh, vraiment? grinça Gunner. Tu étais bien sûr de toi, si je comprends bien.

Chas releva la tête et l'embrassa sur la bouche.

— Sais-tu depuis combien de temps je t'attends?

— Oui.

— C'est ça, fais le mariole, marmonna Chas.

Gunner sourit et lui mordit légèrement l'épaule.

Chas versa du lubrifiant dans sa main et se prépara. La prochaine fois, Gunner s'en chargerait peut-être, mais ce soir, autant lui montrer comment faire. Il enduisit ensuite le sexe érigé et palpitant de Gunner à grands mouvements amples. La respiration du commando devint erratique.

Chas enroula les jambes autour des hanches de Gunner.

— Tu débutes, alors, nous allons faire simple, chuchota-t-il. Imagine être avec une femme et vise un peu plus loin.

Gunner rit entre ses dents.

— Non, non, je ne suis pas ivre. Avec une femme, je dois être ivre pour baiser.

Masturbant toujours Gunner, Chas ne put s'empêcher de glousser.

— De toute évidence, tu n'as pas à être ivre avec moi.

Gunner se figea, comme s'il en avait besoin pour absorber cette vérité indéniable.

— D'accord, je suis sobre, je suis heureux d'être avec toi.

— Oh, Gunner ! Tu n'as aucune idée de ce qui t'attend !

Chas, lui, le savait. Il fantasmait sur Gunner depuis l'école secondaire. Tous les amants qu'il avait eus avaient été remplacés par Gunner dans son esprit. Au lit avec eux, c'était Gunner qu'il voyait, c'était à Gunner qu'il pensait.

— Découvrons-le ensemble, d'accord ? murmura l'intéressé.

Gunner glissa la main entre eux. Chas lâcha la queue qu'il serrait encore et changea un peu de position afin d'aider Gunner à trouver le bon angle. Il haleta quand le gland brûlant et humide pressa contre son entrée. Dès que Gunner le pénétra, Chas gémit.

Et Gunner s'arrêta immédiatement. Chas ouvrit les yeux, sans comprendre. Il croisa un regard très bleu, très affolé.

— Tu ne m'as pas fait de mal ! s'empressa-t-il de dire. C'était divin ! Continue.

— Tu es sûr ?

Chas ne put retenir un gloussement étranglé.

— Certain ! Ne me fais pas attendre, baise-moi. Si tu changes d'avis, je ne crois pas que je te le pardonnerais.

— Si je te fais mal, tu me le diras ? insista anxieusement Gunner.

— Oui.

— Promis ?

— Oui. Baise-moi !

— D'accord.

Gunner se repositionna et pressa plus fort. Il était bien membré et le corps de Chas résistait à l'invasion.

— Vas-y, haleta Chas. Pousse à fond.

Il inspira un grand coup quand Gunner obtempéra. Ses muscles cédèrent d'un coup et Gunner le pénétra jusqu'à la garde.

— Oh, putain ! grogna ce dernier.

— Tu aimes ? pantela Chas.

Pour ne pas affoler Gunner, il cherchait à cacher le choc qu'il ressentait. Il était chaste depuis un bout de temps et s'adaptait lentement à l'invasion.

— Mmm, haleta Gunner.

— Bon, maintenant, tu peux bouger, d'avant en arrière, le lubrifiant va aider tes mouvements. Suis ton instinct.

Il sentit sous les mollets les muscles fessiers de Gunner durcir et bouger. Puis le sexe énorme pénétra plus profondément en lui et Chas vit des étoiles.

— Oh, oui ! Comme ça !

Gunner fit quelques va-et-vient précautionneux.

— Putain ! grogna-t-il à l'oreille de Chas.

Très vite, il trouva son rythme et Chas s'y soumit de grand cœur. Plein d'exultation, il soulevait le bassin pour mieux s'offrir.

— C'est ça, Gunner. Baise-moi.

Il enroula ses bras autour du dos puissant et resserra l'étreinte de ses jambes sur le cul de Gunner, le poussant à aller plus profond, plus fort, plus vite. Gunner le martela de plus belle, le visage enfoui dans son cou. C'était, en un mot, magnifique.

— Je ne te fais pas mal ? haleta Gunner.

— Absolument pas ! haleta Chas. C'est dément ! Continue ! Donne-moi tout.

Gunner ne retint plus la force de ses coups de boutoir, il pilonna Chas comme un marteau-piqueur. Le sexe de Chas, pris entre leurs deux corps, appréciait la friction. Chas perdit la capacité de parler, ses couilles se resserrèrent, prêtes à exploser, il y était presque…

Gunner accéléra encore et d'un coup, son orgasme jaillit, des giclées de sperme chaud rebondirent dans les entrailles de Chas.

Chas éjacula à son tour, sa jouissance si violente qu'il eut la sensation d'être coupé en deux. Gunner se cambra contre lui et cria son nom, le visage enfoui dans l'oreiller.

C'était le moment le plus intime qu'ils aient jamais partagé. Il effaçait tout le reste, les années de séparation, les blessures, les secrets. Chas et Gunner étaient ensemble. C'était solide, c'était authentique. Et plus jamais ils ne pourraient le nier.

Peu à peu, la tension se dissipa du grand corps de Gunner et Chas se délecta de ce poids qui le clouait au matelas. Il continuait à serrer bras et jambes autour de son amant, comme pour le retenir en place.

Finalement, Gunner marmonna :

— Je t'écrase.

— C'est bon. J'aime ça.

Sans tenir compte de ses paroles, Gunner s'écarta et roula sur le côté, attirant Chas contre lui. La tête sur l'épaule de son amant, Chas savoura sa profonde satisfaction physique.

Ils restèrent ainsi longtemps, en silence, dans leur nirvana post-coïtal.

Peu à peu, ils retrouvèrent leur souffle et Chas osa demander :

— Tu as aimé ?

— À ton avis ? demanda Gunner.

— Je dirais que tu commences à peine à réaliser ce que tu as raté en niant ton orientation. Tu as beaucoup de retard à rattraper.

La poitrine de Gunner vibra d'un rire silencieux.

— Tu ne peux pas t'empêcher de me le rappeler, c'est ça ?

— Je n'ai pas dit : *tu vois, j'avais raison* !

Cette fois, Gunner éclata de rire.

— Idiot.

— Idiot toi-même, répondit Chas avec affection. Tu verras quand tu me prendras par-derrière. Cette position permet de baiser encore plus profond et plus fort.

— Mais j'aime te regarder, objecta Gunner.

— Moi aussi, mais il faut tout essayer, pas vrai ? Comme ça, tu pourras choisir les positions que tu préfères en connaissance de cause.

Gunner sourit.

— D'accord. Pour le moment, le devoir m'appelle. Je vais sortir et vérifier qu'il n'y a rien de dangereux dehors.

Chas gémit une protestation quand Gunner quitta le lit et se dirigea vers la salle de bain. Il s'étala paresseusement sur le ventre, appréciant de se sentir aussi bien baisé.

Quand Gunner ressortit, entièrement habillé, Chas lui demanda :

— Que feras-tu si tu trouves quelqu'un dehors ?

— Ça dépendra du nombre et de leur armement. Si j'ai mes chances, je combattrai, sinon, on filera.

— Je suis fatigué, répondit Chas, à moitié endormi.

— Ne t'endors pas sans t'habiller d'abord. Et laisse tes chaussures à côté du lit. Si nous devons partir, il faudra aller très vite.

— Rabat-joie ! Tu es censé me dire que c'était super et que tu es impatient de me baiser encore.

Gunner se pencha pour lui chuchoter à l'oreille :

— C'était super et *je vais* te baiser encore.

X

GUNNER VIBRAIT bien trop d'énergie pour rester assis dans le salon du petit chalet, il décida donc de patrouiller dehors. En général, il préférait être au grand air qu'enfermé entre quatre murs et il aimait tout particulièrement les nuits fraîches, avec un million d'étoiles saupoudrant le ciel et son souffle qui créait de petites volutes de brouillard.

Vers deux heures du matin, il entendit un vrombissement dans le lointain. Surpris, il leva les yeux vers le ciel. Ça ressemblait à un…

Il jura en reconnaissant le bruit distinctif d'un drone. C'était le milieu de la nuit, putain ! Ce n'était certainement pas un amateur qui s'amusait.

Gunner dévala la pente au pas de course, furieux que les arbres, après avoir perdu leurs feuilles dans la tempête d'hier, ne lui offrent aucune couverture valable.

Il réfléchissait tout en courant.

Il pouvait abattre le drone. Les hostiles en avaient peut-être un second, mais l'envoyer leur ferait perdre quelques minutes. La portée d'un petit drone militaire était d'environ quinze kilomètres, donc l'ennemi n'était pas nécessairement à proximité.

Le drone expliquait que leurs poursuivants aient si vite retrouvé leurs traces. Et cela signifiait aussi que ces enfoirés n'étaient pas de simples voyous. Ils avaient une formation militaire et des compétences.

Une fois encore, Gunner les avait sous-estimés.

Le bruit s'amplifia alors qu'il approchait du chalet. Le drone était à quinze mètres au-dessus de sa tête. Gunner s'arrêta à l'orée des arbres et dégaina son pistolet. Il aurait préféré avoir une carabine, mais en quittant sa chambre d'hôpital, il n'avait pas eu le temps de sortir son kit de terrain de son casier. La seule arme à sa disposition, c'était celle que Rafael lui avait remise à Misty Falls, en descendant du jet.

Gunner choisit une branche à hauteur d'épaule et posa les poignets dessus pour aligner son tir. Il n'aurait qu'une seule chance de descendre le drone avant que le pilote, réalisant le danger, quitte la zone. Il estima le vent du mieux qu'il put, visa et tira. Le drone explosa, projetant des morceaux de métal dans tous les sens. Avant même qu'il s'écrase au sol, Gunner courait comme un dératé vers le chalet.

Il ouvrit la porte à la volée et cria :

— Chas ! Nous partons ! Vite ! Prépare-toi. Je m'occupe de Poppy. Dépêche-toi.

Chas sortit de la chambre, les cheveux hérissés.

— Quoi encore ?

Gunner récupéra Poppy, dans ses couvertures, et le sac à langer qu'il avait remballé après le dîner. Il quitta le chalet sans prendre la peine de répondre à Chas. Les explications seraient pour plus tard, en supposant qu'ils soient encore vivants.

Poppy se mit à pleurer quand il ouvrit la portière et la fit passer à Chas, sur le siège passager. Il démarra sans allumer les phares et pressa l'accélérateur, dévalant la route d'accès. Par chance, il l'avait empruntée plusieurs fois lors de ses patrouilles, aussi la connaissait-il bien.

Une fois sur la route principale, Gunner alluma les phares et accéléra. Chas, après avoir calmé Poppy avec sa tétine, l'installa à l'arrière dans son siège. Quand il se redressa, Gunner ordonna :

— Regarde dehors. Observe le ciel et dis-moi si tu aperçois un drone.

— Un drone ? Ces mini-hélicoptères pour enfants ?

— Les drones militaires sont parfois plus gros. Ils peuvent avoir la taille d'une table.

Chas se pencha en avant, scrutant le ciel.

— Il fait très sombre. Comment veux-tu que je repère un drone ?

— Regarde les étoiles. S'il y a un drone, il se découpera en noir contre leur lueur.

— Je suis désolé, je ne vois rien, je ne suis pas un super-héros avec une vision aux rayons X. En plus, nous roulons trop vite. Tu es sûr que tu as le droit de faire du cent soixante ?

— Je suis à peine à cent trente.

— Et cette route est limitée à quatre-vingts !

— Exact, convint Gunner d'un ton sinistre.

Après quelques minutes de réflexion intense, il ajouta :

— Peux-tu me trouver le tunnel le plus proche ?

Chas fronça les sourcils.

— Un tunnel ? Un truc qui passe sous une montagne ?

— Oui. Je présume que ça existe en Pennsylvanie.

— Oui, sûrement. Attends, je regarde.

Chas alluma son téléphone portable et afficha une carte de la région. Après une brève recherche, il annonça :

— J'en vois un à soixante kilomètres au Sud. Il est assez long, presque deux kilomètres. Il est sur le Pennsylvania Turnpike [10].

— Ça ira. Donne-moi les indications.

Chas obtempéra et, après deux carrefours, ils s'engagèrent sur l'autoroute en question, presque déserte à cette heure-ci. Cette fois, Gunner poussa la voiture à cent soixante comme Chas l'en avait accusé précédemment. Les drones avaient beau être maniables, ils n'étaient pas assez rapides pour le suivre à cette vitesse. Si Gunner réussissait à distancer le drone le temps de se mettre à l'abri, peut-être arriverait-il à semer leurs poursuivants. En insistant sur le «peut-être».

Chas ne trouva pas le drone, mais aux picotements de sa nuque, Gunner était certain d'en avoir un aux trousses. Son intuition le trompait rarement, aussi avait-il pris l'habitude de s'y fier.

— Voilà le tunnel! s'écria Chas d'une voix tendue.

Il désignait une arche brillamment éclairée juste devant eux. Gunner s'y engagea et roula environ quatre cents mètres avant de ralentir et de s'engager sur l'étroit bas-côté. Puis il coupa le contact.

— Qu'est-ce que tu fais? s'exclama Chas.

— Bouge-toi. Prends le sac bébé. Je m'occupe de Poppy.

Une fois sorti de la voiture, Gunner ouvrit le capot comme s'il était en panne. Puis il sortit Poppy et son siège-auto. Faisant signe à Chas de le suivre, il traversa rapidement le terre-plein central et se positionna au bord de la route, avec Poppy clairement visible.

Un énorme semi-remorque arriva peu après, Gunner agita son bras libre. Le camion freina et s'arrêta à côté d'eux.

Le chauffeur descendit sa vitre.

— Vous êtes en panne? demanda-t-il.

Gunner afficha son sourire le plus amical.

— Oui, monsieur. Si vous pouviez nous emmener, ce serait bien sympa. J'ai peur que la petite attrape froid.

— Montez, dit le chauffeur.

Chas passa le premier, Gunner lui tendit Poppy, puis il grimpa à son tour.

---

10 Autoroute de Pennsylvanie, qui relie Philadelphie à Harrisburg et Pittsburgh.

— C'est vraiment gentil de votre part de vous être arrêté, dit Chas avec chaleur.

Le routier se remit en marche et accéléra lentement.

— Votre voiture est de l'autre côté, indiqua-t-il. Je ne vais pas vous conduire là où vous comptiez aller.

— Peu importe, répondit Gunner. Si vous pouviez nous déposer là où il nous sera possible de louer une voiture.

— D'accord. Je vais à Philadelphie.

— Encore mieux ! s'exclama Gunner. Nous y résidons aussi. Nous allons rentrer à la maison et annuler les vacances.

Le chauffeur hocha la tête. Le camion sortait du tunnel. Gunner fut tenté de vérifier s'il voyait un drone, mais il y avait de grandes chances pour que l'appareil soit déjà de l'autre côté, à attendre qu'ils sortent.

Ils avaient trouvé un chauffeur assez vite, aussi les hostiles ne s'inquiéteraient-ils pas avant un bon quart d'heure de ne pas les voir arriver. À ce moment-là, il fallait que la piste soit froide.

À environ huit cents mètres du tunnel, Gunner vit un SUV noir garé de l'autre côté de l'autoroute. Il tenta de lire la plaque, mais il faisait trop sombre. Très content d'avoir planté ses poursuivants, il s'enfonça dans son siège et écouta Chas et le routier discuter de sa cargaison.

Quelques heures plus tard, ils arrivèrent en périphérie de Philadelphie. Gunner repéra un relais routier et demanda au chauffeur de les y déposer, indiquant qu'il allait appeler un taxi pour rentrer chez eux. Après avoir chaleureusement remercié le chauffeur, Gunner sortit son téléphone.

Ils attendirent l'arrivée de leur taxi dans la boutique près de la station-service.

— Où allons-nous ? demanda Chas.

— À l'aéroport.

— Nous prenons l'avion ?

— Non, c'est impossible avec Poppy, nous n'avons aucun document d'identité pour elle. Nous y trouverons une voiture décente à louer.

Une heure plus tard, Gunner ouvrait la portière d'une grosse cylindrée turbocompressée pour y installer un bébé endormi et un Chas somnolent.

— C'est ça que tu appelles une voiture *décente* ?

— Oh que oui ! Si ces connards parviennent à nous retrouver, il me faut de la puissance pour les distancer.

— Pas de gros mots, marmonna Chas, les yeux déjà fermés.

Gunner était fatigué, lui aussi, mais il avait beaucoup plus d'expérience à gérer son épuisement que Chas. Il se mit au volant et prit la direction du Sud.

Il était temps d'appeler les renforts.

Il roula pendant deux heures environ, jusqu'à ce que le ciel commence à s'éclaircir à l'Est. Il s'arrêta alors dans un hôtel banal, mais plutôt agréable. Les gens en cavale avaient tendance à fréquenter des bouges sordides, pensant sans doute que le personnel serait peu enclin à parler à la police. Dans leur cas, un directeur d'hôtel sérieux serait moins susceptible de divulguer à des malfrats l'identité de ses clients.

Gunner emporta dans la chambre Poppy, endormie dans son siège-auto, suivi par un Chas qui titubait un peu.

— Puis-je enlever mes chaussures et me déshabiller ? demanda Chas.

— Oui. Nous devrions être en sécurité ici. Dors. J'ai quelques coups de fil à passer.

Sans insister, Chas tomba dans le lit et Gunner le regarda avec envie. Il se serait volontiers étendu lui aussi, blotti contre son amant pour les douze prochaines heures. Au lieu de cela, il passa dans la salle de bain et referma la porte.

Il contacta Spencer Newman. Son ancien patron n'était pas du genre à s'offusquer d'un appel aux petites heures du matin – il avait été agent de terrain assez longtemps pour savoir que les emmerdes attendaient rarement le lever du soleil.

Effectivement, Spencer répondit d'une voix alerte :

— Salut, Gun. Quoi de neuf ?

— J'ai un problème, Spence. Je n'ai pas réussi à semer ceux qui nous suivent depuis Misty Falls. J'ai avec moi l'enfant et le gars qui l'a sauvée. Nous sommes dans un hôtel à une heure de Washington, DC.

— Une seconde. Je vous mets sur haut-parleur pour que Dray entende aussi.

Dray, c'était Drago Thorpe, le partenaire de Spencer sur le plan personnel et professionnel, un ancien de la CIA, spécialiste des opérations top-secret.

— Salut, Gun.

Drago paraissait nettement plus endormi que Spencer.

— Désolé de vous réveiller, monsieur.

Spencer dit vivement :

— Que pouvez-vous nous dire sur vos suiveurs ?

93

— Ils sont bons. Ils avaient mis un traceur dans les vêtements de Poppy et…

— Poppy ? C'est le nom de l'enfant ?

— Non. C'est juste comme ça qu'on l'appelle. La nuit où Chas l'a trouvée, elle portait une chemise avec une grosse fleur rouge dessus.

— Je vois. Continuez, déclara Spencer.

— J'ai mis le traceur dans un camion en direction du Canada, mais les hostiles n'ont pas mordu à l'hameçon. En fait, je suis convaincu qu'ils ont utilisé un drone pour nous suivre jusqu'en Pennsylvanie. J'ai abattu leur drone, mais ils ont dû en envoyer un deuxième. Nous avons changé de véhicules dans un tunnel et je pense que, pour le moment, nous les avons semés. Mais j'aurais besoin de renforts. J'ai très peu dormi ces derniers jours et j'aimerais être mieux armé si ces connards se rapprochent.

— À une heure de DC, vous dites ? demanda Spencer.

— Oui.

— Dormez, si vous en avez besoin. Rendez-vous à midi à… Je vous envoie une adresse à Potomac. Drago et moi vous retrouverons là-bas. Nous établirons un plan pour attraper ces bâtards, ou au moins pour savoir qui diable ils sont et ce qu'ils veulent.

— Pourriez-vous m'apporter un kit de terrain supplémentaire, monsieur ? demanda Gunner. Je me sens à poil avec juste une arme de poing et sans mes équipements habituels.

Spencer éclata de rire.

— Je m'en occupe.

— À plus tard. Et merci, Spence.

— On prend soin des nôtres.

— *Oorah* [11].

---

11 Cri de guerre du Corps des Marines des États-Unis.

XI

SPENCER RESSERRA sa cravate en entrant au siège de la CIA à Langley, Virginie. Il était là principalement pour apporter un soutien moral à Dray. C'était sa première visite depuis son licenciement.

Drago et lui avaient tous deux abandonné leurs anciennes vies, leurs anciennes carrières, ils avaient désormais des objectifs plus importants, plus intéressants. Ils avaient terminé la paperasserie de leur future boîte de sécurité, même si le nom définitif restait à définir. Elle serait nichée derrière plusieurs sociétés-écran, bien entendu.

Spencer cherchait un nom frappant, accrocheur, mais il n'avait pas encore trouvé le bon.

Il accrocha au revers de sa veste le badge visiteur que Drago lui remit et suivit son amant jusqu'au mur étoilé où ils attendirent qu'on vienne les chercher. Un homme à l'air érudit, plutôt ébouriffé, se présenta et accueillit Drago d'une chaleureuse poignée de main.

Il s'éclaira d'un sourire qui animait tout son visage maigre.

— Heureux de te revoir, Charles ! s'exclama Drago.

— Moi aussi, murmura l'analyste de la CIA, je suis heureux de vous voir tous les deux. Venez avec moi.

Drago et Spencer le suivirent jusqu'à une petite pièce faisant face à une rangée de travailleurs penchés sur leurs bureaux. Charles Favian dirigeait une unité spéciale d'analyse stratégique, comme l'indiquait la plaque en cuivre insérée sur sa porte.

Les trois hommes s'entassèrent dans le petit bureau et Charles referma la porte derrière eux. Spencer sentit un «*pop*» dans les oreilles. Il jeta un coup d'œil entendu au panneau. La porte était insonorisée.

— Que puis-je faire pour vous, messieurs ? demanda Charles.

Il portait des lunettes à monture d'écaille qui lui donnaient l'apparence d'un professeur un peu distrait.

— As-tu entendu parler d'une fusillade dans le New Hampshire datant de quelques jours ? interrogea Drago.

Charles fronça les sourcils.

— Mon domaine, c'est plutôt la scène internationale.

— C'est vrai. Eh bien, il y a eu une fusillade dans le nord de l'État. Plusieurs flics locaux ont été tués ainsi que des habitants. Mais ce que personne – à part nous – ne semble savoir, c'est qu'une enfant d'origine asiatique est mêlée à cette histoire. Il se peut même qu'elle ait été la cible de la fusillade.

Charles cligna des yeux plusieurs fois.

— Une enfant? Quel âge?

— Moins de deux ans.

— Les enfants aussi jeunes sont rarement la cible d'une tentative d'assassinat, protesta Charles. Sauf s'ils sont les héritiers en titre d'une position de pouvoir ou d'une très grande fortune. Et même dans ce cas, ils sont presque toujours kidnappés et non tués de prime abord.

Spencer répondit :

— Il est possible que cette attaque ait visé à un enlèvement. Nous savons juste qu'une femme a été assassinée alors qu'elle tentait de fuir avec l'enfant.

— Connaissez-vous la nationalité de l'enfant? L'Asie, c'est vaste.

— Peut-être japonaise, répondit Spencer.

— Hmm.

Charles se mit à taper sur son clavier d'ordinateur, puis il étudia les données qui apparaissaient à l'écran. Malheureusement, Spencer ne voyait rien d'où il était assis. Le silence s'éternisant, Spencer eut l'impression que Charles avait oublié leur présence dans son bureau.

Drago se pencha vers lui et murmura :

— Le groupe de Charles fait des simulations de crises mondiales. Il a accès à des informations en temps réel de presque partout dans le monde. C'est pourquoi je suis venu le voir aujourd'hui.

Charles sursauta, comme s'il venait de recevoir un choc électrique.

— Drago? s'exclama l'analyste. Dans quelle affaire es-tu donc impliqué?

— Pourquoi cette question? demanda Dray. Qu'as-tu trouvé?

— Je viens de recevoir un drapeau rouge! Mes paramètres de recherche ont apparemment été transmis au bureau Asie et ils exigent – de façon plutôt agressive! – de savoir pourquoi j'ai lancé cette recherche particulière. Ils envoient quelqu'un pour me rencontrer.

Spencer et Drago échangèrent des regards surpris. Dans quoi Gunner se trouvait-il empêtré? Et qui diable était cette enfant?

Un homme d'âge moyen qui semblait avoir des gènes japonais frappa impatiemment à la porte. Il bouscula Charles en entrant avant de s'arrêter pour fixer Spencer et Drago.

— Qui sont-ils ? demanda-t-il.

— C'est pour eux que j'ai lancé cette recherche concernant une enfant, répliqua Charles avec un calme admirable. Pourriez-vous nous expliquer la raison de ce drapeau rouge ?

— Venez avec moi, vous deux, dit l'homme.

— Je ne vous connais pas, déclara Drago poliment. Je suis Drago Thorpe. Anciennement membre du groupe OPSEC. Et vous êtes ?

En entendant OPSEC, l'homme se figea, manifestement pris au dépourvu. Sa réaction n'avait rien d'étonnant. Le groupe opérationnel de l'agence était restreint, mais très efficace. Tous ceux qui y travaillaient étaient dangereux à l'extrême.

— Joe Riyosuki. Et vous ? interrogea-t-il en se tournant vers Spencer.

— Spencer Newman. Retraité de la Marine américaine.

Il omit délibérément avoir fait partie des SEAL, d'abord parce qu'il restait contrarié de ne plus porter ce titre, ensuite, parce qu'il préférerait que ce type le sous-estime jusqu'à ce qu'il leur révèle la raison de son agitation.

— J'aimerais que vous veniez tous deux avec moi, insista Joe.

— Où exactement ? s'enquit Drago avec suspicion.

— Écoutez, il ne s'agit pas d'une simple requête. Si besoin est, je vous ferai arrêter tous les deux. Il est impératif que vous veniez avec moi tout de suite.

Spencer fronça les sourcils. Dans quel merdier Gun les avait-il embarqués ?

Sans plus discuter, Drago et lui suivirent Riyosuki jusqu'à un ascenseur. Un peu inquiet, Spencer nota que l'homme appuyait sur le bouton du rez-de-chaussée. Il jeta un coup d'œil à Drago, qui serrait les dents.

Ils sortirent dans un parking et Riyosuki se dirigea vers un SUV blanc dont le moteur tournait au ralenti.

Spencer secoua la tête.

— Non, non, Joe, je ne vous connais pas, il n'est pas question que je monte dans une voiture sans savoir où vous comptez m'emmener.

Joe soupira.

— Vous êtes attendus de toute urgence à l'ambassade du Japon.

Drago écarquilla les yeux, Spencer aussi.

— Je vous en prie, ne perdons pas de temps, insista Joe. C'est une question d'importance internationale de la plus grande délicatesse. Si vous tenez à prendre votre véhicule, pas de problème, suivez-moi.

Drago hocha la tête avec raideur.

— J'ai un pick-up gris métallisé, indiqua-t-il. Je serai devant la porte principale dans cinq minutes. Ensuite, je vous suivrai.

Il tourna les talons, repartit avec Spencer jusqu'à l'ascenseur. Ils traversèrent le hall au pas de course, rendirent leurs badges à l'accueil et retournèrent au parking visiteurs.

Une fois à l'extérieur, Spencer marmonna :

— Tu lui fais confiance ?

— Oui. Il est vraiment paniqué. Il n'a pas suivi le protocole en ne nous raccompagnant pas à la réception pour s'assurer que nous quittions bien le bâtiment. Alors, suivons-le et voyons un peu quel est le problème des Japonais.

Le trajet vers le nord-ouest de DC fut un cauchemar, la circulation à l'heure de pointe était dense et très embouteillée, mais ils finirent par arriver à l'ambassade, un manoir géorgien en brique pâle sur Massachusetts Avenue. Le garde à la porte leur fit signe de passer et peu après, ils se garaient dans l'allée circulaire devant l'imposante structure.

Ils furent conduits avec une célérité impressionnante dans un bureau de style occidental, dont les hautes fenêtres donnaient sur un magnifique jardin. Un énorme lustre en cristal pendait au centre de la pièce. Un jeune homme servit le thé, puis un homme plus âgé entra.

Joe de la CIA fit des présentations en anglais, puis il échangea quelques mots rapides en japonais avec leur hôte. Spencer et Drago se regardèrent.

L'homme de l'ambassade s'adressa à eux dans un anglais parfait à l'accent britannique :

— Merci d'être venus si rapidement.

— Comment pouvons-nous vous aider, monsieur ? demanda Drago.

— Cette affaire réclame une extrême discrétion, messieurs.

Drago ajouta sèchement :

— M. Newman et moi avons détenu les plus hautes habilitations de sécurité du gouvernement des États-Unis. Nous avons toujours appliqué une *extrême discrétion* durant nos deux carrières.

Le Japonais inclina brièvement la tête.

— Il y a plusieurs semaines, un citoyen japonais du nom de Kenji Tanaka a signalé la disparition de sa fille.

Super! Tout s'annonçait assez facile. Gunner ramènerait l'enfant à l'ambassade, il la rendrait aux autorités et elle serait renvoyée dans sa famille.

— Si j'ai bien compris, continua leur hôte, vous prétendez connaître une jeune Japonaise qui correspond à cette description.

— Pardon? déclara Drago, le visage figé. Nous n'avons jamais dit ça.

Cachant sa surprise, Spencer lui jeta un coup d'œil. Pourquoi Dray mentait-il? Pourquoi se méfiait-il de leur interlocuteur? Spencer ne vit qu'une seule réponse possible : quelque chose l'avait alerté.

Dray avait un instinct tout à fait étonnant pour flairer les entourloupes.

— Qui est Kenji Tanaka? demanda poliment Drago.

Un peu trop poliment. Que savait-il donc que Spencer ignorait?

L'homme de l'ambassade répondit :

— Il est architecte à Tokyo. Il conçoit et construit des gratte-ciel, il gère également de grands projets architecturaux à travers le monde.

— Alors, il est riche? insista Drago.

— Oui.

— A-t-il reçu une demande de rançon pour sa fille?

— Ce sont des informations confidentielles, monsieur.

— Pas vraiment. Elle a été kidnappée, disiez-vous. Donc, les ravisseurs ont pu réclamer au père de l'argent. Ou pas.

Spencer fronça les sourcils. *Ou pas?* Quelle étrange réflexion. Pourquoi kidnapper un enfant sans demander de rançon?

Il réfléchit à ce point pendant que l'homme de l'ambassade s'entretenait en japonais avec Joe de la CIA. Même sans parler japonais, Spencer devina que Joe recevait une bonne dose de diplomatie au sens ambigu... ce qui équivalait à une non-réponse.

Joe s'excusa :

— Je suis désolé, il ne peut répondre à cette question.

— Parce qu'il n'en sait rien ou parce qu'il n'a pas le droit de parler? insista Drago d'un ton sec.

Spencer, qui regardait l'homme de l'ambassade, déchiffra sans peine son expression : il connaissait la réponse et ne comptait pas la leur révéler.

L'homme demanda :

— Savez-vous où est l'enfant à présent?

Drago jeta un coup d'œil à Spencer, qui répondit doucement :

— Non. Nous avons simplement appris qu'elle aurait pu se trouver il y a quelques jours à proximité d'une scène de crime, aussi cherchons-nous à en savoir davantage à son sujet.

— Auriez-vous des informations susceptibles de nous aider à la retrouver afin de la rendre à son père? insista l'homme avec urgence.

— Je suis désolé, intervint Drago. Mais comme vous, nous sommes tenus au secret. Ce sont des informations confidentielles. Merci de nous avoir reçus, ce thé était excellent. Si nous localisons l'enfant et pouvons la rendre à son père, nous le ferons certainement.

Bien que troublés, ni l'homme de l'ambassade ni Joe ne cherchèrent à faire pression sur Drago et Spencer.

Une fois sortis du bâtiment, Spencer et Drago remontèrent en voiture. Spencer attendit d'être dans la circulation pour demander :

— Pourquoi as-tu agi de cette façon, Dray?

— Tu n'as jamais entendu parler de la famille Tanaka?

— Non, le nom ne me dit rien, mais manifestement, ce n'est pas ton cas.

— Les Tanaka construisent effectivement des très hauts immeubles dans tout le Japon, mais ils sont aussi l'un des plus anciens et des plus puissants clans Yakuza de toute l'Asie. Depuis des décennies, peut-être même des siècles, ils contrôlent le bâtiment et la construction au Japon.

— D'après toi, Gunner aurait atterri au milieu d'une querelle entre Yakuzas? s'exclama Spencer. C'est la mafia japonaise, c'est ça?

— Oui, et si Gun a une gamine du clan Tanaka, il court un danger mortel.

Super! Tout simplement génial!

XII

Consterné, Chas sortit de la voiture et regarda autour de lui. Gunner avait emprunté des routes secondaires pour arriver à cet endroit isolé, à la périphérie de Washington, DC, afin de rencontrer des amis à lui, des spécialistes de la sécurité.

En franchissant une haute porte de sécurité métallique, Chas n'avait pas été surpris. Mais au bout d'une longue allée qui serpentait à travers les champs, voilà qu'ils arrivaient devant... une ferme ? Les vaches paissaient derrière la vieille grange et l'ancienne bâtisse était en cours de ravalement.

— C'est *vraiment* là que nous avons rendez-vous ? demanda Chas avec scepticisme.

Gunner haussa les épaules.

— Le lieu n'a aucune importance, ce qui compte, c'est ceux que nous sommes venus voir.

— J'espère qu'ils sont aussi bons que tu le dis.

Gunner esquissa un demi-sourire, mais ne fit aucun commentaire.

Ils montèrent quelques marches jusqu'à un large porche couvert. Une balancelle était installée entre deux poteaux.

— Quand les travaux de rénovation seront terminés, l'endroit sera sympa, déclara Chas. Il faudrait travailler le jardin, mettre des rosiers, des parterres de fleurs. Personnellement, je planterais volontiers des tomates de ce côté-là...

Il s'interrompit lorsque la porte d'entrée s'ouvrit. Un homme aux cheveux foncés possiblement d'origine méditerranéenne sortit et compléta la phrase inachevée :

— Oui, et aussi des poivrons, des doux et des piquants. Je m'en occuperai au printemps prochain. Le soleil tape assez fort par ici. Salut. Je suis Drago Thorpe. Vous devez être Gunner. Et Chasten, c'est ça ?

Gunner tendit la main.

— Je suis Gunner Vance, M. Thorpe. Et voilà Chasten Reed. Et cette petite mignonne est Poppy. Du moins, c'est le nom que nous lui donnons.

Drago regarda Poppy comme si c'était une extraterrestre.

Chas sourit.

— C'est marrant ! Vous la regardez exactement comme Gunner au départ. Désormais, il sait lui donner un bain, la nourrir, l'habiller et même la changer. Si vous voulez, nous vous la laissons quelques jours, M. Thorpe, le temps que vous appreniez à la gérer.

— Appelez-moi Drago. Ou Dray. Et il n'est pas question que je la garde. Je tiens à ma bienheureuse ignorance !

Un rire chaleureux retentit derrière Drago Thorpe.

— Laisse entrer nos invités, Dray.

Drago s'écarta et les conduisit jusqu'à un grand salon aux élégantes proportions. Les meubles paraissaient anciens, comme la maison, et tout aussi confortables. Dans un coin de la grande pièce, un très bel homme était assis à un bureau devant un ordinateur.

— Salut ! lança-t-il. Je suis Spencer. Bienvenue Chas, Gun.

— Salut, patron, lança Gunner.

— Je ne suis plus votre patron. Juste Spencer.

— Il va me falloir un peu de temps pour m'y habituer, répondit Gunner.

Spencer haussa les épaules.

— Vous pouvez venir travailler pour Drago et moi, Gun. Dans ce cas, je redeviendrai votre patron.

— Un problème à la fois, marmonna Gunner.

Pourtant, il n'avait pas refusé d'emblée cette offre d'emploi, nota Chas. Il déposa Poppy sur le tapis délavé et sortit plusieurs de ses jouets préférés pour l'occuper.

Spencer les rejoignit avec son ordinateur portable, il s'installa sur un canapé, Chas et Gunner prenant celui d'en face.

Drago disparut dans la cuisine. Il en revint avec quatre verres de thé glacé. Il posa le plateau sur une table basse.

— Tu vois, Spence ? Je peux me montrer tout à fait civilisé !

Spencer rit, Gunner sourit. Chas n'avait pas trop compris l'humour de cette remarque, mais il apprécia la camaraderie entre ces trois hommes, tous anciens agents des Forces Spéciales. Il n'avait pas vu Gunner aussi détendu depuis leurs étranges retrouvailles à Misty Falls.

Spencer sirota une gorgée de son verre avant de lancer :

— Je dois vous annoncer que vous êtes dans de sales draps, tous les deux. Drago et moi sommes allés à Langley ce matin. Dès que nous avons tenté d'en savoir plus sur une petite fille d'origine asiatique, nous avons failli être arrêtés. Nous avons été traînés manu militari – ou presque – jusqu'à l'ambassade du Japon pour une comparution immédiate.

— Quoi ? s'écria Gunner. Alors, elle est bien Japonaise ?

Tous fixèrent Poppy. Devant leur attention, elle se figea et ouvrit de grands yeux inquiets. Pour la rassurer, Chas ramassa l'éléphant en peluche et émit un son de trompette. La petite récupéra son jouet en riant.

— Peut-être, répondit Drago. Une fillette du même âge a disparu au Japon, elle venait d'une famille très huppée, mais comment savoir s'il s'agit bien de celle-ci ?

— Qui est-elle ? interrogea Chas.

Il entendit la réticence dans sa voix. En fait, il détestait l'idée de rendre Poppy à sa famille. Oh, il le faudrait bien, il le savait, mais il s'était mis à l'aimer et la perdre serait... atrocement douloureux.

Et vu la tête que tirait Gunner, celui-ci éprouvait le même déchirement.

— Peut-être la fille d'un dénommé Kenji Tanaka, répondit Drago.

— Qui est-il ? demandèrent en même temps Chas et Gunner.

Spencer haussa les épaules.

— En vous attendant, j'ai fait des recherches sur lui. Il est architecte et a hérité de son père un énorme conglomérat de construction et d'immobilier. Les Tanaka bâtissent des gratte-ciel dans le monde entier, ils sont immensément riches.

Gunner regardait Poppy.

— Alors, c'est une héritière ? A-t-elle été kidnappée ? Est-ce pour ça qu'elle s'est retrouvée à Misty Falls ?

— Peut-être, répondit Spencer. Il faudrait un test ADN pour être sûr que c'est une Tanaka. Quant à sa présence dans le New Hampshire, elle reste un mystère. Chas, que savez-vous de la femme qui vous a amené l'enfant ?

Ce dernier réfléchit.

— Elle s'appelait Leah Ledbetter, elle était célibataire, elle vivait seule. Elle était très discrète, elle ne voyait personne. Elle m'a révélé un jour que son fils avait fait deux ou trois séjours en prison. Peut-être est-il mêlé à l'enlèvement de Poppy.

— Comment s'appelait-il ? murmura Spencer, penché sur son clavier.

— Leo.

— Je l'ai. Il est sorti de prison il y a six mois. Son casier judiciaire est long, mais rien d'important. Un petit malfrat. Ah, merde ! Il est noté dans son dossier qu'il a un tatouage. Apparemment, il est affilié au gang Oshiro.

— Qui sont-ils ? demanda Chas.

103

Drago tapa sur son clavier et consulta son écran :

— Yusi Oshiro a fondé le gang Oshiro en 1985 à Brooklyn, New York. Son influence s'est propagée à d'autres grandes villes, dont Chicago, Denver, Dallas, Los Angeles et San Francisco. Il est particulièrement actif à New York et San Francisco. Au départ, le gang gérait la drogue de contrebande. Il y aurait entre trois et cinq mille membres.

— Cinq mille ! s'exclama Chas. Et ils sont après Poppy ?

Drago secoua la tête.

— Trois à cinq mille, c'est peu pour un gang aux États-Unis. J'en connais qui font dix fois cette taille.

Chas fronça les sourcils.

— Je ne vois pas ce que des trafiquants de drogue veulent à Poppy.

Le silence dura un long moment.

Puis Spencer reprit :

— Si le gang Oshiro travaillait avec le clan Tanaka, peut-être en distribuant de la drogue en Amérique, ils ont pu se mettre en bisbille. Ou alors les Oshiro cherchent à s'étendre en Asie et ils ont empiété sur le territoire des Tanaka.

Gunner ajouta :

— Si les Oshiro ont décidé d'affronter les Tanaka, nous savons aux moins un truc important sur eux : ils ont des *cojones* en fonte.

— Pourquoi dis-tu ça ? demanda Chas.

Ce fut Drago qui répondit à la question.

— Parce que les Tanaka forment l'un des plus anciens et des plus puissants clans Yakuzas du Japon. Leur chercher des crosses peut coûter *très cher*. Les Yakuzas modernes oublient les anciennes traditions, ils ressemblent aux mafiosi occidentaux, motivés par le profit et le pouvoir. Ils sont bien entraînés, bien armés et d'une extrême violence.

— C'est-à-dire ? demanda Chas, affolé.

— Eh bien, ils réagiront comme un cartel de drogue sud-américain.

— Nom d'un chien ! haleta Chas.

Gunner s'empressa d'ajouter :

— Ne panique pas, Chas, le Japon est plus civilisé que l'Amérique centrale ou l'Amérique du Sud. La violence des gangs est étroitement contrôlée au Japon et comme les fonctionnaires ne sont en général pas corrompus, les gangs ne contrôlent pas le gouvernement.

— Pourtant, rétorqua Chas, Poppy pourrait être la fille d'un Tanaka, un hors-la-loi ?

Drago haussa les épaules.

— C'est possible. Spencer essaie d'en savoir plus sur ce Kenji Tanaka.

Chas jeta un coup d'œil à Poppy, assise sur le tapis, occupée à jouer avec ses cubes.

— Si c'est bel et bien une Tanaka, comment s'est-elle retrouvée à Misty Falls ?

Spencer intervint :

— Supposons que les Oshiro en veulent aux Tanaka, quelle est la meilleure façon de les frapper là où ça fait mal ? Kidnapper la mignonne petite-fille du vieux Tanaka. Les Oshiro enlèvent Poppy au Japon et, comme ils font de la contrebande, ils savent évidemment comment faire passer du fret aux États-Unis. Ils font entrer Poppy clandestinement et la remettent à Leo Ledbetter. Incapable de s'occuper d'un bébé, il la laisse chez sa mère. Et voilà, Poppy à Misty Falls.

— Alors, qui sont les tueurs qui ont tiré sur les flics et essayé de récupérer Poppy ? demanda Chas.

Personne ne sut lui répondre.

Drago finit par marmonner :

— Aucune idée.

Spencer poursuivit pensivement :

— À mon avis, nous n'avons pas toutes les pièces du puzzle.

Gunner ajouta sombrement :

— Je me fiche de savoir qui en veut à cette gamine. Je ne laisserai personne s'approcher d'elle jusqu'à ce que nous la rendions à ses parents, Tanaka ou pas.

Drago passa un moment sur son ordinateur portable, puis il déclara :

— Kenji est bien un de ces Tanaka-là. Il est dans la construction, ils sont tous dans la construction. Il est riche, ils sont tous riches. Son arrière-arrière-grand-père a le même nom qu'un des fondateurs des Yakuza.

Spencer demanda :

— Vos poursuivants sont-ils des Tanaka qui veulent récupérer l'enfant ou sont-ils d'un clan rival ?

Gunner secoua la tête.

— Je doute qu'ils soient du parti de Kenji, sinon, ils feraient plus attention à proximité de la petite. Quand ils sont entrés dans notre hôtel, la première nuit, ils portaient un équipement complet avec des Uzi et des AK-47. Quel père sensé enverrait des hommes aussi lourdement armés chercher sa fille ?

Chas répondit avec feu :

— Tu as raison ! C'est inconscient ! Un accident est trop vite arrivé !

— Ou une balle perdue ou un ricochet, ajouta Spencer.

— Alors, ce sont les ennemis des Tanaka qui poursuivent Poppy ? insista Chas.

Il avait presque crié. La petite le regarda, affolée, et son petit visage se crispa, annonçant des larmes. Chas la prit sur ses genoux et la câlina.

— N'aie pas peur, mon chou. Tout va s'arranger.

Rassurée, elle tira sur les boutons de sa chemise et il fit semblant de lui mordre les doigts pour la faire rire.

— Rien d'autre sur Kenji Tanaka ? demanda Gunner.

Spencer fit d'autres recherches.

— Il n'est pas marié. Il ne l'a jamais été.

Gunner jeta un coup d'œil à Poppy.

— Merde ! lâcha-t-il. Qui est la mère de cette gamine ?

— Soit il l'a adoptée, soit il a utilisé une mère porteuse. La presse japonaise se pose des questions sur la façon dont Kenji a obtenu l'enfant qu'il présente comme sa fille.

— Ils ne savent rien, déclara Drago. Sinon, ils l'auraient imprimé.

— Si elle a été adoptée, un test ADN ne servira à rien, ajouta Chas.

— Exact, admit Spencer.

— Qu'allons-nous faire d'elle, alors ? demanda Gunner. Je ne tiens pas à la remettre au premier Yakuza qui se présentera.

— Je la garderai tant que je ne serai pas certain qu'elle retourne dans sa vraie famille et qu'elle sera en sécurité, déclara Chas avec véhémence.

Spencer jeta un coup d'œil à Drago.

— Ton instinct à l'ambassade ne t'a pas trompé.

— Comment ça ? demanda Gunner.

Spencer expliqua :

— Drago n'a pas révélé au Japonais de l'ambassade que nous savions où était Poppy ni qu'elle pourrait être la fille de Tanaka. Il a… tergiversé.

Gunner hocha la tête.

— Parfait, cela nous fait gagner du temps. Mais pour faire quoi ? Devons-nous interroger nos poursuivants et leur demander pour quel gang ils travaillent ?

Drago ricana.

— Je doute que cela se passe bien.

Gunner se joignit à son rire.

— Pour eux, certainement pas. Ils ne sont jamais tombés sur un SEAL. Je suis convaincu que nous aurions l'avantage dans un combat direct.

Chas s'inquiéta en voyant les trois hommes échanger des regards spéculatifs, puis se tourner vers Poppy.

Chas déclara fermement :

— Il n'est pas question de l'utiliser comme appât !

Spencer haussa les épaules.

— Pas elle en personne, bien entendu, juste un leurre.

— Pardon ? demanda Chas, suspicieux.

— Eh bien, nous cacherions Poppy dans un endroit sûr. À l'écart. Puis Gunner et vous vous arrangeriez pour être vus avec un mannequin dans le siège arrière de la voiture. Comment voulez-vous que vos poursuivants remarquent la substitution ? Nous pourrions les attirer dans un piège.

— Cela me semble dangereux, lâcha Chas, alarmé.

Les trois autres haussèrent les épaules, suprêmement insouciants.

— Hé, oh, insista Chas, je suis un civil, je vous le rappelle. J'enseigne en maternelle, je ne suis pas un commando !

Personne ne répondant, il ajouta un peu désespérément :

— J'étais déjà terrorisé de fuir devant ces tueurs, je me vois très mal les affronter. Oh, mon Dieu ! Je ne pourrais… jamais…

Il agita la main, le souffle coupé.

— Ça peut marcher, maugréa Gunner avec impatience.

— On va se faire tuer, objecta Chas.

— Allez, Chas ! Je ne laisserai jamais personne s'en prendre à toi ou à Poppy, tu le sais, non ? Gérer ces tueurs sans la petite serait infiniment plus facile. Nous n'aurions qu'à les conduire dans une embuscade.

— Et s'ils nous flinguent à vue ?

— Ne sois pas aussi négatif. Attends au moins de voir le plan dans son ensemble. Nous en discuterons ensuite à tête reposée.

Chas commençait à s'énerver.

— Pourquoi ce ne serait pas toi l'appât, si tu tiens tellement à mourir ?

— Je ne mourrai pas…

— Tu oublies que moi, j'étais à Misty Falls la nuit où ils sont venus, je les ai vus tuer ce flic… Ils sont vicieux et efficaces. Je ne veux pas les approcher, je ne veux pas non plus que tu te fasses tuer !

Il entendit sa voix résonner dans le salon silencieux, plus désespérée qu'elle ne l'avait jamais été.

— Waouh ! dirent ensemble Spencer et Drago.

Ils paraissaient retenir un sourire.

Gunner fit une grimace, l'air un peu gêné.

— Quoi ? demanda Chas, indigné.

— C'est gentil de ta part de t'inquiéter pour moi, murmura Gunner.

— Va te faire foutre, Gunner !

Gunner leva très haut les sourcils.

— Voyons, Chasten, commenta-t-il benoîtement, surveille ton langage devant le bébé !

Chas lui lança un regard furieux, puis il se leva, récupéra Poppy et sortit prendre l'air avec elle dans les bras.

C'était un bel après-midi, l'un des derniers jours chauds et ensoleillés de l'automne, et Chas pensa que la petite fille apprécierait d'être dehors après avoir passé tant d'heures en voiture. Quant à lui, il allait se calmer un peu et tenter d'oublier son envie d'étrangler Gunner.

Les trois autres passèrent tout leur temps à peaufiner leur plan. Ils quittèrent le salon pour s'installer dans la future salle à manger, où seule trônait une grande table de ferme ancienne – sans doute Drago l'avait-il achetée avec la maison. Ils y étalèrent une carte des États-Unis. Ils semblaient penser que mieux valait entraîner leurs poursuivants loin de la capitale avant de les affronter. Si Poppy devait rester à proximité de Washington, Chas admit à contrecœur qu'il préférait aussi que la scène finale ait lieu le plus loin possible.

Après plusieurs idées plus ou moins violentes, un plan finit par émerger. Gunner et Chas feraient une longue virée à travers les États ruraux, là où des malfrats d'origine asiatiques se démarqueraient tellement que leurs poursuivants pourraient agir moins librement.

Après le dîner, un dénommé Charles Favian arriva pour se joindre à la discussion. Il apportait une tonne d'informations sur les différents clans Yakuzas et les gangs américains. D'après ses premières analyses, c'était bien les Oshiro qui avaient organisé l'enlèvement de Poppy. Ils géraient leur trafic de drogue en Amérique à travers plusieurs grands ports maritimes et avaient récemment décidé de se diversifier en Asie. Ce qui expliquait les affrontements entre les Oshiro et les Tanaka au cours des deux dernières années. D'après l'analyste de la CIA, les Oshiro tentaient de remplacer les Yakuzas dans divers ports asiatiques.

Chas demanda à Favian pourquoi les Oshiro avaient envoyé des tueurs à Misty Falls puisqu'ils avaient déjà Poppy, il n'obtint pas de réponse.

108

Chas avait un mauvais pressentiment. Ils omettaient un élément important, il le sentait, et cela risquait de mettre Poppy en danger. Savoir qui elle était, c'était bien gentil, mais il leur manquait encore la clé pour comprendre qui la poursuivait.

Favian avait apporté un test ADN. Il passa son écouvillon à l'intérieur de la joue de Poppy et glissa l'échantillon dans un tube à essai qu'il referma et mit dans sa poche.

Chas le trouvait plutôt sympathique avec son pantalon en velours démodé et sa chemise froissée. De plus, ses yeux gris étaient incroyablement intelligents.

Il était déjà tard quand Spencer demanda à Chas :

— Je ne connais rien aux enfants. Que vous faut-il pour coucher la petite ?

— Elle peut dormir n'importe où, répondit Chas. Le problème, c'est d'éviter qu'elle se sauve une fois réveillée. Elle est à l'âge où elle va ouvrir les tiroirs, grimper partout et mettre tout ce qu'elle trouve dans la bouche.

Spencer sursauta et regarda Poppy comme si elle était une grenade dégoupillée.

— S'il y a une grande surface à proximité encore ouverte à cette heure, je peux aller chercher un parc pliable, proposa Chas. Elle y dormirait en toute sécurité.

Gunner objecta rapidement :

— Je préférerais que tu ne bouges pas, Chas. Les hostiles nous connaissent, toi et moi.

— Je pensais que nous les avions semés en Pennsylvanie, objecta Chas.

Drago intervint :

— Tous les gangs emploient des hackers à plein temps. Et chacun d'eux est capable de regarder un circuit de caméra de sécurité urbaine, des enregistrements et de lancer un logiciel de reconnaissance faciale. Vous vous feriez repérer en pénétrant dans n'importe quel magasin d'Amérique.

Chas frissonna.

— Oh, mon Dieu ! Nous n'avons vraiment plus aucune intimité !

Les autres haussèrent les épaules.

— Actuellement, non, admit Gunner.

— Je peux aller acheter un parc, proposa Charles sans enthousiasme. Personne ne me connaît.

Après une brève discussion, tous convinrent que c'était la meilleure solution. L'analyste de la CIA resta absent une bonne heure et réclama moult précisions par texto avant de sélectionner les bons produits, mais il revint à vingt et une heures avec un parc et une chaise haute.

Il était tard et Poppy pleurait de fatigue. Chas laissa les commandos monter le parc dans une des chambres du premier et se chargea de donner un bain et un biberon à la petite. Quand il revint, le parc était installé, il y déposa l'enfant et elle s'endormit avant même qu'il ait refermé la porte. Dieu merci!

Il descendit rejoindre les autres au salon. Gunner lui tendit un verre de vin blanc en silence.

Chas soupira de soulagement.

— Ah, le calme! Comme c'est appréciable!

— Cette enfant a un sacré coffre! commenta Spencer avec ironie.

Sans répondre, Chas vida son vin cul sec et tendit son verre pour qu'il soit rempli. Gunner s'exécuta en souriant.

Gunner attendit qu'il ait siroté son second verre pour demander:

— Tu es prêt à entendre le plan que nous avons élaboré?

— Donc, le vin n'était pas une récompense pour mes compétences parentales mais une vile tentative de m'enivrer avant de me faire avaler des couleuvres?

Gunner haussa les épaules.

— On m'a appris à utiliser tous les outils à ma disposition pour atteindre mes objectifs.

— Alors, tu aurais dû m'emmener dans ton lit! protesta Chas.

En entendant Spencer éclater de rire dans son dos, Chas tourna vivement la tête, les joues écarlates. Leur hôte eut la gentillesse de ne pas ajouter à son embarras. Il se contenta de sourire à Gunner.

— Il est adorable!

— Oui, je trouve aussi, grommela Gunner.

Spencer enchaîna:

— Comme vous le savez, Dray et moi allons lancer notre boîte de sécurité et nous comptons embaucher des gens de confiance, en particulier ceux avec lesquels nous avons travaillé au cours de nos carrières dans les agences gouvernementales. Et le salaire sera bien supérieur à celui de l'oncle Sam.

Gunner jeta un coup d'œil pensif à Chas.

— Ça m'intéresse vraiment, Spence.

Pendant que Spencer et Gunner entamaient une discussion d'ordre technique, Drago approcha de Chas et remplit son verre à ras bord.

— Comploteriez-vous aussi pour me saouler ? demanda Chas.

— Oh, oui ! répondit Drago avec un sourire. Ça fait partie du plan.

Chas secoua la tête, écœuré.

— D'accord, je vous écoute. Parlez-moi de ce fameux plan. Expliquez-moi quelles sont mes chances de finir mort ou mutilé.

XIII

GUNNER PRIT la direction de l'Ouest et accéléra pour s'éloigner du luxueux domaine où Poppy était maintenant installée en toute sécurité. Charles Favian avait contacté une femme qu'il connaissait – un officier de formation du SOG, le Groupe des Opérations Spéciales de la CIA – qui jouerait à la fois la nounou et le garde du corps de la petite. Le SOG avait une excellente réputation dans la communauté des Forces Spéciales.

Une femme dans la fleur de l'âge s'était présentée chez Spencer et Dray. À la grande surprise de Gunner, elle avait annoncé qu'après avoir élevé ses enfants, elle était désormais en âge d'être grand-mère.

Plus étonnant encore, Spencer et Drago les avait tous conduits jusqu'à une autre grande porte en fer, juste en face de la leur de l'autre côté de la rue. Le domaine dans lequel ils avaient été introduits était d'une élégance… effrayante.

Drago avait expliqué que leurs voisins, Jessica et Gershom Brentwood, les avaient chargés de renforcer la sécurité de leur propriété, devenue grâce à leurs soins une vraie forteresse. Poppy y resterait jusqu'à ce que l'affaire à laquelle elle se trouvait mêlée soit réglée.

Gunner avait longuement interrogé les agents de sécurité. Il avait ainsi appris que Spencer et Drago leur avaient fait passer des tests plusieurs mois durant, leur enseignant aussi toutes sortes de protocoles de surveillance et de sécurité avancée.

— Tu es sûr que Poppy ne risque rien? demanda Chas.

Gunner ricana.

— Tu plaisantes? Sa nouvelle nounou est un tireur d'élite. Et la maison Brentwood possède la meilleure technologie de sécurité disponible sur le marché ainsi que le personnel capable de l'utiliser. D'ailleurs, qui chercherait une enfant disparue chez un richissime et grisonnant gestionnaire de fonds spéculatifs et sa très jolie jeune femme?

— J'espère que tu as raison, s'inquiéta Chas.

— Elle va me manquer aussi, avoua doucement Gunner.

— Je parie que tu n'aurais jamais imaginé le dire un jour!

Gunner lui jeta un coup d'œil.

— Non.

Il ajouta à contrecœur :

— Cette putain de semaine, j'ai dit et fais beaucoup de conneries que je n'aurais jamais pensé faire.

— Incroyable! Nous avons laissé Poppy il y a deux minutes et tu recommences déjà à jurer comme un marin?

— Au cas où tu l'aurais oublié, *je suis* un marin.

Chas roula des yeux et rit.

— Et ça t'a plu, dis-moi, d'être dans la Marine?

— Oui, c'était sympa. Être SEAL, c'est très différent.

— Comment ça?

Gunner fronça les sourcils et chercha ses mots. Il parlait rarement de son travail. C'était un mode de vie et tous ceux avec lesquels ils opéraient le partageaient également.

— C'est une vie difficile. Chaque jour, il y a de nouveaux défis à affronter, de nouvelles choses à apprendre, de nouveaux problèmes à résoudre. C'est un combat permanent contre soi-même pour être plus fort, plus rapide, meilleur, il faut rester en bonne santé et ignorer la douleur.

— Cela paraît très dur!

Gunner haussa les épaules.

— Oui, la plupart des gens sont incapables de mener la vie d'un SEAL.

— Dans ce cas, pourquoi t'a-t-elle attiré? Serais-tu maso sans que je le sache?

— Non. Même si j'avoue m'être posé la question pendant les BUD/S.

— Que signifie cet acronyme?

Gunner sourit.

— *Basic Underwater Demolition/SEAL.* C'est la formation initiale pour devenir un SEAL. C'était… dur, très dur.

— Alors, pourquoi t'imposer tout ça? Tu cherchais à te punir?

L'idée surprit Gunner.

— Pas que je sache, non, c'était davantage un défi, une montagne à gravir. Et je me disais aussi que cela déboucherait sur un travail intéressant, du genre qui te consume complètement.

— Je vois, tu ne voulais pas avoir une minute pour te poser et admettre que tu étais gay?

— Merde, Chas! Dois-tu vraiment chercher à me disséquer comme un cadavre sur une table d'autopsie?

Chas s'adossa dans son siège, la mine suffisante.

— Lâche-moi, tu veux ? marmonna Gunner sans chaleur. Et ferme-la.

— Je voulais juste en savoir un peu plus sur toi, mon grand.

— Et toi, alors ? Pourquoi es-tu devenu instit en maternelle ? Dans la liste des professions maso, la tienne occupe un rang élevé.

— Pourquoi dis-tu cela ? s'étonna Chas.

— Parce que les enfants sont bruyants et indisciplinés, ils passent leur temps à crier et à courir. Tu passes toute la journée avec vingt ou trente de ces petits monstres. Rien que d'y penser, j'en ai des frissons.

— Ah, mes petits ne sont pas si terribles ! Il faut savoir rester ferme, bien entendu, et montrer son autorité. Il faut aussi beaucoup de patience. Mais les enfants sont amusants. À cinq ans, ils sont encore tellement innocents ! J'aime leur optimisme et leur enthousiasme. Mes élèves sont toujours partants pour chanter, danser, découvrir. Je ne comprends pas que les gens aient une vision si négative des petits ! Excuse-moi, je m'emballe…

— Tu sembles aimer ton boulot.

— Oui, c'est vrai. Le soir, je rentre chez moi vanné, mais globalement satisfait.

Gunner hocha la tête.

— C'est pareil pour moi.

— Dis-moi, les SEAL sont-ils toujours aussi homophobes ?

— C'est une question difficile.

— Essaie quand même d'y répondre, insista Chas.

— La plupart se foutent complètement de savoir avec qui couchent les autres, mais nous vivons constamment les uns sur les autres, nous mangeons côte à côte, nous dormons côte à côte, nous nous douchons ensemble, nous chions même ensemble la plupart du temps. Alors, si un des gars se méfie des gays, pour une raison ou une autre, cette vie en communauté tournerait vite au cauchemar. Dans un peloton, nous dépendons tous les uns des autres, nos vies sont en jeu, la moindre perturbation de cette confiance crée un énorme problème.

— Je vois, déclara Chas, l'homophobie n'est pas le vrai problème, elle risque juste de fissurer votre cohésion.

— Exactement.

— Comment sont les gars de ton… peloton ?

— Sympas. Bien sûr, ils ignorent que je suis gay, mais s'ils l'apprenaient, ça ne leur poserait pas de problème. Enfin, je crois. Et puis, c'est du passé tout ça, je suis rayé des effectifs.

— Comment ? Tu n'es plus un SEAL ? C'est définitif ?

— Oui. Les papiers sont déjà signés, admit Gunner d'une voix rauque.

— Je suis désolé, chuchota Chas.

— Pourquoi? s'étonna Gunner.

— Je n'avais pas réalisé que c'était un fait accompli. Ça craint.

Au cours des derniers jours, Gunner avait évité d'y penser. Poppy et Chas l'avaient distrait, sans parler des enfoirés qui les coursaient pour les descendre. Maintenant qu'il roulait et qu'il avait plusieurs jours de route devant lui, il ne pouvait plus éviter la vérité : il n'était plus un SEAL.

— Si le haut commandement m'avait laissé le temps de récupérer, grinça-t-il, j'aurais peut-être pu rester dans le service actif. Mais sans le soutien de ma hiérarchie, je n'ai aucun moyen de contester le verdict des médecins.

— Ainsi, le corps médical doit intervenir pour mettre un SEAL à la retraite anticipée? railla Chas. Je suis choqué d'apprendre que malgré votre formation, vous ne savez pas vous arrêter.

Gunner roula des yeux sans répondre.

— Vas-tu accepter le job que Spencer t'a proposé? demanda encore Chas.

— Peut-être. J'y pense en tout cas.

— Ce sera dangereux?

— Quelques fois, oui.

— Plus dangereux qu'être un SEAL?

— Eh bien, non, ce sera en général plutôt pépère, mais en cas de problème, je doute fort d'avoir le même soutien logistique.

Chas se tut. Et le silence dura si longtemps que Gunner finit par lui jeter un coup d'œil en demandant :

— À quoi tu penses? C'est rare que tu n'exprimes pas ce que tu as en tête, tu es l'homme le plus bavard que je connaisse.

Chas fit une grimace qui fit sourire Gunner.

— Je sais, tu n'arrêtes pas de me dire de la fermer!

Gunner nota que Chas n'avait pas répondu à sa question. À quoi pensait-il, merde? Il s'inquiétait, c'était manifeste, alors pourquoi refusait-il d'en parler? Dans les SEAL, les gars n'étaient pas du genre à disserter sur leurs ressentis, leurs émotions et toutes ces conneries. Quand l'un des leurs la bouclait, personne ne le forçait à parler tant qu'il était capable de faire son travail efficacement.

Le silence perdura près d'une heure dans l'habitacle avant que Chas demande :

— À ton avis, combien de temps faudra-t-il aux tueurs pour mordre à l'hameçon ?

— En principe, ils apparaîtront peu après que tu auras utilisé ta carte de crédit. Nous avons peut-être un jour de calme relatif.

— Sommes-nous *vraiment* obligés de les affronter ?

— Il faut découvrir qui ils sont et ce qu'ils veulent à Poppy. Pour qu'elle ait une chance de vivre en sécurité, nous devons au moins savoir qui les a embauchés.

Chas soupira.

— J'ai un peu peur, je l'avoue, même si ce n'est pas très viril.

— Avoir peur est tout à fait sensé et rationnel. Si tu n'avais pas peur, je m'inquiéterais. L'astuce est de ne pas laisser la peur te contrôler. Qu'elle te rende plus vigilant et attentif, c'est très bien. Mais il ne faut pas qu'elle te submerge.

— Plus facile à dire qu'à faire, grinça Chas.

— Spencer et Drago sont à une heure derrière nous. Ils surveilleront notre hôtel sans jamais nous quitter des yeux. Ils sont parmi les meilleurs agents que j'aie connus. Tu es entre de bonnes mains.

— Servir d'appât ne me plaît pas pour autant.

Gunner soupira.

— À moi non plus. En fait, je déteste l'idée de te mettre en danger. Si j'ai accepté ce plan, c'est parce que je savais que tu ferais n'importe quoi pour protéger Poppy.

Chas posa une main sur la cuisse de Gunner, qui détacha une des siennes du volant pour serrer ses doigts.

— Il ne t'arrivera rien, Chas, ajouta-t-il. Je ne le permettrai pas.

En prenant une chambre dans un motel à l'ouest du Kentucky, Gunner s'étonna du poids qu'il avait dans les tripes. En temps normal, il partait en mission avec un calme légendaire, faisant implicitement confiance à sa formation, à son expérience, à ses frères d'armes.

Mais Chas était un électron libre. Pour la première fois, Gunner avait un civil avec lui pendant une opération. Et pas n'importe quel civil, mais Chas, Chas qu'il tenait absolument à protéger. Un SEAL était conscient des risques encourus chaque fois qu'il partait en mission. Chas, lui, n'avait rien demandé. Il avait juste agi en bon Samaritain et pris une enfant sous sa protection.

À la réception, Gunner avait réclamé la dernière chambre au bout du bâtiment, qui donnait directement sur le parking. Il put donc garer la

116

voiture quasiment devant sa porte. En cas d'urgence, la sortie se trouvait juste à côté. Avant d'entrer, il alla examiner la zone derrière le motel, une colline escarpée couverte de détritus et d'épais buissons, avec beaucoup d'arbres.

Une fois dans la chambre, il enleva le cadre moustiquaire de la fenêtre de la salle de bain et plaça dessous une des tables de chevet. Ensuite seulement il se détendit un peu.

Chas l'avait regardé s'activer en ouvrant de grands yeux.

— D'accord, pourquoi as-tu mis une table à côté des toilettes ?

— Pour grimper dessus et sortir par la fenêtre si nous avons besoin d'une évacuation discrète.

Chas jura entre ses dents.

— J'espérais une soirée détendue !

— La prudence est mère de sûreté, grommela Gunner. J'ai reçu un texto, Spencer et Drago sont arrivés et ils s'occupent de tout mettre en place.

— Où seront-ils ?

Gunner réfléchit à la disposition du terrain.

— Sur la route, à une centaine de mètres. L'un d'eux sera sans doute posté en sniper sur la colline au-dessus du motel.

— Un sniper ? Mais je pensais que vous vouliez juste attraper un de ces gars pour le faire parler !

— Oui, justement, répondit Gunner sombrement, nous n'avons besoin que d'un seul prisonnier vivant.

Chas écarquilla les yeux.

— Et les autres... vous comptez les tuer ?

— Nous prévoyons de les neutraliser. En fonction de leur réaction, nous les arrêterons ou nous prendrons des mesures plus définitives.

Chas grimaça.

— Je déteste la violence. Sous toutes ses formes.

Gunner haussa les épaules.

— Pour moi, c'est un mal nécessaire, elle doit être évitée si possible et exécutée avec le maximum d'efficacité dans le cas contraire.

— Quand nous étions enfants, nous parlions de nos futures carrières, déclara Chas. Je n'aurais jamais imaginé que tu deviendrais un commando, un soldat entraîné à tuer.

Gunner se laissa tomber sur le tapis pour faire des pompes et des burpees. Après avoir passé la journée assis dans une voiture, il devait vraiment assouplir ses muscles et son dos. Il avait mal au niveau des lombaires ce soir, c'était un peu inquiétant. Tout en s'activant, il demanda :

— Tu me voyais devenir quoi, au juste ?

— À huit ans, je me disais que tu ferais un bon cow-boy.

— Sûrement pas ! Je déteste monter à cheval. Il faut des muscles spécifiques pour ça, sinon, c'est hyper douloureux, surtout à des endroits sensibles.

Chas se mit à rire.

— Plus tard, j'ai pensé tu ferais un bon coach sportif. Tu es un leader.

— Non. Je n'ai aucune patience avec les comiques qui ne se donnent pas à cent pour cent. J'aurais été trop exigeant pour réussir dans le métier.

Assis sur le lit, jambes croisées, Chas regardait Gunner s'entraîner.

— Qu'aurais-tu fait si tu n'avais pas pu devenir un SEAL ?

— J'aurais essayé d'entrer dans les troupes sous-marines.

— Je voulais dire en dehors de l'Armée ?

— Oh.

Gunner roula sur le dos et ajouta :

— Assois-toi sur mes pieds pendant que je fais des redressements.

Chas quitta le lit et s'agenouilla sur les pieds de Gunner tout en lui saisissant les chevilles.

Gunner continua ses exercices.

— Si j'avais eu de l'argent, déclara-t-il, je serais allé à l'université.

— Pour étudier quoi ?

— L'Histoire, peut-être.

— Quels sont les débouchés d'un diplôme d'histoire ?

— J'aurais aimé devenir professeur, amener les étudiants à réfléchir aux liens entre le passé et le présent, les mettre au défi de tirer les leçons des erreurs de nos ancêtres.

Chas se mit à rire.

— J'ai du mal à t'imaginer assis dans un bureau rempli de livres, vêtu d'un cardigan, avec des lunettes sur le nez. Peut-être serais-je comme ça un jour, mais pas toi.

Gunner sourit sans cesser ses efforts.

— Combien de redressements comptes-tu faire ? demanda Chas.

— Autant qu'il en faudra pour me fatiguer.

— Je connais une meilleure façon d'atteindre cet objectif.

Gunner se figea et le regarda.

— Oh, oui ? Laquelle ?

— Tu vas devoir prendre une douche avant que je te montre.

Gunner se redressa d'un bond, ce qui fit tomber Chas sur le côté.

— Vendu ! J'en ai pour cinq minutes dans la salle de bain.

SPENCER ATTENDAIT avec impatience que l'appel international soit transmis via satellite jusqu'au Japon. Une femme lui répondit en japonais. Elle passa à l'anglais dès qu'il demanda M. Tanaka.

— M. Tanaka est occupé, monsieur. Si vous le souhaitez, je peux vous mettre en communication avec un de ses assistants.

— D'accord, dites-lui que cela concerne l'enlèvement de sa fille.

Son interlocutrice changea de ton.

— Seriez-vous journaliste, monsieur ? demanda-t-elle avec froideur.

— Non, je travaille dans la sécurité. Je m'appelle Spencer Newman, je suis Américain et j'ai des informations concernant la fille de M. Tanaka.

— Un instant, monsieur.

Spencer ne fut pas surpris d'entendre des cliquètements, la conversation allait être enregistrée. Sans doute y aurait-il plusieurs auditeurs sur la ligne. S'agissait-il d'agents du gouvernement japonais ou Tanaka avait-il une équipe de sécurité privée ? Spencer parierait pour la seconde option. Les riches et les puissants préféraient contrôler ce qui se passait autour d'eux.

Maintenant, il était censé gagner la confiance de père de Poppy.

Une voix d'homme demanda :

— Vous dites être M. Newman ?

— Oui, Spencer Newman. Mais vous ne trouverez rien sur Internet. C'est normal, je suis un ex-US Navy SEAL et je tiens beaucoup à la discrétion.

— Oh, je vois.

Le mec semblait surpris.

— Un de mes hommes a croisé le chemin d'une enfant d'environ dix-huit mois. Nous avons cherché à nous renseigner sur ses origines, mon partenaire et moi, nous nous sommes rendus hier à Langley, au siège de la CIA, et de là, nous avons été conduits à l'ambassade du Japon. Nous y avons appris que cette enfant pourrait être la fille de Kenji Tanaka, enlevée il y a quelques semaines. Plutôt que continuer à traiter avec des intermédiaires et des larbins du gouvernement, j'ai pensé que le mieux serait de m'adresser directement à M. Tanaka.

— Un moment, s'il vous plaît.

Ah! Ainsi, Spencer avait vu juste. Ce n'était pas Tanaka qui avait pris son appel de prime abord. Le «moment» dura trois bonnes minutes et Spencer imagina sans peine le briefing frénétique : les hommes de Tanaka devaient expliquer à leur patron comment gérer la prise de contact.

Un homme qui parlait un anglais remarquablement fluide à l'accent britannique prit la ligne.

— Bonjour, M. Newman. Ici Kenji Tanaka.

— Merci d'accepter de me parler, M. Tanaka. J'aimerais traiter cette affaire le plus rapidement possible pour le bien-être de l'enfant.

— Je vous écoute, dit prudemment Tanaka.

Spencer soupira.

— Écoutez, ne perdons pas de temps, je ne suis pas un des ravisseurs, je ne cherche pas à vous extorquer une rançon. Je donnerai à vos hommes mon numéro de sécurité sociale s'ils veulent vérifier mes antécédents, mais la seule chose qui compte pour moi, c'est de rendre une petite fille à sa famille. Ma priorité est donc de confirmer que vous êtes bien son père.

Un long silence s'ensuivit – et sans doute un autre débat hâtif.

— Qui êtes-vous? demanda Tanaka.

— Comme je viens de le dire à votre assistant, je suis un ex-US Navy SEAL. Je suis en train de monter ma propre agence de sécurité et l'un de mes hommes s'est retrouvé avec une fillette d'origine asiatique sur les bras suite à des circonstances d'extrême violence.

— Est-ce qu'elle va bien? s'affola Tanaka. Est-elle blessée?

Cette réaction de père inquiet paraissait authentique. Spencer se détendit un peu.

— Oui, elle va bien. Je voudrais juste vérifier son identité. Vu ce qui se passe autour de cette enfant, je préfère agir avec prudence et ne pas la remettre au premier venu. Ne le prenez pas personnellement, M. Tanaka, c'est une simple mesure de bon sens.

— Bien sûr. La sécurité de Kamiko est aussi ma priorité.

— Ah. Elle s'appelle Kamiko? Nous l'avons surnommée Poppy.

— Qu'attendez-vous de moi, M. Newman?

— Auriez-vous une photo de votre fille. Attendez... ma question est un peu délicate, mais êtes-vous le père biologique de votre fille?

— Oui, répondit Tanaka. Vous voulez un échantillon de mon ADN, je présume ?

— Ce serait la plus sûre des preuves.

— Comment recueillir cet échantillon en étant sûr qu'il vient de moi ?

— Un instant…

Spencer avait remarqué que Drago lui faisait signe. Il mit la conversation en pause et interrogea son partenaire du regard.

Drago murmura :

— Je connais un type au bureau de la CIA de Tokyo. Je peux lui demander de passer chez Tanaka récupérer un échantillon de salive, il le transmettra par courrier aux États-Unis, nous suivrons donc son déplacement sans interférence.

Spencer reprit la ligne.

— Un Américain va passer aujourd'hui prélever un échantillon dans votre bouche. Serez-vous toute la journée à votre bureau ?

C'était le matin à Tokyo.

— Oui.

— Bien, cet Américain vous donnera mon nom pour s'identifier. Ne vous étonnez pas s'il est grincheux, il n'a pas l'habitude de jouer les coursiers.

Tanaka émit un bref rire.

— Très bien, je le recevrai dès son arrivée.

— Merci pour votre coopération, M. Tanaka.

— Autre chose, M. Newman ? Je tiens à vous aider.

Une fragile relation de confiance semblait s'être établie entre lui et le père de Poppy, aussi Spencer se risqua-t-il à demander :

— Savez-vous qui a kidnappé votre fille et ce que les ravisseurs attendent de vous ?

— Au départ, nous pensions à un rival de mon père. La nounou et le garde du corps de Kamiko ont été assommés et lorsqu'ils ont repris conscience, elle n'était plus dans sa poussette. Mais il y a quelques jours, j'ai reçu une demande de rançon de New York.

— Votre famille connaît-elle de près ou de loin les Oshiro, un gang qui opère aux États-Unis ? demanda Spencer avec audace.

Drago tressaillit, surpris que Spencer ait joué cet atout.

— Je ne suis qu'un architecte, répondit Tanaka. Je n'ai rien à voir avec les… affaires de mon père.

— Serait-il possible d'après vous qu'un rival de votre père s'en soit pris à votre fille pour faire pression sur lui ?

Tanaka répondit sombrement :

— Malheureusement, oui.

En arrière-fond, Spencer entendit des voix parler en japonais – sans doute l'équipe de sécurité de Tanaka lui conseillant de se taire.

— En vous réclamant une rançon, insista Spencer, je présume que les ravisseurs vous ont donné une preuve que votre fille était vivante ? Comment savez-vous qu'ils venaient de New York ?

— Ils m'ont envoyé des photos de Kamiko tenant un journal américain daté d'il y a cinq jours.

— Combien vous ont-ils demandé ?

— Cinquante millions de dollars américains. Je leur ai dit qu'il me faudrait au moins une semaine pour réaliser mes actifs et obtenir ces liquidités. Ils sont censés me recontacter après-demain.

— Ne payez rien, bien entendu, avant les résultats du test ADN. Essayez de gagner du temps, réclamez-leur une autre photo de votre fille.

Tanaka émit un son évasif. Spencer comprenait son hésitation. Si son enfant était retenu en otage, sans doute serait-il également tenté de payer pour garantir sa sécurité au cas où.

Spencer enchaîna :

— Merci de ces renseignements, monsieur. Merci aussi de votre confiance. J'espère sincèrement que Poppy est bien votre fille et que nous pourrons vous la rendre très bientôt. Je dois cependant vous prévenir qu'elle et son protecteur sont traqués par un groupe armé. Nous ne savons pas encore s'il s'agit du gang Oshiro, mais nous allons tenter d'en capturer un et de le faire parler.

— Kamiko ne risque rien, j'espère ? s'affola Tanaka. Je suis prêt à payer...

Spencer le coupa :

— Non, non, M. Tanaka, je ne veux pas de votre argent. Et je vous assure que la petite est à l'abri, bien entourée et protégée.

— Merci, M. Newman. Je peux vous envoyer des hommes de mon père en cas de besoin. Ils sauront gérer ces criminels en toute... discrétion.

— C'est une offre généreuse, M. Tanaka. Pour le moment, il est plus facile pour moi d'avoir des hommes à moi sur le sol américain, mais si la situation évolue, je vous le dirai.

— Seriez-vous prêt à me donner votre numéro de portable ?

— Bien sûr.

Ils échangèrent leurs numéros, puis Tanaka ajouta :

— Appelez-moi, jour et nuit, si je peux vous aider.

— Je n'y manquerai pas, M. Tanaka. Et je vous tiendrai au courant de tout.

Tanaka changea de ton :

— J'espère que vous êtes bien celui que vous prétendez être, M. Newman. Si vous m'avez menti, je vous garantis que vous le regretterez le reste de votre extrêmement courte vie.

Spencer éclata de rire.

— N'ayez crainte. J'ai dit vrai.

CHAS HABILLA la poupée que Charles Favian leur avait donnée, la coucha dans le parc, puis vérifia que la porte de la chambre était verrouillée et les stores fermés. Il éteignit ensuite les lampes, ne laissant que la télé. Le son assez bas fournissait un bruit de fond. Les murs étaient très fins et Chas était certain que Gunner ne tarderait pas à être… bruyant.

Il se déshabilla et se mit au lit. Dix secondes après, Gunner sortit de la salle de bain, la peau encore humide. Il ne portait qu'une serviette nouée autour des hanches. Ses muscles abdominaux magnifiquement sculptés dessinaient un V pointant vers son aine.

Il était aussi solide qu'un roc et un tantinet intimidant. Si Gunner l'avait voulu, sans doute aurait-il pu démembrer Chas à mains nues.

Mais Chas n'avait pas peur de son meilleur ami. Il avait grandi avec lui, il était tombé amoureux de lui à l'adolescence, il ne l'avait jamais oublié.

Et puis, au fond, Gunner était un tendre. Chas l'avait vu sauver des chatons tombés dans un bassin et le défendre contre les brutes qui le harcelaient à l'école secondaire. Plus récemment, il avait vu Gunner s'endormir avec Poppy serrée sur sa poitrine.

Gunner avança jusqu'au sac volumineux qu'il avait sorti de la voiture, fouilla à l'intérieur et récupéra un gros révolver.

Chas recula, alarmé. Gunner posa son arme sur la seule table de chevet restante et murmura :

— C'est juste une précaution.

Chas pointa le sac et demanda :

— Tu as des préservatifs là-dedans ? Si on couche ensemble de façon régulière, il va nous en falloir.

— Oui, j'en ai. Ils font partie intégrante du sac d'un SEAL.

Chas se renfrogna.

— Ah. Ça ne m'étonne pas !

Gunner sourit.

— Nous les mettons sur les canons de nos fusils pour empêcher le sable d'y entrer.

— Tu me prends pour une bille ?

— Je te garantis que c'est comme ça que j'ai utilisé la plupart des miens. Je ne couchais avec une femme que pour faire comme les autres. Et encore, le plus rarement possible !

— Et ça te plaisait ? demanda Chas avec curiosité.

— Tu veux la vérité ? murmura Gunner.

— Oui.

— Je fermais les yeux et je prétendais que c'était toi.

La mâchoire de Chas en tomba. Ainsi, Gunner avait pensé à lui pendant toutes ces années ? Une boule de chaleur naquit dans son ventre et se propagea dans tout son corps.

— Eh bien, maintenant, je suis là, en chair et en os. Et j'adorerais que tu me baises toute la nuit.

— Surveillez votre langage, M. Reed ! railla Gunner.

Chas souleva les couvertures et Gunner se glissa dans le lit. Chas enroula les bras autour de ce cou musclé et se pressa avidement contre ces muscles fermes. Le désir bouillonnait en lui, aussi chaud que la lave en fusion.

— Je te veux, Gunner ! Je veux te sentir en moi, je veux que tu me remplisses, je veux que tu me martèles, je veux que tu me fasses jouir.

— Mmm. Je pense que c'est en mon pouvoir.

Gunner roula sur lui et le fixa à la lumière vacillante de l'écran de télévision.

— Pourquoi diable avons-nous attendu si longtemps ? grinça-t-il.

— Parce que tu t'es sauvé, parce que tu as rejoint la Marine et passé dix ans à faire semblant d'être hétéro. Moi, je ne suis jamais parti.

— Dieu, je suis idiot !

Chas lui sourit tendrement.

— Oui. Mais tu es mon idiot à moi.

Il plongea les mains dans les boucles humides et attira le visage de Gunner pour un long et profond baiser. Chas frémit en sentant l'érection engorgée de Gunner presser contre sa cuisse. Il vibrait d'excitation fébrile.

— Ce soir, tu vas me retourner et me prendre par-derrière ?

— Si tu veux.

— Ah, oui ! Je veux !

Gunner esquissa un sourire timide. Chas s'en amusa beaucoup. Gunner ne savait pas ce qui l'attendait…

— Avant, ajouta Chas, je voudrais te montrer quelques petits trucs.

— Oui ? Quoi ?

— Mets-toi sur le ventre. Et place un oreiller sous tes hanches.

La méfiance, sinon l'inquiétude, brillait dans les yeux de Gunner.

— Fais-moi confiance, insista Chas. Je ne ferai rien que tu n'aimes pas. Si tu dis non, j'arrêterai immédiatement.

— Arrêter quoi ?

— Eh bien, pour commencer, je vais te masser le dos. Tu es resté toute la journée assis dans une voiture et tu es couvert de bleus, alors, tu dois avoir mal. Je parie que tu es tout tordu.

Gunner se mit à plat ventre.

— Je commence à penser que c'est toi le plus *tordu* de nous deux, marmonna-t-il, le visage enfoui dans ses bras.

— Et tu t'en plains ? demanda Chas.

— Non.

— Bonne réponse.

Chas ouvrit la bouteille d'huile pour bébé qu'il avait chipée le matin même dans le sac de Poppy et s'en versa dans les mains. Puis il frotta ses paumes sur le dos de Gunner et se délecta d'entendre son amant pousser un gémissement de plaisir.

— Détends-toi et laisse-toi faire, murmura Chas.

Il prit son temps, évita la colonne vertébrale et pétrit chaque nœud de muscles qu'il trouva, travaillant de haut en bas et de côté en côte jusqu'à ce que le corps étalé soit totalement souple sous ses mains.

Doucement, Chas écarta les cuisses et massa les deux jambes jusqu'aux pieds. Il remonta et malaxa les muscles fessiers. Il ramassa la bouteille d'huile et en versa un mince filet dans la raie des fesses.

Au contact de ses doigts à cet endroit sensible, Gunner se contracta, mais Chas l'encouragea à se détendre, ce qu'il fit. Chas frotta l'huile tout autour de l'anneau de chair. Puis il glissa un doigt à l'intérieur.

Gunner fit un bond de carpe.

— Du calme, bébé, chuchota Chas. Je veux juste te montrer où se trouve ta prostate. Tu vas voir, tu vas aimer.

De la main gauche, il saisit le sexe dur et lourd, et le caressa sur toute la longueur de ses doigts huilés. En même temps, il enfonçait plus profondément son index droit en Gunner. Il fit ensuite des mouvements de va-et-vient, d'un côté et de l'autre, au même rythme.

Très vite, Gunner en vibra de plaisir.

Chas s'attaqua alors à son scrotum, le frottant d'huile. Il continuait à sonder le fondement ferme avec son doigt, caressant la prostate de l'intérieur.

— Putain de merde ! haleta Gunner.

— Tu aimes ?

— Mmm… mmm.

Conscient que Gunner n'avait aucune expérience en ce domaine, Chas introduisit doucement un deuxième doigt dans le sphincter serré. Les muscles se contractèrent pour protester contre l'invasion, mais très vite, ils se détendirent.

Gunner attrapa un oreiller et enfouit son visage dedans, étouffant ainsi ses gémissements. Il débita aussi une litanie de jurons. Chas en ressentit une bouffée de triomphe. Il aimait donner du plaisir à Gunner. Plus encore, il adorait la confiance que son amant lui accordait.

Sentant que Gunner approchait de l'orgasme, Chas se pencha et lui murmura à l'oreille :

— Qu'est-ce que tu veux ? As-tu un fantasme à réaliser ?

Gunner parla d'un ton saccadé :

— Parfois… je rêve de toi… nu. Tu me supplies de te baiser. Et moi, euh… Je… te plie en deux, je presse ton visage dans le matelas et… je te baise.

— Ah, Gunner ! Pourquoi ne pas l'avoir dit plus tôt ?

Chas s'écarta et quitta le lit. Gunner roula sur le dos, son érection dressée et palpitante. D'un mouvement rapide, agressif, il se leva et approcha de Chas.

— Penche-toi, dit Gunner, avec un peu d'hésitation.

Chas lui passa la bouteille d'huile. Ensuite, il se pencha en avant, les coudes sur le matelas. Gunner recula et le regarda un long moment. Chas savait que Gunner dévorait des yeux son corps mince et son cul levé qui ne demandait qu'à être baisé. Franchement, c'était excitant d'être ainsi exposé.

— Écarte les jambes, ordonna Gunner déjà plus autoritaire.

Chas obtempéra et attendit la suite.

— Écarte tes fesses, ajouta Gunner.

Chas posa le front sur le matelas et passa les mains derrière lui pour s'exposer. Il tremblait d'excitation d'être aussi vulnérable.

Il n'entendit pas Gunner bouger, aussi sursauta-t-il lorsqu'un jet d'huile coula sur lui. Puis de gros doigts la répartirent le long de sa raie, sur ses testicules. Le sexe avide de Chas ne cessait de tressauter contre le bord du matelas.

— Tu sembles bien excité, murmura Gunner.

Il empoigna la queue de Chas et la frotta de ses doigts huilés. Chas ne put retenir un sourire : Gunner apprenait vite. Ou il avait prêté une attention particulière à la leçon reçue. S'accoudant à nouveau, Chas regarda par-dessus son épaule le magnifique spécimen qui se trouvait derrière lui, nu et excité.

— Baise-moi, Gunner. S'il te plaît. Baise-moi. Baise-moi jusqu'à ce que je ne puisse plus marcher.

Gunner grogna. Il pressa sa grande main sur la nuque de Chas et poussa son visage contre le matelas, assez fort pour l'empêcher de bouger, mais sans lui faire mal. Chas entendit la déchirure d'un emballage de préservatif.

— Tu es prêt ? grinça Gunner.

Il semblait contrôler son désir à grand-peine. Chas en frémit d'anticipation. Il prévoyait une session torride.

— Oui, haleta-t-il. Je suis tout à toi.

Un sexe énorme effleura son entrée. Un gland aussi dur que l'acier demanda le passage. Chas inspira un grand coup et ordonna à son corps de se détendre. De s'ouvrir. D'accepter l'invasion. Bien qu'il soit amplement lubrifié, la pénétration était presque douloureuse.

— Ça va ? grogna Gunner.

— Oui. Génial !

Gunner s'enfonça davantage.

— Je continue ?

— Bon sang, oui, grogna Chas.

Gunner le saisit aux hanches et s'enfouit en lui jusqu'à la garde. Chas en perdit le souffle. C'était fantastique, il faillit en pleurer de joie. Son sphincter palpitait, presque brûlant pendant qu'il s'adaptait à Gunner.

Déjà, Gunner commençait à aller et venir en lui. Lentement d'abord, puis de plus en plus vite.

— Oui, oui, oui, scanda Chas, éperdu.

À chaque coup de boutoir, il tremblait de tout son corps, son sexe vibrait, son cerveau s'embrumait de délire.

— Baise-moi, Gunner. Baise-moi !

Gunner le pilonna plus fort et Chas ne reteint plus ses cris. Les mains de Gunner, crispées sur ses hanches, le tiraient d'avant en arrière au rythme de ses poussées. Jusqu'à ce moment, Chas n'avait pas pleinement pris conscience de la force de Gunner ; là, elle se déchaînait sur lui de la manière la plus délicieuse possible. Il se sentait en sécurité avec Gunner, mais jamais il n'avait été baisé de cette façon. Il se félicita d'avoir veillé à sa forme physique.

Gunner semblait avoir une endurance robotique, il continuait à marteler Chas comme s'il allait y passer la nuit. Chas avait déjà joui une fois, il s'apprêtait déjà à recommencer. Sensibilisé par son orgasme, il hurlait son plaisir sous le pilonnage de Gunner.

Puis ses jambes lâchèrent et Gunner le pressa contre le matelas, le prenant si complètement que Chas ne parvenait même plus à former des pensées cohérentes. Il ne savait plus où finissait son corps et où commençait celui de Gunner. Il savait juste que c'était jouissif, extatique, que cette queue de fer le marquait de son sceau et que plus jamais il ne serait le même.

Gunner le possédait maintenant et pour toujours.

Une éternité plus tard, alors que Chas tremblait d'épuisement, incapable d'en supporter davantage, Gunner se raidit contre lui. Il se cambra et Chas sentit le jaillissement chaud de sa semence au plus profond de lui. Avec un cri inarticulé, il jouit pour la seconde fois, ce qui le fit quasiment tomber dans les pommes.

C'était la première fois qu'il expérimentait cette « petite mort » dont parlait la littérature érotique, une sensation intense et inoubliable.

Quand Chas reprit conscience de son environnement, il était écrasé sur le matelas avec Gunner pesant sur lui. Jamais il ne s'était senti aussi aimé, protégé, apprécié. C'était, en un mot, parfait.

Gunner finit par rouler sur le côté, un bras et une jambe toujours sur Chas.

Chas n'aurait pas pu bouger même si sa vie en dépendait. Il avait demandé à être baisé jusqu'à ne plus pouvoir tenir debout et Gunner l'avait pris au mot.

Chas mit un temps fou à retrouver son souffle. Il était épuisé, lessivé, jusqu'au plus profond de son être, mais avant tout, il était heureux. Un calme qu'il n'avait encore jamais connu l'envahissait.

Il était en paix avec lui-même. Il avait trouvé l'endroit où il voulait vivre jusqu'à la fin de ses jours : dans les bras de Gunner.

Il s'était donné à Gunner Vance, corps et âme, cœur et esprit.

Et c'était irrévocable.

GUNNER GISAIT à côté de Chas, il écoutait le souffle de son amant s'installant dans le rythme léger et régulier du sommeil. Il tâtonna sur la table de chevet, trouva la télécommande et coupa la télé. Il espérait sincèrement que la chambre d'à côté était vide, parce que leurs ébats avaient été plutôt bruyants.

Le silence et l'obscurité l'enveloppèrent, aussi chauds et douillets que le corps de Chas lové contre son flanc. Gunner laissa son esprit dériver, pris entre le sommeil et l'éveil. Il se rendit compte qu'il était heureux, tout simplement. Ce qui ne lui était pas arrivé souvent dans sa vie. C'était agréable. Plus encore, c'était... addictif. Il pourrait s'y habituer.

Avoir un boulot sans histoire, chez Spencer et Drago par exemple, rentrer le soir chez lui et retrouver Chas. Dormir avec lui, réaliser tous ses fantasmes, s'endormir avec lui dans les bras...

Oui, il pourrait certainement s'y habituer.

Son imagination lui envoya d'autres images : une petite maison sympa, sans prétention, Poppy qui jouait dans le jardin. Il lui installerait une balançoire, un portique où grimper...

Il tressaillit, ce qui le réveilla un peu. Waouh ! Il se voyait élever des enfants avec Chas ? C'était bien la première fois.

Petit problème : comment arriver à cette nouvelle vie ?

Il n'en avait aucune idée.

XIV

CHAS SE réveilla lentement, groggy. Ses paupières refusaient de s'ouvrir complètement, ses membres étaient lourds, son corps à moitié paralysé de la profondeur de son sommeil. Où était-il, d'ailleurs ? Ah, oui, dans une chambre de motel. Il faisait nuit noire.

Une grande ombre se déplaçait à travers la pièce.

Secoué par une décharge d'adrénaline, Chas sursauta et s'assit dans le lit, tétanisé d'effroi.

L'ombre se tourna vers lui et parla :

— Excuse-moi. Je ne voulais pas te réveiller.

— Gunner ? Qu'est-ce que tu fais debout au milieu de la nuit ?

— Je m'équipe.

— Pourquoi ?

— Par précaution.

— Tu comptes dormir avec tout ça sur toi ?

Sa vision s'étant ajustée à l'obscurité, Chas scruta l'attirail que portait Gunner : un gilet volumineux, une ceinture utilitaire, un pantalon de camouflage dont les poches étaient gonflées de matériel et des bottes de combat. Il tenait également dans les mains un casque doté d'un équipement électronique sophistiqué.

Gunner dut sourire, car ses dents blanches brillèrent dans l'obscurité.

— J'ai souvent dormi avec mon équipement. J'avais l'intention de somnoler dans le fauteuil pour ne pas te déranger.

— Tu peux revenir te coucher, si tu veux.

Gunner gloussa.

— Si tu penses à un câlin, je te signale que ce sera très inconfortable.

— Peu m'importe, j'aime t'avoir à mes côtés.

Le sourire de Gunner fut plus réticent.

— J'aime aussi. Mais le devoir m'appelle.

— Tu avais dit que nous n'aurions pas des problèmes cette nuit.

— Exact.

— Laisse-moi deviner, murmura Chas. Tu comptes *quand même* patrouiller et monter la garde ?

— Bingo.

— Dois-je moi aussi m'habiller et avoir mes chaussures à portée de main ?

— Ce serait mieux, oui.

Chas quitta le lit et son mouvement lui arracha un grognement. Baiser avec Gunner était plus physique que prévu et ses membres protestaient quelque peu. Il posait ses chaussures par terre quand Gunner arriva silencieusement derrière lui. Il pétrit les muscles raidis de ses épaules avec juste assez de force pour faire gémir Chas de plaisir.

— Demain, murmura Gunner, je te masserai le dos.

— Tu sais masser ?

— Oui, tous les SEAL ont une formation de base, nous devons pouvoir nous entraider.

— Oh. Tu as massé les autres SEAL ? grinça Chas, un peu jaloux.

Gunner grogna, ce qui poussa Chas à se retourner pour lui faire face.

— Quoi ?

— C'est une des nombreuses raisons qui m'a retenu de faire mon coming out. En plus de dormir, de manger et de vivre ensemble, nous nous touchons constamment. Si les autres avaient su, ils auraient pu craindre que tout contact physique avec moi dégénère de manière sexuelle.

Chas fronça les sourcils.

— Pourquoi ? Tes massages n'avaient rien de sexuel, pas avec des collègues dans un contexte de travail ! Être gay ne signifie pas qu'on est attiré par tous les mecs qu'on croise !

Gunner roula des yeux.

— Je peux te garantir qu'aucun de ces machos poilus et arrogants ne m'a jamais fait bander, ils me ressemblent bien trop. En fait, je ne comprends pas du tout ce que tu me trouves !

Chas prit son visage en coupe.

— Toi et moi nous connaissons depuis toujours, Gunner. Nous avons été amis, confidents, frères, complices… Je ne peux pas imaginer ma vie sans toi.

— Tu as vécu sans moi ces dix dernières années, marmonna Gunner.

— Et c'était horriblement difficile, admit Chas. Je ne tiens pas à retrouver cette atroce solitude !

Gunner le serra contre lui, ou plutôt contre son équipement tactique. Et c'était tellement sexy que Chas sentit ses jambes flageoler. Puis Gunner se pencha et l'embrassa, un peu durement au début. Très vite, son baiser s'adoucit et devint plus intime, exprimant sans paroles que Gunner tenait à lui.

Chas eut un petit rire. Il chuchota contre les lèvres fermes de Gunner :

— C'est très cliché, mais je sens un truc dur contre mon ventre. Ton pistolet ?

Gunner laissa échapper un éclat de rire silencieux.

— Non, c'est une sorte de pioche pour forcer l'ouverture d'une porte. Un jour, je te montrerai comment ça marche. Je porte mon pistolet sur la hanche.

Chas recula. Dans la faible lueur d'un réverbère extérieur, Gunner lui montra rapidement ce qu'était l'équipement opérationnel d'un SEAL. C'était impressionnant !

Chas commenta :

— Tu as tout d'un boy scout version XXL : préparé à toutes les éventualités.

— J'aimerais bien, mais dans la pratique, c'est rarement le cas. Les hostiles s'arrangent toujours pour trouver une brèche dans nos prévisions. Il faut donc s'adapter aux circonstances et savoir improviser.

— C'est une grande qualité qui te servira aussi dans le domaine du sexe. Tu seras un merveilleux amant !

— Si tu le dis, marmonna Gunner, un peu intimidé.

Chas lui frotta le menton.

— Aie confiance, je déborde d'imagination. Notre vie sexuelle ne sera jamais ennuyeuse.

— Je n'étais pas très inquiet, je l'avoue.

Chas regarda Gunner, essayant de décrypter ses yeux.

— Ça veut dire quoi au juste ? Que tu comptes me quitter assez vite ou que tu me fais confiance pour t'exciter pendant longtemps ?

— La seconde…

Il s'interrompit et leva la main droite jusqu'à son oreille.

— Quoi ? demanda Chas.

— Chut.

Chas se tut. Il entendit alors un très faible son venant de l'écouteur de Gunner. Quelqu'un parlait sur sa fréquence radio.

— Je dois y aller, lança Gunner.

— Que se passe-t-il ?

— Spence et Dray ont de la compagnie. Ils ont besoin de moi.

— Où sont-ils ?

— Dans les bois au-dessus du motel. Cinq ou six tangos circulent derrière le bâtiment, ils ne sont que deux, ils ne peuvent les suivre tous.

— Les tueurs sont là ? s'écria Chas, consterné.

Il se jeta sur ses chaussures et les laça rapidement.

— Tu peux rester ici, indiqua Gunner. En principe, les hostiles ne font que de la reconnaissance de terrain.

Chas s'affola :

— Je ne veux pas rester tout seul !

— Il y a Poppy.

— Non, c'est une poupée. Je serai tout seul. La première nuit à Misty Falls, j'ai attendu deux heures sous ce bureau et ça a été un cauchemar. Je ne veux pas revivre ça !

— Je ne peux pas t'emmener avec moi dans les bois, Chas, tu n'es ni entraîné, ni équipé. Je n'ai pas d'autres lunettes à vision nocturne, tu ne verrais rien.

— Je m'accrocherai à ta ceinture, implora Chas avec désespoir. S'il te plaît, ne me laisse pas !

Gunner soupira.

— Écoute, tu ne ferais que me retarder, le mieux que je puisse faire, c'est de t'emmener dans les bois et te trouver une cachette. Tu devras quand même rester tout seul et ne pas bouger jusqu'à mon retour, c'est compris ?

— Oui, oui, déclara Chas.

Gunner fouilla dans un de ses gros sacs.

— Mets ça.

Il tendit à Chas un chapeau mou noir avec un bord ondulé. Chas le colla sur sa tête, puis il ne bougea plus pendant que Gunner passait sur son visage un bâton de graisse de camouflage.

— Mets un manteau, ordonna Gunner. Tu vas avoir froid dehors sans bouger.

Chas enfila un épais sweat à capuche et sa veste molletonnée.

Gunner parlait dans son micro :

— D'accord.

Il annonça ensuite :

— Spencer et Drago nous conseillent de sortir par-derrière.

— C'est-à-dire ?

— Par la fenêtre de la salle de bain. Et emporte la poupée.

Bien sûr. Ils devaient prétendre avoir Poppy avec eux.

Chas enveloppa la poupée dans son manteau et d'un signe de tête, il indiqua à Gunner qu'il était prêt. Il respirait trop vite.

Participer à une opération SEAL était à la fois excitant et terrifiant.

Chas suivit Gunner dans la salle de bain et le regarda passer par la fenêtre étroite, impressionné de la souplesse avec laquelle bougeait ce grand corps alourdi de tout cet équipement. Une fois à l'extérieur, Gunner passa sa main gantée par l'ouverture et indiqua à Chas de le rejoindre.

Chas grimpa sur le siège des toilettes, puis sur la table. Comment devait-il procéder? La tête la première, ou d'abord les pieds?

Il entendit Gunner chuchoter :

— La tête la première. Je te rattraperai.

Confiant, Chas saisit le rebord de la fenêtre et fit passer son torse à travers l'ouverture. De grandes mains familières lui saisirent les épaules.

Gunner chuchota :

— Passe les pieds au-dessus de ta tête. Fais une cabriole et saute.

Espérant que Gunner saurait l'empêcher de se fracturer le crane pendant cette manœuvre périlleuse, Chas obéit. Il atterrit accroupi, surpris que ça ait été aussi facile. La grande ombre de Gunner se déplaçait déjà. En passant devant lui, il souffla :

— Attrapa ma ceinture. J'irai doucement. Essaie de ne pas faire trop de bruit.

Ils avancèrent à la queue leu leu à travers les buissons et les ronces. Chas, qui ne voyait rien, se demanda comment Gunner trouvait son chemin, mais le suivit aveuglément. Ils montaient le long d'une pente.

Les yeux de Chas s'étant un peu ajustés à l'obscurité, il remarqua que le sous-bois s'éclaircissait en hauteur.

Gunner ne faisait pas le moindre bruit. Chas ne l'entendait même pas respirer. Lui, c'était une catastrophe, il grimaçait chaque fois qu'une brindille craquait sous ses pas ou qu'il expirait trop fort. Les bruits résonnaient dans le silence de la nuit. En plus, Chas était obsédé par l'idée que sept ou huit autres hommes arpentaient le même terrain, dont cinq ou six tueurs. Il était terrifié. L'expérience lui semblait nettement moins intéressante ou excitante. Et l'idée d'être traqué et de risquer une balle dans le dos pesait comme une pierre dans ses tripes.

Il détestait la violence sous toutes ses formes. Il avait passé trop de temps, en tant que gay, à être ciblé par les brutes et les homophobes. Il détestait aussi que Gunner coure un danger, ou qu'il soit prêt à user de violence pour se défendre et/ou le protéger.

Finalement, Gunner s'arrêta devant un grand rocher déchiqueté. Il désigna à Chas une sorte de creux au pied du rocher, presque dessous. Cela ne paraissait pas très stable, Chas se demanda s'il n'allait pas être écrasé. Inquiet, mais docile, il se blottit à l'endroit indiqué.

Gunner le recouvrit d'une sorte de toile.

— Ne bouge plus, souffla-t-il. Tu vas rester ici un moment.

D'instinct, Chas écarta le bord du filet et créa une fente par laquelle regarder à l'extérieur. Étant claustrophobe, il préférait ne pas courir le risque d'une crise d'angoisse. Il vit Gunner ramasser des poignées de brindilles et de feuilles et les jeter sur la toile de camouflage. Il recula, fit quelques ajustements et leva le pouce. Puis il s'en alla, aussi silencieux qu'une ombre.

Et la nuit pesa sur Chas.

GUNNER S'INQUIÉTAIT de laisser Chas tout seul, mais il n'avait pas d'autre option, ses coéquipiers ayant besoin de lui. Spencer et Drago avaient repéré cinq tangos, mais ils pensaient qu'il pouvait y avoir un sixième.

Les hostiles étaient arrivés dans deux SUV noirs qu'ils avaient garés deux cents mètres plus bas sur la route avant de se déployer. Drago surveillait deux d'entre eux devant le motel, l'un était posté en sniper. Deux autres étaient passés derrière le bâtiment et Spencer était sur leurs talons. Le cinquième avait disparu vers la crête. Gunner était censé le repérer et s'assurer qu'il n'y ait pas un éventuel numéro six. Facile.

Il était déjà aux deux tiers du chemin quand il arriva devant une paroi rocheuse quasiment verticale d'environ six mètres de haut. La crête se trouvait au-dessus. Gunner n'avait qu'une seule option : grimper sans faire de bruit. Il rangea son arme à canon court dans son dos et entama son ascension. Le schiste était friable, mais il offrait de nombreuses prises pour les mains et les pieds. Le tout étant de s'assurer qu'elles supportent son poids.

À un mètre environ du sommet, Gunner entendit un mouvement au-dessus de sa tête. Il se figea dans une position précaire, collé à la falaise du bout des doigts et du pied gauche. Son genou droit était plié à la recherche d'un point d'appui.

Celui qui avançait au-dessus de lui était loin d'être silencieux. Oh, il essayait, mais il ne savait pas dérouler le pied du talon aux orteils pour éviter de faire craquer les feuilles et les brindilles. Il n'avait donc pas reçu de formation dans les Forces Spéciales.

Quand Gunner pensa pouvoir reprendre son ascension, sa jambe gauche tremblait de tension. Il arriva au sommet et resta à plat ventre, tout en regardant autour de lui. À sa droite, il vit un mouvement : c'était l'hostile qui venait de passer.

Juste après, une brindille craqua sur sa gauche.

Eh merde ! Il y avait bien un sixième hostile et Gunner avait atterri entre lui et son complice. Figé sur place, il tourna fébrilement les yeux d'un côté et de l'autre. Aucune cachette possible. Il vit une rigole à sa droite, cependant, et y rampa centimètre par centimètre. Une fois dedans, il tenta de couvrir son corps de feuilles et de terre.

Des pas approchaient à environ dix mètres. Gunner resta totalement immobile, sachant d'expérience que l'œil humain se concentre sur le mouvement. Le salopard passa devant lui. Gunner ne cligna même pas des yeux lorsque de lourdes bottes soulevèrent la terre tout près de son visage. L'hostile était mince, de taille moyenne, entièrement vêtu de noir. Il avait un fusil d'assaut Howa Type 89, l'arme préférée des Forces d'autodéfense japonaises, avec un système de visée vidéo qui permettrait de le tenir loin du corps et de viser de derrière un angle. Aucune utilité dans le contexte présent, mais le tueur devait se sentir plus puissant.

Spencer et Drago voulaient un prisonnier à interroger, afin d'apprendre pour qui il travaillait et ce que son patron voulait à une enfant de dix-huit mois. L'hostile numéro six était à une bonne centaine de mètres derrière son complice. Si Gunner l'assommait en silence, Numéro Cinq ne se rendrait pas compte tout de suite de sa disparition, laissant le temps à Gunner d'emporter sa proie en lieu sûr.

Il laissa donc le gars avancer de sept, huit mètres, puis il se redressa en silence et fonça. Quand il passa le bras autour du cou de l'ennemi, ce dernier ignorait encore sa présence. Mais il était jeune et entraîné au corps-à-corps. Il fit basculer Gunner par-dessus son épaule. Parfaitement entraîné lui aussi, Gunner fit volte-face dans les airs et atterrit sur ses pieds, sans lâcher le cou du gars, maintenant plié devant lui. L'idiot tenta alors de se dégager d'un mouvement brusque. Dans un film hollywoodien, cela passait bien, mais dans la vraie vie, c'était un mouvement kamikaze.

Un craquement sec… et l'ennemi s'affaissa. Gunner jura intérieurement. Putain, le con ! Il s'était brisé le cou !

Il laissa tomber le corps paralysé. L'homme gargouilla son dernier souffle. Les yeux sombres se figèrent. Gunner les ferma du pouce et de l'index. *Merde.*

Il se tourna et scruta les bois où avait disparu Numéro Cinq. Maintenant, l'hostile était seul. Peut-être serait-il moins suicidaire que son acolyte.

Gunner partit au pas de course. Trois minutes plus tard, il ralentit et balaya la forêt de ses lunettes à vision nocturne, à la recherche d'une signature thermique.

Spencer et Drago portaient des tenues qui bloquaient leur chaleur corporelle, mais les hostiles n'avaient pas pris cette précaution.

Gunner avança avec prudence, parallèlement à la falaise, assez près du bord pour apercevoir le motel en dessous. Il tressaillit en voyant deux ombres noires émerger des bois et traverser la route.

Les hostiles envisageaient-ils d'entrer dans leur chambre? Merde! Quelle chance que Chas et la poupée n'y soient plus!

Devant lui, une silhouette le surprit en jaillissant silencieusement d'un buisson. Presque aucune signature thermique, seules les mains et la gorge apparaissaient sur l'écran de Gunner. L'enfoiré! Il s'était bien caché dans d'épaisses broussailles, sans bouger.

Gunner se figea et regarda l'ennemi avancer jusqu'au bord de la falaise et pointer son arme vers le motel. Ce devait être un guetteur, celui qui suppléait le sniper. Ou alors il était chargé de flinguer Gunner et Chas s'ils essayaient de fuir.

Gunner dessina un arc de cercle, escomptant que le tireur soit trop concentré sur la zone en dessous pour prêter attention à ce qui se passait dans son dos. Une fois derrière Numéro Cinq, Gunner se jeta en avant. Cette fois, il sortit son couteau Ka-Bar en approchant sa cible.

Il enroula le bras gauche autour de la gorge du tireur et appuya son couteau, indiquant clairement qu'au moindre mouvement, il n'hésiterait pas à tuer. Numéro Cinq ne chercha pas à jouer au héros, il ne bougea pas. Gunner ne baissa pas sa garde pour autant. Pas encore.

De sa main libre, il saisit son micro et marmonna à voix basse :

— Numéro Cinq immobilisé. Numéro Six out.

Un «clic» à son oreille, puis un autre fut la seule réponse qu'il reçut. Ce qui signifiait que Spencer et Drago ne pouvaient pas parler, sans doute étaient-ils proches de leurs cibles. Ils allaient pouvoir passer à la deuxième phase du plan : faire déguerpir le reste des hostiles pour interroger à loisir le prisonnier.

Des coups de feu retentirent sur la gauche de Gunner, là où la crête était presque au niveau du motel. La fusillade provenait des arbres de l'autre côté de la rue. Numéro Cinq sursauta violemment, Gunner l'immobilisa en pressant la pointe de son couteau sur sa gorge.

Il y eut des cris en contrebas, suivis d'autres tirs entrecoupés des crachotements distinctifs des armes de Spencer et Drago. *Pop-pop. Pop-pop.* Les deux agents tiraient calmement, sans doute avec une exquise précision, afin de pousser les ennemis vers leurs véhicules en leur faisant croire qu'ils étaient en infériorité numérique et devaient battre en retraite.

Un cri de douleur retentit. Une des cibles était blessée ? Peut-être les hostiles avaient-ils eu besoin de cette incitation pour filer. *Joli coup !* pensa Gunner. Atteindre une cible mouvante était incroyablement difficile, sans même parler de contrôler l'endroit où placer sa balle. Viser une jambe ou la tête ne marchait qu'au cinéma. Dans le monde réel, un sniper visait le torse et espérait toucher un organe vital.

Le prisonnier poussa un hurlement. Gunner crut l'entendre prévenir ses collègues de prendre la fuite. Il resserra sa prise ; très vite, Numéro Cinq haleta et se mit à lui griffer le bras. Puis il devint mou. Par sécurité, Gunner maintint son étranglement un peu plus longtemps.

Il lâcha ensuite son prisonnier, qui s'écroula sur le sol. Gunner se pencha et lui attacha les poignets dans le dos avec des liens de serrage. Il lui fourra ensuite un bandana dans la bouche et recula, son pistolet pointé. L'hostile reprit conscience et lui lança un regard noir, il testa ses entraves et s'affaissa, résigné.

Parfait. Il vivrait assez longtemps pour répondre aux questions.

En entendant des pas de course en dessous de lui, Gunner tourna la tête et vérifia ce qui se passait. Quatre hommes en noir se ruaient vers l'endroit où étaient garés les SUV, si vite que la poussière volait sous leurs pieds. Drago continuait à leur tirer dessus, sans doute pour les convaincre de ne pas s'arrêter pour chercher les deux manquants à l'appel.

En entendant rugir les moteurs, le prisonnier s'agita violemment. Il venait de comprendre qu'on l'avait abandonné. Dommage pour lui.

Deux gros véhicules noirs passèrent en rugissant. Drago fit exploser la lunette arrière du dernier, pour faire bonne mesure.

Gunner sourit et remit Numéro Cinq debout. Puis, d'une poussée, il l'incita à avancer.

— Je viens sur votre gauche, Gun, transmit Spencer par radio.

— Reçu.

La forme sombre de Spencer se matérialisa peu après. Le prisonnier voûta les épaules. Avait-il compté se sauver ? Raté.

— Qu'allez-vous en faire ? demanda Gunner. L'emmener au motel ?

— Pourquoi pas ? C'est un bon endroit pour entamer la conversation.

Ils redescendirent ensemble et croisèrent Drago qui traversait la route. Gunner ouvrit la porte de sa chambre et fit entrer le prisonnier.

— Je vous le laisse, déclara-t-il. J'ai du nettoyage à faire et je dois aussi récupérer Chas.

— Pourquoi ne pas emballer dès à présent vos affaires ? chuchota Spencer. Quand vous aurez récupéré Chas et l'enfant, vous pourrez reprendre la route sans attendre.

— Bonne idée. Pour info, j'avais le bras sur la gorge du sixième hostile quand il a voulu jouer à Bruce Lee. Son mouvement a été trop brutal, il s'est cassé le cou. Je ne l'ai pas tué intentionnellement, je vous assure.

— Je sais, Gun. Vous n'êtes pas du genre à perdre votre sang-froid au combat. Voyons, jamais je ne vous offrirais un emploi si je doutais de votre professionnalisme.

— Merci, répondit Gunner d'un ton bourru.

Spencer hocha la tête.

— Allez photographier le cadavre, ordonna-t-il, quadrillez la zone afin d'effacer les traces susceptibles de vous incriminer et laissez le corps sur place. Les hostiles géreront la situation… en supposant qu'ils ne laissent pas les leurs derrière eux. Ensuite, filez avec Chas. Nous nous occuperons de ce monsieur.

Drago avait déjà attaché le prisonnier avec des cordes auxquelles il ne pouvait échapper. Gunner acquiesça et emballa rapidement ses affaires et celles de Chas, qu'il rangea dans le coffre de la voiture. Il revint chercher le parc de Poppy et passa la bandoulière du sac rose sur son épaule.

— Vous vous débrouillez très bien dans ce rôle, commenta Drago.

Gunner leva les yeux, surpris. Dray ne semblait pas se ficher de lui. Loin d'être sarcastique, son sourire était sincère et chaleureux.

— Je préférerais un sac camouflage, reconnut Gunner, avec une moue.

Spencer et Drago levèrent le pouce ensemble.

Gunner rangeait le sac bébé dans la voiture quand le directeur du motel sortit, la mine suspicieuse.

— Que signifie ce raffut ? Des problèmes ?

— Je ne sais pas, m'sieur, mentit Gunner. J'ai cru entendre des gens chasser dans le bois. J'ai été réveillé par des coups de feu et comme je ne pouvais pas me rendormir, je me suis dit que j'allais charger la voiture. Ça nous fera gagner du temps demain matin.

— N'oubliez pas de rendre la clé avant de partir ! grommela le gérant.

— Bien sûr. Bonne nuit.

Le gérant retourna à l'intérieur et Gunner soupira de soulagement.

Il dépassa le bâtiment et remonta la colline au pas de course. Pauvre Chas ! Il devait se faire un sang d'encre s'il avait entendu la fusillade.

Quelle nuit ! D'abord, une baise épique, ensuite, une traque dans les bois et le choc inattendu de tuer un gars. Même si c'était un accident dont Gunner ne se sentait pas responsable, ça n'en restait pas moins... stressant.

Gunner était impatient de serrer Chas dans ses bras. Il avait besoin de réconfort.

Et s'en rendre compte le choquait infiniment.

XV

C'ÉTAIT OFFICIEL : Chas était à bout de nerfs. Terré sous ce stupide rocher, il était non seulement congelé, mais son esprit semblait avoir atteint ses limites. Chaque son le faisait sursauter, chaque bruissement de la brise à travers les branches déclenchait en lui une nouvelle vague de panique.

D'après son téléphone portable, cela faisait une demi-heure à peine qu'il attendait. Comment était-ce possible ? Ça lui paraissait une éternité. Comment Gunner supportait-il de vivre constamment dans un tel climat de tension ? Comment n'avait-il pas perdu l'esprit ? Il avait des couilles en béton ! Chas éprouvait un immense respect pour la formation de Gunner et son courage. Avant ce bref aperçu d'une opération sur le terrain, il n'avait pas du tout compris à quel point la vie d'un commando était difficile.

Le temps passait si lentement que Chas s'attarda à réfléchir à la profession de Gunner. Pour lui, le danger était permanent. Il traquait des « hostiles » comme il disait, mais c'étaient des êtres humains.

Chas sentit toutes les fibres de son être se hérisser d'horreur.

Ce n'était certainement pas sain pour Gunner de penser comme un tueur, d'être un tueur. Comment une âme humaine pouvait-elle supporter la souillure d'avoir ôter des vies ?

Pour le moment, Gunner restait tendre, attentif, donc, il était encore temps de sauver son âme. Chas prit sa décision : il devait trouver un moyen de dissuader Gunner de continuer sur cette voie. Il fallait qu'il quitte son travail et trouve autre chose, n'importe quoi, un métier sans violence.

Dès qu'ils quitteraient cet endroit, en supposant qu'ils soient encore en vie, Chas aurait avec Gunner une conversation sérieuse. En attendant, il décida de peaufiner ses arguments.

Un mouvement attira son attention. Oh, mon Dieu ! Une ombre très grande, très sombre, marchait vers sa cachette. Chas se figea.

Jamais de toute sa vie il n'avait été aussi exposé, aussi vulnérable. Il allait mourir sans pouvoir dire à Gunner qu'il l'aimait…

Il aperçut le visage de son assassin.

Gunner.

Dieu merci !

La silhouette familière approcha du gros rocher et se pencha pour retirer la bâche de camouflage. Chas jaillit de son trou, se remit debout et sauta littéralement sur Gunner. Il se serra fébrilement contre lui.

— Doux Jésus ! murmura-t-il contre son cou. Tu ne revenais pas… J'ai cru que tu avais été tué !

— Il a fallu un certain temps pour nettoyer la zone. Je vais bien.

Gunner l'étreignit à lui casser les côtes, mais Chas ne s'en plaignit pas. Il aimait plus que tout au monde sentir ces grands bras forts autour de lui.

— Tu es sûr… que tu n'as rien ? haleta Chas, le souffle coupé. J'ai entendu… des coups de feu. J'ai eu… tellement peur… pour toi !

Une bouche chaude se pressa fermement sur la sienne, interrompant ses balbutiements. Distrait, Chas embrassa Gunner avec enthousiasme. Sa panique se calma peu à peu.

Alors, Gunner releva la tête :

— Tu te sens mieux ? murmura-t-il.

Chas soupira. Seigneur, il était dans un sale état !

— Oui. Et toi ?

Il recula d'un pas et passa les mains sur les bras de Gunner, ses épaules, ses flancs.

— Chas, arrête ! Je n'ai rien. Je vais te demander de m'attendre ici quelques minutes de plus, le temps de régler un petit problème.

Et juste comme ça, la panique revint.

— Quoi ? Non. Je ne veux pas rester tout seul !

— Quelques minutes ! plaida Gunner.

— Non, merde !

Gunner soupira.

— Je dois photographier et fouiller un cadavre. Tu tiens vraiment à m'accompagner ?

— Un cad…

Chas s'interrompit, trop choqué pour finir sa phrase. Oh, mon Dieu ! C'était exactement ce qu'il avait craint ! Gunner parlait aussi calmement d'un cadavre que de… la météo.

— Que s'est-il passé ? hoqueta Chas.

— Un accident. Ce sale con a voulu jouer au plus malin et il s'est brisé le cou.

— Alors, ce n'est pas toi qui l'as tué ? haleta Chas.

— Ça se discute. J'avais le bras autour de son cou quand il a tenté une manœuvre stupide. C'est à se demander s'il ne s'est pas délibérément suicidé.

— Et tu ne flippes pas ? insista Chas.

— Chasten ! Je suis un Navy SEAL.

— Je sais. Mais… il est mort et tu en parles si calmement.

— Un soldat côtoie la mort tous les jours. S'il paniquait à chaque fois, ça ne se passerait pas très bien pour lui. En plus, je n'ai rien pu faire, le gars a été trop brusque, trop rapide, un vrai kamikaze !

Gunner haussa les épaules.

Chas le regarda fixement avec horreur.

— Comment peux-tu être aussi… désinvolte ? Comme si cette mort ne comptait pas.

— Ce n'est pas le cas, toutes les morts comptent, grinça Gunner.

Chas écarquilla les yeux. D'accord, il s'était trompé. Gunner était un petit peu secoué d'avoir tué. Il y avait donc encore de l'espoir.

— Tu étais si détendu ce soir. Comment fais-tu ? Il y avait des tueurs partout, ils étaient armés et toi… tu étais efficace et concentré…

Gunner regarda autour de lui.

— Bienvenue dans mon monde.

Chas inspira un grand coup. À travers la brume de son indignation et de sa panique résiduelle, il sentit que Gunner partageait avec lui quelque chose… d'intime, de personnel, sa vie de commando.

Peu importait, Chas n'était pas un SEAL. Il détestait cette violence.

Il demanda avec résignation :

— Alors, où est ce cadavre que tu tiens tant à prendre en photo ?

— À une centaine de mètres. Pour éviter une escalade à pic, il va nous falloir faire un grand tour d'environ huit cents mètres. C'est assez pentu. Ne perdons pas de temps.

Chas déclara à contrecœur :

— J'ai pratiqué l'escalade. Je devrais pouvoir te suivre.

— De l'escalade, toi ? s'étonna Gunner.

— Hé, je ne suis pas une chiffe molle !

— Je te voyais davantage danser la salsa.

Chas sourit.

— Oh, j'ai fait ça aussi.

Gunner roula des yeux.

— Je déteste danser.

— Parce que tu n'as jamais dansé avec moi.

Ils atteignirent la paroi rocheuse et Gunner montra à Chas l'endroit où il était passé la première fois. Après avoir balayé les environs de sa lampe de poche à lentille rouge, il trouva sur la gauche un passage plus facile et décida de l'emprunter.

— Passe le premier, déclara Gunner. Attention aux rochers, ils ne tiennent pas. C'est du schiste, ça se fissure très facilement. Je serai juste derrière toi.

— Pour assurer mes arrières, ou pour mater mon derrière ?

L'éclat blanc de ses dents indiqua que Gunner souriait.

— Je suis bon grimpeur, insista Chas. Je pourrais passer derrière toi et t'indiquer les prises.

Gunner ricana.

— Non ! Si je me casse la gueule, tu ne pourrais pas me rattraper. Je pèse trente bons kilos de plus que toi.

— Je sais. J'ai couché avec toi, tu te souviens ?

À ces mots, l'air autour d'eux devint électrique et sembla crépiter sur sa peau.

Sans plus discuter, Chas étudia la roche, il décida de son itinéraire et commença à grimper. Il trouva l'ascension plus facile que celles des murs d'escalade sur lesquels il s'était entraîné. La paroi avait de nombreuses encoches où s'accrocher et poser les pieds. La seule difficulté était de vérifier que chaque prise tenait avant d'y porter son poids.

Très vite, ils arrivèrent au sommet. Chas respirait un peu fort, mais Gunner aussi. Chas se rengorgea intérieurement. Ah ! Il avait suivi un SEAL pendant quelques minutes.

— Passe devant, murmura-t-il. Tu connais le chemin.

Gunner baissa les lunettes à vision nocturne montées sur son casque et s'engagea à travers les arbres d'un pas assuré. Chas marchait sur ses talons, épaté de voir Gunner avancer aussi silencieusement qu'un fantôme. Il devait reconnaître que voir un commando en pleine action était à couper le souffle. C'était la différence entre un cheval de course dans une stalle de haras et le même cheval galopant sur une piste à toute allure : le premier était joli, le second, impressionnant.

Gunner s'arrêta brusquement.

— Reste là.

Chas se souvint alors de la sinistre raison de leur présence ici : il y avait un cadavre non loin. Chas crut sentir une odeur bizarre, peut-être du sang, peut-être de l'urine, possiblement les deux, il n'en savait rien. Peut-être aussi imaginait-il cette odeur parce qu'il était hypersensible.

Dieu, qu'il détestait cette atroce situation !

Gunner avança et se pencha vers une bosse sur le sol. Il fouilla le corps, probablement à la recherche d'une pièce d'identité. Ensuite, plusieurs flashs lumineux indiquèrent qu'il photographiait le mort. Fasciné malgré lui, Chas aperçut à la lueur du flash un nez, une épaule.

Qui était cet homme ? Avait-il une famille ? Des amis. Sans doute avait-il eu aussi des rêves, des projets d'avenir... Et voilà qu'il était mort de la main de Gunner.

Chas n'avait pas trop compris cette histoire « d'accident » ou de « manœuvre suicidaire ». Gunner l'avait attrapé par le cou, il s'était cassé la nuque. C'était pareil, non ? Le gars était mort pendant un combat et Gunner en parlait avec une totale indifférence.

Renfrogné, Chas regarda Gunner tourner autour du cadavre, les yeux fixés sur le sol. De temps en temps, il s'arrêtait et ramassait quelque chose, ou alors il déplaçait quelques feuilles autour. Il finit par s'estimer satisfait.

— C'est bon, on peut y aller.

Chas sursauta.

— Comment ? Tu vas le laisser là ? Sans même l'enterrer ?

— Ses petits copains reviendront le chercher. Il sera enterré chez lui, parmi les siens.

Chas s'agita à nouveau.

— Et si quelqu'un d'autre le trouve ? La police ne va-t-elle pas s'en mêler ? Ne risques-tu pas de sérieux ennuis ?

— Je me suis sacrément assuré de ne laisser aucune trace derrière moi. Je ne risque rien.

Chas serra les dents en entendant ces mots. *Aucun problème. Tout va bien, j'ai tué, mais personne ne m'attrapera.*

Gunner continuait à parler :

— ... est un acte de courtoisie entre soldats. On laisse l'ennemi ramasser ses morts et leur donner des funérailles décentes.

— Parce qu'il y a une étiquette pour ce genre de choses ? s'écria Chas, consterné.

— Parle moins fort ! Inutile que le gars dans la chambre sache que nous sommes toujours là.

— Quel gars ? Quelle chambre ?

— Le copain du mort. Je l'ai capturé et remis aux mains de Spencer et Drago. Ils doivent déjà être en train de le fourrer dans leur coffre pour le conduire dans un endroit où ils pourront l'interroger à loisir.

Chas se remit à paniquer.

— Viens, Chas, on s'en va.

À sa grande surprise, Gunner ne rebroussa pas chemin, il avança plus loin sur la crête. La pente était assez raide, mais au bout, ils n'étaient plus qu'à un mètre au-dessus du parking. Ils sautèrent ensemble et Gunner conduisit Chas jusqu'à la voiture.

— Nous ne repassons pas chercher nos affaires dans la chambre ?

— Inutile, j'ai déjà tout mis dans le coffre. Nous devons être le plus loin possible quand les hostiles reviendront chercher les deux qui manquent à l'appel.

AUSSI CHOQUANT que cela paraisse, Chas s'endormit comme une masse dès qu'il fut assis dans la voiture. Quand il rouvrit les yeux, le soleil s'était levé derrière eux et ses rayons illuminaient l'habitacle. La lumière aidant, Chas parvint à prendre un peu de distance émotionnelle avec les événements de la nuit. Il put penser plus calmement au mort abandonné dans la forêt. Il connaissait Gunner depuis qu'il était tout petit, jamais il ne tuerait sans y être absolument obligé.

Du coup, Chas croyait à sa version des événements : le gars avait mal estimé la situation, il avait fait un geste idiot et s'était cassé le cou sans que Gunner n'y puisse rien. Gunner n'avait jamais su mentir et la nuit dernière, il avait dit la vérité.

Chas restait troublé qu'il y ait eu un mort, mais mieux valait qu'il s'agisse d'un « méchant » que de Poppy, Gunner ou lui.

Ils roulaient sur une voie rapide en direction de l'Ouest. De chaque côté de la route, il n'y avait que des terres agricoles et des forêts vallonnées. Gunner semblait fatigué.

— Où sommes-nous ? marmonna Chas.

— Dans le Missouri.

— Veux-tu que je conduise ? proposa Chas.

— Non.

— Allez, laisse-moi le volant ! Tu n'as pas à jouer au super-héros avec moi. Tu n'as presque pas dormi ces derniers jours.

— À qui la faute ?

Chas sourit.

— Justement. La moindre des choses pour me faire pardonner, c'est que je conduise pendant que tu te reposes.

Gunner céda et s'arrêta pour qu'ils changent de places.

Ils continuèrent cette rotation tout au long de la journée, l'un conduisant pendant que l'autre dormait.

À de nombreuses reprises, Chas fut tenté d'évoquer le changement de carrière pour Gunner, afin de ne plus vivre dans la violence, mais chaque fois, il se dégonfla. Après la nuit dernière, Gunner était en mode dur à cuire. Ce n'était probablement pas le bon moment de lui demander de renoncer à son mode de vie.

Mais bientôt. Oui, très bientôt, Chas devrait expliquer à Gunner qu'il ne pouvait pas vivre avec un tueur professionnel.

Après avoir roulé toute la journée et tard dans la nuit, Gunner décida enfin de s'arrêter. Chas en fut très soulagé, il était pétri de courbatures d'être resté assis si longtemps et d'avoir dormi dans des positions tordues. Il n'osait imaginer les douleurs que le dos de Gunner devait lui provoquer.

Ils étaient à mille six cents kilomètres environ de ce motel du Kentucky. Les Rocheuses s'élevaient devant eux, leur imposante masse noire cachant les étoiles du ciel nocturne.

Gunner marmonna :

— Je préfère ne pas rouler de nuit dans les Rocheuses. D'autant plus que nous ne prendrons pas les grandes routes.

Chas frissonna d'angoisse en imaginant la voiture plonger dans un ravin, aussi s'empressa-t-il d'approuver la prudence de Gunner.

Ils se trouvaient entre Colorado Springs et Denver, juste avant Front Range, lorsque Gunner s'engagea dans un parc d'État et suivit les panneaux vers une zone de camping, déserte à cette époque de l'année.

Le ranger à l'entrée les autorisa à s'installer où ils voulaient.

— Du camping ? couina Chas. Pourquoi ne sommes-nous pas dans un hôtel avec de l'eau courante, une douche et des toilettes ?

— Cette nuit, nous dormirons à la dure. C'est bien plus discret.

— Tu aimes peut-être la vie sauvage, protesta Chas, mais moi, je suis très attaché à mon confort !

— C'est du camping confortable, affirma Gunner. La vie sauvage, c'est de dormir dehors dans la neige, sans couverture, à même le sol gelé, de pisser dans une bouteille et de ne pas se doucher pendant un mois.

Chas le regarda avec horreur.

— Même si on m'offrait une fortune, je n'accepterais jamais ça !

— Et si c'était une question de vie ou de mort ? insista Gunner.

— Eh bien, dans ce cas… oui, peut-être, mais… sommes-nous en danger de mort ?

Sans répondre, Gunner sortit de son sac une tente gris-vert et commença à la monter.

— Gunner Vance ! cria Chas. Je veux la vérité. Sommes-nous en danger ?

— J'en saurai plus après avoir parlé à Spencer et Drago, ça dépendra de ce que le prisonnier leur aura révélé.

— Quand va-t-il parler ? Quand vas-tu appeler tes amis ?

— Oh, je suis sûr qu'il a déjà parlé. Mais Spencer et Drago cherchent sans doute d'autres informations, sinon, ils nous auraient déjà contactés.

— Comment peux-tu rester aussi calme ? Ne veux-tu pas savoir qui s'en prend à Poppy et pourquoi ?

Gunner planta le dernier piquet avec une pierre et leva sur Chas un regard sombre.

— Bien sûr que si, répondit-il d'un ton catégorique. Maintenant, prends cette barre et soulève-la quand je te le dirai.

En quelques secondes, la tente passa d'un tas de nylon informe à un abri érigé. Elle n'était pas très haute, cependant ; elle arrivait à peine à la taille de Chas.

Consterné, il regarda Gunner y entrer en rampant.

— Passe-moi les sacs de couchage, veux-tu ? cria Gunner de l'intérieur. Ce sont des cylindres noirs de la longueur de mon avant-bras.

— Tu veux dire ces oreillers durs ?

— Oui.

Chas les lui passa, puis il se glissa à son tour dans la tente. Les sacs de couchage paraissaient un peu plus confortables une fois ouverts.

Gunner déclara :

— Si tu es gentil avec moi, je t'expliquerai la nature de tous les bruits que tu entendras ce soir. Sinon, tu passeras la nuit à te ronger les sangs.

— Quels bruits ?

— Tu verras, répondit Gunner, énigmatique.

Ils mangèrent des sandwichs achetés quelques heures plus tôt à une station-service où ils s'étaient arrêtés faire le plein. En guise de dessert, Gunner jeta à Chas une pomme dans laquelle il avait mordu.

Ensuite, un Chas écœuré dut ressortir et se soulager contre un arbre comme s'il avait à nouveau huit ans. Il revint dans la tente en rampant à quatre pattes. Non, mais vraiment !

— J'ai l'impression d'être un chien !

— Tu ferais un adorable toutou.

— Je déteste le camping, se plaignit Chas.

Gunner sourit en enlevant ses bottes de combat qu'il plaça devant la porte de la tente.

— Allez. On n'est pas si mal.

— Il fait un froid de canard, geignit Chas. Quand je respire, je vois mon souffle. Et le sol est dur. Je vais avoir des bleus.

— J'ai mis des coussins en mousse sous les sacs de couchage.

Chas se coucha pour vérifier.

— Tu es sûr ? Je ne vois pas la différence.

— Oh, si ! Si je ne l'avais pas fait, tu aurais des cailloux et des bâtons plantés dans ton cul.

— C'est totalement barbare !

— Nous sommes mieux installés que nos ancêtres et ils ont survécu pendant des millions d'années.

— Eh bien, je ne suis pas un homme des cavernes ! annonça Chas avec indignation.

Le rire de Gunner flotta dans l'obscurité.

— Je te mets une bouteille d'eau sur ton sac de couchage, dit-il ensuite. L'air est très sec dans cette partie du pays. On se déshydrate facilement, surtout quand il fait froid.

— Justement, je frissonne.

— Referme ton sac de couchage.

— Comment ça ? demanda Chas.

— Au-dessus de la fermeture Éclair, il y a un cordon. Serre-le jusqu'à ce que le haut du sac forme une capuche autour de ta tête. S'il fait vraiment froid cette nuit, tu pourras tout fermer et ne laisser qu'un tout petit espace pour respirer.

— Hein ? Sûrement pas ! grommela Chas. Je suis claustrophobe !

— Dis-toi que tu dors dans un manteau.

Chas s'agita fébrilement, il se sentait confiné dans ce sac ridicule, le sol était dur comme de la pierre. Plus il y pensait, plus il doutait d'avoir un coussin sous lui. Gunner s'était bien fichu de lui ! Il ouvrait la bouche pour se plaindre quand un bruit terrifiant le fit se figer. On aurait dit la plainte obsédante d'un spectre !

— C'était quoi ? couina Chas.

— Une chouette.

— Oh.

Il écouta avec attention, mais le son ne se reproduisit pas. En revanche, un cliquètement sinistre retentit non loin, comme des os qui s'agitaient dans le vent.

— Qu'est-ce que c'est ? murmura Chas.

— Le vent fait claquer les branches les unes contre les autres.

— Oh.

Chas essaya de bloquer les bruits de la nuit, mais il n'y parvint pas. Il entendit quelque chose bouger dehors. Tout près.

— *Qu'est-ce que c'est ?*

Gunner répondit calmement :

— Un ours. Si tu ne te tais pas, il va déchirer la tente et te manger.

Nom d'un chien ! Chas se figea dans son sac de couchage. Quant à Gunner, il…

Il respirait profondément. Hein ? Il dormait alors qu'il y avait un ours dehors ? Comment pouvait-il…

Puis Chas comprit. Il n'y avait pas d'ours, bien sûr, cet enfoiré de Gunner en avait juste eu marre de répondre à ses questions. Furieux contre Gunner de s'être payé sa tronche, encore plus furieux contre lui-même d'être tombé dans le panneau, Chas ferma les yeux, déterminé à passer la meilleure nuit de sa vie, juste pour contrarier Gunner.

Quand il se réveilla, la lumière verte avait un étrange éclat. Chas avait le nez et les joues gelées, mais son corps enfoui dans le sac de couchage était bien au chaud. Plus étonnant encore, il se sentait reposé. Il roula sur lui-même et constata que Gunner n'était plus là.

Chas s'assit d'un bond et sa tête heurta le plafond de la tente. Un bruit le fit sursauter. Quoi encore ?

Il commença à ouvrir son sac de couchage et changea rapidement d'avis quand l'air glacial envahit son petit cocon de chaleur. Puis la fermeture Éclair de la tente s'activa. Horrifié, Chas regarda frénétiquement autour de lui, cherchant une arme. Il sortit un bras du sac et attrapa sa chaussure qu'il brandit.

La tête de Gunner passa par l'ouverture.

— Bonjour.

Chas le toisa, renfrogné, puis il ouvrit de grands yeux incrédules.

— C'est de la *neige* que je vois derrière toi ?

— Oui, effectivement. Pourquoi cet air étonné ? Ça n'existe plus dans le New Hampshire ? Un truc blanc qui tombe du ciel en hiver et il faut se casser le cul pour en débarrasser les trottoirs ?

— Tu es hilarant, grinça Chas. Il en est tombé beaucoup ?

— Environ quinze centimètres. C'est pour ça qu'il fait si chaud dans la tente ce matin. La neige est un excellent isolant. Les Esquimaux ne sont pas idiots de bâtir des igloos.

— Tu *aimes* la neige ? s'écria Chas.

Gunner éclata de rire.

— Dieu, c'est comique de camper avec toi !

— Va te faire foutre, aboya Chas.

— Serais-tu de meilleure humeur si nous allions en ville prendre un petit déjeuner chaud et roboratif ? Des pancakes recouverts de sirop d'érable, peut-être ?

Ainsi, Gunner n'avait pas oublié ses goûts ?

— Je me demande si je dois être charmé que tu te souviennes que j'aime les pancakes ou furieux que tu essaies de m'acheter après m'avoir fait dormir dans une tente en pleine tempête de neige.

— Je vote la première option. Je suis charmant, après tout.

Chas essaya de s'accrocher à ses griefs, mais en remballant la tente, Gunner entama une bataille de boules de neige. Bien que Chas perdît lamentablement, il en rit aussi gaiement que Gunner. Quand la tente retourna dans le coffre de la voiture, Chas avait les joues roses et les mains à moitié gelées. Il était heureux.

Il réfléchit à cela tandis que Gunner démarrait la voiture et quittait le camping. Il ne lui arrivait pas si souvent d'être pleinement heureux. Oh, la vie qu'il s'était créée le satisfaisait en général, mais c'était très différent de ce qu'il ressentait actuellement, le bonheur, la joie, le plaisir intense de se sentir vivant !

Sur une impulsion, il se pencha vers Gunner, le prit par le cou et planta un gros baiser au coin de sa bouche.

— Oh, fit Gunner. Qu'est-ce qui te prend ?

— Je t'aime !

Nom de Dieu ! Chas en resta ébahi. Les mots étaient sortis de sa bouche sans qu'il en ait conscience. Il n'en revenait pas.

151

Le visage de Gunner s'était figé, le choc était manifeste. Chas hésita. Devait-il retirer sa déclaration ? Ou en plaisanter ? Faire comme s'il n'avait rien dit ? Son cerveau s'emballait, sans trouver de réponse adéquate. Quand il ouvrit la bouche pour dire quelque chose, il était trop tard, Gunner ne le regardait plus, il fixait la route, le visage aussi fermé que celui d'un robot.

Merde, merde, merde.

XVI

GUNNER SERRAIT le volant comme s'il s'agissait d'un cobra qu'il cherchait à étrangler. Chas avait dit qu'il l'aimait. Qu'il l'*aimait*? Merde.

L'Amour.

Avec un A majuscule.

Un sentiment authentique. Une affaire sérieuse. Une relation adulte. Un engagement.

Merde, merde, merde.

Gunner n'était-il pas censé répondre «moi aussi»? N'était-ce pas le *modus operandi* habituel? Mais savait-il seulement s'il aimait *vraiment* Chas? Bien sûr, il l'avait toujours considéré comme un frère, comme son meilleur ami… mais Chas ne parlait pas d'affection ou d'amitié.

Gunner avait le sinistre pressentiment que les règles du jeu venaient d'être irrémédiablement modifiées. Au lieu de jouer au football, un jeu qu'il connaissait bien, il se retrouvait en plein match de rugby sans la moindre idée de ce qui se passait. Où devait-il aller, qu'était-il censé faire? Merde, c'était peut-être même du cricket, un jeu étranger encore plus abscons pour lui que le rugby.

Ils arrivèrent en ville, trouvèrent un restaurant et s'installèrent sans un mot. Le silence perdura pendant tout le petit déjeuner. Une fois les assiettes vidées, Gunner réclama l'addition et paya, puis Chas et lui remontèrent en voiture avant de reprendre la route en silence.

Gunner commença à s'interroger sur le mutisme de son compagnon. Il savait qu'il avait paniqué, il savait également pourquoi, mais Chas… que ressentait-il? Pourquoi se taisait-il aussi obstinément?

Bien entendu, Gunner ne pouvait l'interroger. Il ne pouvait pas davantage demander à Chas d'expliquer sa déclaration d'amour.

Alors, il fixait la route sans vraiment la voir, conduisait en pilotage automatique. Son esprit tournait en rond.

Aimait-il Chas? Comment le savoir? Y avait-il un test pour déterminer si on aimait ou pas son partenaire? S'il était amoureux, ne devrait-il pas se sentir… différent? Ou agir différemment? L'amour venait-il comme une révélation, *boum*, voilà, il était là?

Gunner n'aurait-il pas dû au moins remercier Chas après son aveu ?

Putain, il était franchement nul en relationnel ! Il avait des sentiments pour Chas, c'était évident. Des sentiments sincères, profonds. Mais le sexe avait modifié leur relation. Du coup, Gunner ne savait plus où il en était. Être ami avec Chas, c'était facile. Depuis leur enfance, ils parlaient de tout, sans contraintes, ils s'épaulaient. Gunner avait-il tout gâché en baisant Chas ?

Chas lui proposa d'un ton contraint de prendre le volant. Gunner refusa, préférant s'occuper l'esprit en conduisant. De plus, ils traversaient les Rocheuses et la route était difficile, elle serpentait entre de profonds ravins. En altitude, l'hiver était plus précoce, la neige bordait la route et couvrait les pentes des montagnes, dessinant des reliefs en noir et blanc sur lesquels contrastait le vert profond des pins. Les arbres se raréfièrent et disparurent peu à peu au fur et à mesure que la voiture approchait de la ligne continentale de partage des eaux, il n'y avait plus désormais que la neige et les rochers, blanc et noir, comme une vieille photographie.

Prenant plus au nord qu'à l'ouest à cause de l'axe des routes, Gunner visait le Wyoming. Il n'avait jamais visité le parc national de Yellowstone, alors, pourquoi ne pas profiter de cette opportunité ? C'était à la frontière entre l'Idaho, le Montana et le Wyoming, et y aller leur demanderait la majeure partie de la journée compte tenu des petites routes qu'ils empruntaient quand cela leur était possible et du mauvais état général des voies principales.

Le crépuscule tombait quand ils entrèrent dans un lodge magnifique situé à l'extérieur du parc, énorme structure en rondins décorée avec un goût exquis, les meubles étaient rustiques, mais confortables. Même Gunner, qui avait peu l'habitude du luxe, sentit que l'endroit était exceptionnel.

En pénétrant dans le hall, Chas fit un « Ohhh ! » silencieux.

— Après t'avoir forcé à camper la nuit dernière, déclara Gunner d'un ton bourru, je te devais bien une compensation.

— J'espère que nous n'avons pas les tueurs aux trousses, marmonna Chas entre ses dents. Ce serait vraiment dommage de voir un si bel endroit criblé de balles.

— Même si les hostiles découvrent que nous logeons ici, ils ne viendront pas ce soir. C'est trop loin et trop difficile d'accès.

— *Ils ne viendront pas ce soir* ? ricana Chas. Peuh ! C'est déjà ce que tu disais la dernière fois. Ils sont venus quand même.

— De plus, je parierais qu'ils ont passé la journée à s'occuper de leur mort. Soit ils l'ont enterré sur place, soit ils ont récupéré le corps pour le rendre à la famille.

— As-tu des nouvelles de Spencer et Drago ?

— Aujourd'hui, nous étions le plus souvent dans des zones blanches où les communications passent mal, répondit Gunner. Je les appellerai dès que nous serons dans la chambre.

Il était soulagé que Chas se soit remis à parler. Dans la voiture aujourd'hui, le silence avait été presque total et c'était… stressant. En général, Chas alimentait la conversation. Mais depuis sa déclaration fatidique du matin, il avait à peine ouvert la bouche.

En principe, Gunner appréciait le silence. Il travaillait avec des gars du genre taciturne et les SEAL exécutaient le plus souvent leurs missions dans un silence complet. Ils communiquaient entre eux d'un regard, d'une expression ou via des gestes de la main.

Mais Chas était un civil, un homme sensible qui exprimait avec des mots ce qu'il ressentait ou pensait. Gunner appréciait cette candeur. Avec Chas, il savait toujours où il en était, sans avoir à se torturer l'esprit.

Une fois à la réception, ils prirent une suite en utilisant une des cartes fournies par Drago. Non seulement elle était facilement traçable, mais Charles Favian serait immédiatement prévenu si un hacker surveillait son utilisation. Dès que leurs poursuivants apprendraient leur position, Favian en avertirait Gunner, afin qu'il se tienne prêt. En théorie.

Maintenant qu'ils avaient un prisonnier, Gunner était censé trimbaler les hostiles, tout en restant hors de portée. Il ne devait pas y avoir d'autres affrontements avant que Spencer et Drago soient prêts à éliminer toute la bande. Dès que Gunner recevrait le feu vert, il mènerait ses poursuivants dans le piège préparé pour eux.

De retour à la voiture, Gunner et Chas en sortirent la poupée, enveloppée dans une couverture, et le matériel de bébé. Dans l'ascenseur, une femme monta avec eux et demanda à voir Poppy. Sans se démonter, Chas murmura qu'elle avait eu une longue journée et qu'elle dormait. La femme n'insista pas et descendit au prochain arrêt. Restés seuls dans la cabine, Gunner et Chas échangèrent un regard complice.

Leur suite se trouvait au dernier étage. Gunner ouvrit la porte et la tint pour laisser Chas entrer le premier.

— Waouh ! Je préfère nettement le luxe au camping !

Chas avança jusqu'au milieu du salon et tourna sur lui-même, un sourire aux lèvres. Un feu brûlait dans la cheminée et les grandes baies vitrées donnaient sur une vallée digne d'une carte postale. La neige blanche recouvrait les pentes et alourdissait les branches des pins touffus, un troupeau d'élans se désaltérait au bord d'un ruisseau d'eau vive. Le soleil se couchait, Chas et Gunner regardèrent ses derniers rayons disparaître et une nuit paisible tomber sur la vallée.

En son for intérieur, Gunner dut admettre que c'était presque parfait.

Chas passa dans la salle de bain. Il s'écria aussitôt :

— Oh, mon Dieu ! Viens voir ! Il y a une baignoire à remous géante !

Gunner approcha jusqu'à l'embrasure de la porte, Chas s'occupait déjà de remplir l'immense cuve. La cheminée avait deux ouvertures, la seconde donnant derrière le bain à remous.

Chas leva les yeux, le visage tout illuminé de joie.

— Commande-nous une bouteille de vin, d'accord ?

— Je ne connais rien au vin.

Chas se redressa en réfléchissant.

— Demande du porto, c'est entre le vin rouge et le cognac, un délicieux apéritif, je pense que ça te plaira.

— Et toi, tu aimes ?

— J'adore ! Mais après un verre ou deux, je suis pompette. Je tiens très mal l'alcool.

Gunner sourit.

— Je vais commander deux bouteilles.

Chas roula des yeux, mais il esquissa un sourire. Gunner en fut très soulagé. Il détestait être en froid avec Chas.

En attendant que la baignoire se remplisse, Gunner appela Spencer.

— Salut, Spence, c'est Gun. Avez-vous obtenu des infos de notre invité ?

— Oh, oui. J'ai dû le *waterboarder* [12], ensuite, il a été très coopératif.

— Et qu'est-ce qu'il a raconté ?

Chas tira sur la manche de Gunner et gesticula pour indiquer qu'il voulait entendre.

— Je mets le haut-parleur, Spencer, déclara Gunner. Chas tient à écouter la conversation.

12 Méthode d'interrogatoire (ou de torture) : de l'eau est versée sur un tissu couvrant le visage d'un captif immobilisé, provoquant une sensation de noyade.

— Je fais pareil. Drago est avec moi.

— Parfait, tout le monde est là. Dites-nous ce que vous avez appris.

— Notre prisonnier travaille effectivement pour le gang d'Oshiro. Et son histoire est intéressante.

Drago enchaîna :

— Oui, le gang d'Oshiro est divisé par un problème de politique interne. La vieille garde au pouvoir tient à conserver l'ancienne formule, la contrebande de drogue aux États-Unis, mais de jeunes lieutenants aux dents longues insistent pour passer à l'international. D'après eux, il y a plus d'argent à gagner en contrôlant les deux bouts de la chaîne de distribution, de l'Asie à l'Amérique du Nord.

Chas demanda :

— Qu'est-ce que ça a à voir avec Poppy ?

— D'après notre prisonnier, c'est le groupe dissident, les pro-expansionnistes, qui a kidnappé Poppy au Japon, une démonstration de force pour intimider les Tanaka.

— Ont-ils réclamé une rançon ? demanda Chas.

Spencer répondit :

— Notre prisonnier n'en sait rien. À son avis, les kidnappeurs attendaient du grand-père de Kamiko autre chose que de l'argent. Yuzio Tanaka est le père de Kenji et le chef de son clan Yakuza. En réfléchissant à ces nouvelles données, Dray et moi sommes tombés d'accord, il est possible que les Oshiro cherchent à contrôler un port actuellement aux mains du clan Tanaka.

Drago reprit la parole :

— Charles Favian a creusé la question. Il s'est longuement entretenu avec le bureau de la CIA en Asie. Il a ainsi appris que Yuzio Tanaka et Kenji ne sont pas en bons termes.

Gunner fronça les sourcils.

— Attendez, vous croyez que les Oshiro n'obtiendront rien du grand-père sous prétexte qu'il est brouillé avec le père de Poppy ? Donc, l'enlèvement ne rapporte rien aux Oshiro ?

— C'est possible, répondit Drago d'un ton sinistre.

Chas se tourna vers Gunner.

— Et alors, où est le problème ?

Gunner répondit :

— Ils vont chercher à se débarrasser de Poppy, en supposant qu'ils la retrouvent. Ils ne la rendront certainement pas à son père si Tanaka senior refuse de céder à leur chantage.

Spencer déclara :

— Oui, c'est effectivement l'hypothèse la plus plausible.

— Mais ce n'est qu'un bébé ! s'exclama Chas, horrifié.

Drago répondit :

— C'est une Tanaka. Elle est mêlée à cette querelle, point final.

— Pourquoi le grand-père est-il aussi insensible ? s'indigna Chas. Comment peut-il mettre sa petite-fille en danger ?

Gunner entendit le haussement d'épaules dans la voix de Drago.

— Je crois que pour un Yakuza, c'est une question de principe. Le vieux refuse de céder à des menaces.

Spencer ajouta :

— Paul Getty a fait pareil, il a refusé de payer la rançon réclamée pour un de ses petits-fils. Il disait ne pas vouloir créer un précédent, parce qu'il avait de très nombreux petits-enfants et que s'il cédait une fois, il les mettrait tous en danger.

— N'a-t-il pas fini par cracher deux millions ?

Spencer ricana.

— Oui, quand l'oreille du petit-fils a fini dans les bureaux d'un journal.

— C'est cynique, mec, commenta Gunner.

— Il y a un autre problème, déclara Spencer d'un ton sinistre.

Quand il n'ajouta rien, Gunner s'impatienta :

— Lequel ?

— J'ai contacté Kenji Tanaka, le père de Poppy, il m'a dit avoir reçu une demande de rançon il y a quelques jours. Ses agents de sécurité ont cru qu'elle provenait du gang Oshiro. Mais d'autres Oshiro avaient déjà contacté Yuzio Tanaka avec des exigences différentes. Donc, au moins deux factions du gang Oshiro ont des objectifs différents. Et sans doute n'ont-ils pas non plus les mêmes idées concernant Poppy.

Gunner fronça les sourcils.

— Dans tous les cas, ça n'augure rien de bon pour elle. Nous devons la protéger et annihiler tous ces enfoirés avant d'envisager de la rendre à son père.

— Exactement, admit Spencer.

Chas haletait. Gunner aussi avait les tripes nouées en pensant à l'adorable fillette prise dans les mailles d'un jeu dangereux. Pour plus d'argent ou de pouvoir, les gens étaient trop souvent prêts à commettre l'irréparable.

Spencer poursuivit :

— Un ami de Drago du bureau de la CIA au Japon est passé hier chez Kenji Tanaka recueillir son ADN. L'échantillon est déjà en route pour les États-Unis afin d'être comparé au prélèvement de Poppy. Nous aurons les résultats dans quelques jours.

Chas était verdâtre, comme s'il allait vomir. Gunner avait lui aussi la nausée à l'idée de perdre Poppy, de la remettre à un étranger.

— Je préfère attendre, déclara Spencer. Si Poppy est bien Kamiko Tanaka, nous pourrons attirer les deux factions du gang Oshiro dans le même piège afin de les éliminer tous à la fois, ou du moins leur donner une leçon qu'ils n'oublieront pas. Pas question de rendre Poppy si les Oshiro risquent de se venger sur elle après leur humiliation.

— Où est le prisonnier maintenant ? demanda Chas avec curiosité.

Spencer gloussa.

— Confortablement installé dans la grange derrière notre propriété. Il n'en bougera pas de sitôt.

— Que comptez-vous en faire ? insista Chas.

— Rien pour l'instant. D'ici peu, nous nous servirons de lui pour attirer ses petits copains. Nous avons encore quelques arrangements à faire avant de divulguer sa position aux Oshiro.

Chas fronça les sourcils.

— Je n'ai certainement pas à vous dire comment opérer, mais n'est-ce pas dangereux d'attirer les Oshiro chez vous alors que Poppy est juste en face ?

Le sourire de Spencer s'entendit dans sa voix.

— Non, au contraire, c'est le dernier endroit où les Oshiro la chercheront. De plus, je tiens à rester proche d'elle au cas où nous devrions intervenir pour la protéger.

Dubitatif, Chas acquiesça à contrecœur.

— Êtes-vous certains que les Oshiro viendront chercher leur mec ? demanda Gunner.

— Non, admit Drago. Cela dépend de qui il connaît dans le gang et de ses compétences en activités criminelles. Si c'est un des derniers maillons de la chaîne, peut-être ne se donneront-ils pas la peine de le récupérer. Mais vu ce qu'il nous a révélé, j'ai bon espoir qu'il soit un peu plus haut placé.

— De toute façon, ajouta Spencer, ce n'est jamais bon pour le moral des troupes de laisser un prisonnier aux mains de l'ennemi. Il y a donc de bonnes chances qu'ils viennent le récupérer. Pour les y inciter, on leur fera miroiter que Poppy est là elle aussi.

— Quoi ? s'exclama Chas. Vous n'allez pas faire ça !

— Pas la vraie Poppy, bien sûr, déclara Spencer rapidement.

Gunner nota que Chas se montrait férocement protecteur. De toute évidence, il s'était beaucoup attaché à la petite.

Lui aussi, d'ailleurs. Poppy était si menue, si mignonne, si irrésistible. Elle lui avait presque donné envie d'avoir un gosse à lui, c'était dire !

— Que voulez-vous que nous fassions ? demanda Gunner.

— Continuez à jouer à cache-cache avec les Oshiro, répondit Spencer, ce répit nous permettra peut-être de comprendre laquelle des deux factions vous colle aux trousses. Nous réfléchissons aussi au meilleur moyen d'attirer les deux groupes dans notre piège.

Gunner hocha la tête. À haute voix, il demanda :

— Comment va Poppy ?

— Très bien, répondit Spencer. Elle est adorable, elle a conquis tout le monde.

— Est-ce qu'elle parle ? demanda Chas avec anxiété. Quand elle a peur, elle garde le silence. Vous êtes certain qu'elle est en sécurité et que les Oshiro ne la trouveront pas ?

Ce fut Dray qui répondit, d'une voix dont la douceur surprit Gunner. D'après sa réputation, Drago Thorpe n'avait rien d'un tendre.

— Ne vous inquiétez pas, Chasten, Poppy babille avec entrain. L'agent qui s'occupe d'elle parle un peu japonais et Poppy y répond très bien. Quant à sa sécurité, je m'en porte garant, ma propriété est mieux protégée que Fort Knox.

— Vous pourrez commencer à remonter au cours des prochains jours, suggéra Spencer. S'il y a combat, je préfère qu'il ait lieu sur mon territoire.

— Mais si nous remontons, les Oshiro risquent de nous suivre ! protesta Chas.

— Je sais, répondit Spencer, mais la situation concernant Poppy est sous contrôle. Et je vous rappelle que notre objectif est d'éliminer le plus d'Oshiro possible pour que la petite ait un avenir serein en retournant chez son père.

Chas en convint à contrecœur.

Peu après, Gunner mit fin à l'appel. Pensif, il regarda Chas s'asseoir au bord de la baignoire et tremper ses doigts dans l'eau bouillonnante.

On frappa à la porte de la suite. Gunner se leva et alla ouvrir. Un serveur apportait le porto qu'il avait commandé. Gunner signa le reçu et retourna dans la salle de bain avec une des deux bouteilles.

Assis dans la baignoire, Chas regardait par la fenêtre. Gunner se déshabilla en silence et se glissa dans l'eau à ses côtés.

— Tu aimes vraiment les enfants, on dirait, chuchota-t-il.

— Oui.

— Tu feras un papa formidable.

Chas soupira.

— Je ne sais pas si j'aurai des mômes, un jour.

— J'ai appris au cours de ma formation que si on veut vraiment quelque chose, il faut s'acharner jusqu'à l'obtenir.

— Je ne suis pas un SEAL, Gunner. Je suis un enseignant de maternelle un peu névrosé, je vis dans un patelin où rares sont les gens intéressants qui partagent mes… goûts.

Gunner se tourna pour le regarder.

— Tu plaisantes ? Tu es un homme merveilleux, l'ami le plus fidèle que j'aie jamais eu. Pourquoi as-tu pensé à moi pendant toutes ces années au lieu de te caser ? Je ne comprends vraiment pas.

Chas le regarda.

— Tu t'es montré odieux, c'est vrai.

— Je n'ai pas tellement changé, si tu veux mon avis, mais j'essaie de m'améliorer.

— Quand tu ne joues pas au SEAL taciturne, je te trouve très bien comme tu es.

Gunner n'était pas d'accord.

— Excuse-moi pour ce matin, murmura-t-il.

— Pourquoi t'excuser ? C'est moi qui ai été stupide et maladroit.

Gunner ne comprenait plus rien.

— Je n'ai aucune expérience dans les conneries relationnelles, mais d'après ce que j'ai cru comprendre, il est recommandé dans un couple d'exprimer ses sentiments, non ?

Chas se mit à rire.

— Waouh! Tu devrais te taire, Gunner, tu t'embourbes à chaque mot que tu prononces. En plus, tu viens de confirmer le triste stéréotype du gros dur à cuire émotionnellement inepte.

— Comme je le disais, je n'ai aucune expérience en ce domaine.

— Quel domaine, le couple ou les sentiments?

— Celui des conversations profondes, peut-être?

— Ou les bonnes manières, ajouta Chas.

— Hé, t'es gonflé! Je sais dire «*s'il te plaît*» et «*merci*». Je dis aussi «madame» en m'adressant à une femme. Tiens, bois, ça t'évitera de dire des conneries.

Il versa à Chas un verre de porto à la couleur rouge sombre. Puis il se servit à son tour. Chas le regardait, pensif.

— Et si nous portions un toast? murmura-t-il.

— À quoi?

— À Poppy, pour qu'elle soit heureuse et en sécurité.

— Ah, d'accord. Autre chose? insista Gunner.

— Aux vieux amis, aux nouveaux amants et au sexe torride.

Gunner sourit.

— Là, ça me plaît! Le mieux est d'avoir les trois à la fois en un seul homme!

Chas sourit et sirota son porto.

— Merci d'être venu à Misty Falls quand je t'ai appelé au secours, Gunner. J'étais sûr que Poppy et moi allions nous faire descendre.

— Je suis content que tu m'aies contacté. Et c'était un coup de chance que j'aie pu venir tout de suite.

Gunner se pencha en arrière, savourant le jet d'eau chaude qui martelait ses muscles endoloris.

— Que vas-tu faire une fois cette histoire réglée? demanda Chas. Vas-tu accepter l'offre de Spencer et Drago?

— Je ne sais pas encore.

— J'aimerais bien que tu deviennes professeur d'histoire…

— C'est un peu tard.

Chas secoua la tête.

— Il n'est jamais trop tard pour réaliser ses rêves. Et j'aimerais vraiment que tu ne risques plus ta vie tous les jours. Ta sécurité compte autant pour moi que celle de Poppy.

— Comment comptes-tu me protéger? railla Gunner. Que ferais-tu contre un hostile?

Chas répondit avec un grand sérieux :

— S'il veut s'en prendre à toi, il devra d'abord me passer sur le corps.

Gunner se figea. Les mots de Chas tournaient en boucle dans sa tête. *S'il veut s'en prendre à toi, il devra d'abord me passer sur le corps.* Gunner les sentit s'incruster en lui comme un cadeau rare et précieux. C'était la première fois qu'un civil lui offrait une protection inconditionnelle. Jusqu'ici, Gunner avait eu le soutien des autres SEAL, les équipes étant exceptionnellement soudées.

Depuis son accident, très pris par la sécurité de Chas et de Poppy, Gunner n'avait pas réellement pris le temps de faire le point sur sa situation, de sonder son chagrin à la perte de ses frères d'armes.

Il prit Chas par l'épaule et le serra contre lui.

Chas s'abandonna, la tête nichée dans son cou.

— Je pense… que je pourrais t'aimer, murmura Gunner.

Chas se redressa comme s'il avait été électrocuté.

— Pardon ? cria-t-il.

— Bon Dieu ! Tu réagis comme si j'avais dit vouloir assassiner le président.

— Qu'est-ce que tu as dit ? insista Chas.

— Merde, tu as cassé l'ambiance !

— J'attends.

Gunner soupira.

— Euh… je disais… que je pourrais t'aimer.

Il se figea et attendit, plein d'espoir. Le silence dans la salle de bain s'éternisa jusqu'à devenir franchement pesant.

Gunner s'impatienta :

— Merde ! Tu es censé répondre un truc sympa, non ?

Chas eut un ricanement amer.

— Oh, comme tu l'as fait ce matin ?

— Tu es un enfoiré quand tu t'y mets ! marmonna Gunner, déçu.

Les beaux yeux verts de Chas s'étrécirent.

— Si un jour tu es certain de tes sentiments, fais-le-moi savoir. Je verrai à ce moment-là si je suis d'humeur à te répondre… double enfoiré.

— Idiot !

— Idiot toi-même ! hurla Chas.

Gunner secoua la tête.

— Je te rappelle que je suis un SEAL et que nous sommes dans l'eau, là où je suis le plus dangereux. C'est inconscient de me défier dans ses conditions.

Chas le toisa avec hauteur.

— Je n'ai pas peur de toi, Gunner Vance. Je sais très bien que tu ne lèverais jamais la main sur moi.

Gunner n'avait plus du tout envie de plaisanter.

— Bien sûr que non ! Tu comptes trop pour moi !

Chas ne s'adoucit pas.

— Contrairement à toi, je n'ai pas peur de mes sentiments, de mes émotions. Écoute le conseil d'un *civil* et ne fais pas de menaces quand tu n'es pas capable de les mettre à exécution !

— Je plaisantais, Chas, ce n'était pas une menace. Tu sais très bien que je ne te ferais jamais de mal.

— C'est faux ! Comme je viens de le dire, je sais que tu ne lèveras jamais la main sur moi. Mais il y a d'autres blessures tout aussi douloureuses, les blessures émotionnelles. En fait, je crois qu'elles sont inévitables dans une relation, parce que rien n'est jamais parfait. C'est l'aptitude des deux partenaires à se pardonner mutuellement qui définit si un couple a une vraie chance de durer.

— Waouh ! C'est puissant ! Serais-tu psychologue ? Ou conseiller matrimonial ?

Chas roula des yeux.

— Bois ! Je crois qu'il va falloir te saouler pour espérer avoir avec toi une conversation sérieuse.

— Les SEAL sont prévenus très tôt d'éviter les abus d'alcool afin de ne pas se faire mettre le grappin dessus par un cochon grenouille.

Chas ouvrit de grands yeux.

— Un… *quoi* ?

— C'est le surnom que nous donnons aux excitées qui hantent les bars autour de nos bases pour coucher avec un SEAL.

— Hé, je ne suis pas comme ça ! Je ne m'intéresse pas à toi parce que tu es un SEAL ! Tu le sais, j'espère ?

Gunner gloussa.

— Oui, je sais. Je te connaissais bien avant d'entrer chez les SEAL !

Chas tint encore à préciser :

— Et si je t'ai appelé au secours, ce n'était pas pour te séduire !

Gunner resserra les doigts sur l'épaule de Chas.

164

— Je sais !

Chas se détendit et posa un baiser sur sa mâchoire.

Gunner tourna la tête, il baissa le menton et sa bouche trouva celle de Chas. Elle avait un goût de porto, épicé, avec des notes subtiles de bois et de soleil. Chas pivota, il s'installa sur les genoux de Gunner, les jambes autour de sa taille. Ils étaient maintenant face à face.

— Je suis là, Gunner. Que comptes-tu faire ?

Gunner bandait déjà, bien entendu, puisque Chas frottait son bas-ventre au sien. Entre le chatouillement des bulles sur sa queue, la chaleur de l'eau et le porto qui coulait dans ses veines, il s'enflamma plus vite encore qu'il l'aurait cru possible.

— M. Reed, je vais te faire l'amour dans un bain à remous, même si c'est horriblement cliché. Ensuite, je t'emmènerai au lit et je te baiserai une fois de plus. Je veux aussi te garder dans mes bras toute la nuit.

Chas sourit, les yeux brillants de joie. En vérité, son visage tout entier s'illumina d'amour. Gunner, le cœur serré, comprit qu'il ne se lasserait jamais de voir cette expression sur le visage de son amant.

Chas avait toujours été la lumière de son obscurité, le rire qui manquait à sa nature taciturne, le rappel qu'il y avait un espoir, qu'il pouvait dépasser ses plus sombres dépressions.

Leurs ébats furent lents et intimes. Ils se regardaient dans les yeux quand Chas s'empala sur l'érection de Gunner comme un gant fait sur mesure. Détendu par les bulles et la chaleur de l'eau. Gunner se contenta pendant un long moment de tenir Chas par la taille et de le faire aller et venir sur lui à un rythme langoureux.

Puis Chas se cambra et jouit en poussant un cri rauque. Entraîné par les contractions autour de sa queue, Gunner trouva à son tour l'orgasme.

Repu, Chas s'affaissa contre lui, la tête sur son épaule. Ils restèrent un moment de plus à flotter dans l'eau. Puis Gunner remarqua que ses doigts étaient tout fripés, fit la grimace et quitta la baignoire, avant d'aider Chas à faire de même.

Sans lâcher sa main, Gunner le conduisit jusqu'à la cheminée. La chambre était délicieusement tiède. Les deux amants se séchèrent mutuellement avec les épaisses serviettes éponges mises à leur disposition.

Chas retourna dans la salle de bain chercher la bouteille de porto à moitié consommée et il la rapporta jusqu'au grand lit situé face aux baies vitrées. Gunner s'étendit à ses côtés. Calés contre les oreillers, un verre à la main, ils admirèrent la vue. Il faisait nuit.

Chas tressaillit et pointa le doigt.

— Qu'est-ce que c'est? demanda-t-il.

Un faible miroitement vert ondulait dans le ciel.

— Une aurore boréale.

— C'est magnifique! Elles sont rares à Misty Falls. Il y a trop de lumière urbaine, avec les maisons et les lampadaires.

— Elles sont encore plus belles dans l'Arctique. Je t'y emmènerai un jour en vacances.

Gunner sourit quand Chas se blottit contre son flanc. Ah, il semblait content. Était-ce parce que Gunner avait parlé de vacances ensemble, ce qui indiquait un souhait de continuer leur relation?

Peut-être Gunner avait-il bu trop de porto, mais à l'heure actuelle, la perspective de former un couple avec Chas ne l'effrayait même pas. Ils allaient bien ensemble.

Gunner n'avait pas anticipé ces retrouvailles ni la nouvelle forme de sa relation avec Chas. Entre eux, tout était allé vite, très vite.

Trop vite, peut-être?

Était-ce censé se passer comme ça? Un coup de foudre émergeant du passé qui l'avait mis à genoux? Était-ce *vraiment* de l'amour? Ou juste une passade particulièrement torride, sa première aventure gay? Comment savoir?

Gunner savait au moins une chose : il détestait les questions sans réponse qui se bousculaient dans sa tête. Il ignorait ce qui allait se passer avec Chas. Putain, il ne savait même pas la direction qu'il allait donner à sa vie. Comment, dans ces conditions, envisager un avenir avec Chas… si tant était qu'il y tienne?

Chas n'avait pas du tout apprécié son bref aperçu de la vie d'un SEAL sur le terrain. Il détestait le danger, l'inconnu. Il refuserait sans nul doute d'être un homme au foyer pendant que Gunner partirait dans des missions dangereuses.

Merde. Il était un SEAL, c'était pour ses compétences que Chas l'avait contacté. Et ce qui les avait réunis risquait maintenant de les séparer.

Gunner n'en fut même pas surpris. Il n'avait pas beaucoup de chance dans sa vie personnelle. Il n'en avait jamais eu.

Pourquoi cela changerait-il?

XVII

POUR CHAS, les jours suivants passèrent dans un brouillard total. Il était épuisé. Il ne supportait plus de rester des heures et des heures assis dans une voiture, à regarder des centaines et des centaines de kilomètres défiler derrière sa vitre.

Après ce délicieux intermède romantique à Yellowstone, Gunner s'était inexplicablement refermé sur lui-même. Il ne riait plus, ne plaisantait plus, ne parlait quasiment plus.

Qu'est-ce qui n'allait pas? Alors qu'ils remontaient vers la côte est, Chas eut largement le temps de ressasser encore et encore leur soirée ensemble. Il ne comprenait toujours pas ce qu'il avait dit ou fait pour pousser Gunner à se terrer ainsi dans sa grotte émotionnelle.

Chas avait au moins une certitude : ce n'était *vraiment* pas le moment de demander à Gunner de trouver un emploi sûr. De toute façon, une relation à long terme entre Gunner et lui était-elle de l'ordre du possible? Chas n'en était plus certain. Du coup, aussi grincheux que frustré, il ne se sentait pas d'humeur à forcer le silence maussade de Gunner.

En arrivant en Virginie, il décida que c'était à Gunner de gérer ses problèmes, pas à lui. De toute façon, il ignorait ce qui se passait dans sa tête. Il avait tenté de lui montrer comment être gay tout en ayant une relation normale, adulte. Il n'avait abouti à rien. Si Gunner préférait rester un SEAL pur et dur, tant pis pour lui.

Mais Chas en avait gros sur le cœur.

Si une faction du gang Oshiro les pistait à travers l'Amérique, ils ne se montrèrent pas, Chas ne vit ni SUV noirs ni hommes armés. Était-ce de bon augure ou pas? Il n'en savait rien.

Malgré ce calme relatif, Gunner était tendu, il ne cessait de surveiller les alentours. Était-il préoccupé par une menace précise ou était-ce chez lui une habitude de soldat. Chas n'en savait rien non plus et vu le climat qui régnait entre eux, il ne s'aventura pas à poser la question.

Quoi qu'il en soit, la tension de Gunner était contagieuse et Chas était à bout de nerfs quand ils arrivèrent enfin à destination tard dans la nuit.

La voiture se gara dans l'allée devant la vieille ferme. Gunner et Chas furent accueillis par Spencer et Drago. Ils allèrent se coucher après quelques mots seulement à leurs hôtes. Ils avaient roulé quasiment vingt-quatre heures non-stop, conduisant à tour de rôle pendant que l'autre dormait dans le siège passager. Ils s'étaient arrêtés le moins possible, uniquement pour le carburant, les pauses-pipi et les encas.

Dieu, quel pied de s'allonger sur un lit confortable ! Quel pied de ne plus être dans un siège qui vibrait, de ne plus entendre le bruit du moteur, de pouvoir détendre son cou et son dos !

Gunner grogna entre ses dents, la main pressée sur ses flancs – un geste qu'il avait souvent ces derniers jours.

Chas murmura :

— Tu sais, tu as pu te casser une côte contre cet arbre.

— D'après le toubib, je m'en suis même cassé quatre.

Chas fit un bond dans le lit et se rassit.

— Quatre ? s'exclama-t-il. Mais ce doit être horriblement douloureux ! Pourquoi ne te soignes-tu pas ?

— Parce qu'il n'y a rien à faire, sinon attendre que cela guérisse.

— Tu ne devrais pas au moins te bander le torse ?

— Si, ça rendrait la douleur supportable, mais ça me fait surtout mal quand je respire et je ne peux pas cesser de respirer.

Chas n'en revenait pas.

— Quand tu respires… haleta-t-il. Oh, mon Dieu ! Ça dure depuis combien de temps ?

— Le médecin m'a injecté des analgésiques sous péridurale à l'hôpital. L'effet était censé durer dix à quinze jours. Il s'estompe ces derniers temps.

— Et pourquoi ne me l'as-tu pas dit ? s'écria Chas, indigné.

— Hé, c'est rien ! J'ai juste un peu mal, pas de quoi en faire tout un pataquès.

— Quatre côtes cassées, tu considères que ce n'est rien ?

— Toutes ne sont pas fracturées, certaines ne sont que fissurées. Le problème, c'est mon dos. J'ai deux disques intervertébraux HS.

Atterré, Chas se laissa retomber sur le matelas.

— Et quand tu m'as baisé, tu n'as pas eu mal ?

— Si. Mais j'avais de quoi oublier la douleur. Les endorphines…

Chas poussa une bordée de jurons. En entendant Gunner éclater de rire, il jura de plus belle.

— M. Reed ! s'exclama Gunner, hilare. Je suis choqué ! Quel langage !

Furieux au-delà des mots, Chas lui tourna le dos.

— Dors, Chas, enchaîna Gunner. Les jours qui viennent risquent d'être animés.

— Après la semaine que je viens de passer, je n'ai aucune envie de savoir ce que tu appelles des «jours animés» !

— Allez! C'était plutôt sympa cette petite virée !

— Non, nous avons été poursuivis, un gars est mort et tu as fait un prisonnier.

— Tu n'as encore rien vu.

— Je sais. C'est bien ce qui me terrifie.

— Et si nous allions voir Poppy demain? Ça te dériderait peut-être.

Chas se retourna.

— Tu me soudoies? Eh bien, ça marche et je te hais !

— Fais de beaux rêves, Chasten.

Chas soupira.

— Toi aussi.

Il se recoucha, le front plissé. Dieu, comme il détestait que Gunner le manipule aussi facilement! C'était déjà le cas quand ils étaient enfants, Chas n'avait jamais été capable de lui refuser quoi que ce soit.

Au lit, bien sûr, mais pas seulement.

À SON réveil, Gunner avait mal partout, même s'il refusait de l'admettre. Il jeta un coup d'œil à Chas, qui dormait sur le ventre, le visage écrasé contre le matelas, la bouche ouverte. Il avait des cernes sous les yeux. La semaine dernière avait été difficile pour eux deux, mais Gunner avait plus l'habitude que Chas du stress et des environnements hostiles.

Sans faire de bruit, il sortit du lit et traversa la chambre pieds nus. Il passa dans le couloir et referma la porte pour que Chas puisse dormir un peu plus.

La maison était silencieuse. Soit Spencer et Drago dormaient encore, soit ils étaient sortis. Peut-être s'occupaient-ils du prisonnier.

Une fois dans la cuisine, Gunner tripota la cafetière et la mit en route, puis il passa au salon et fit des mouvements de yoga et des étirements. Les entraîneurs sportifs qui s'occupaient de la forme physique des SEAL affirmaient qu'une bonne souplesse musculaire prévenait les blessures graves et ajoutait à l'efficacité d'un opérateur sur le terrain.

Gunner commença en douceur, travaillant progressivement sur ses courbatures. Quand Spencer et Dray arrivèrent dans la cuisine, Gunner se sentait plus humain, moins robotique.

Attiré par de délicieux aromes de bacon grillé, il retourna dans la cuisine. Spencer lui jeta un coup d'œil. Sans doute remarqua-t-il une certaine prudence dans sa démarche.

— Comment va, Gun ?

Gunner se versa une tasse de café et s'assit à table.

— J'ai le dos en compote. Je suis forcé d'admettre – bien à contrecœur – que l'amiral a peut-être eu raison de me virer du service actif.

Spencer jura entre ses dents.

— Vous devriez venir travailler pour nous. La grande majorité de ce que nous faisons n'est pas fatigant. Pour être un bon consultant, il faut plus d'intelligence que de muscles.

— J'y réfléchis sérieusement.

Drago lui tapa sur l'épaule.

— Heureux de l'entendre. Au plaisir de vous avoir dans l'équipe.

Gunner fut traversé par une vague de chaleur. Il avait besoin d'être intégré dans un groupe, il n'aimait pas travailler seul. Dans les SEAL, il avait adoré avoir des frères d'armes, partager les mêmes idées, les mêmes objectifs. Perdre son équipe l'avait plus atteint qu'il ne s'en était rendu compte.

Drago s'installa en face de lui, puis il attaqua son assiette remplie d'œufs brouillés, de bacon et de pain grillé.

— Dans combien de temps quelqu'un viendra pour votre prisonnier ? demanda Gunner.

Drago répondit :

— Bientôt. Et sur la base des incidents passés avec le gang Oshiro, ils arriveront nombreux. Ils seront au moins six, peut-être beaucoup plus.

Gunner regarda les deux hommes.

— Vous n'envisagez tout de même pas de les affronter à deux ?

— Vous serez avec nous, déclara Drago avec désinvolture.

— Quand même, le ratio n'est pas en notre faveur.

Spencer intervint :

— Ne vous en faites pas, Gunner, nous aurons des renforts. Les Oshiro vont avoir une sacrée surprise.

— Quels renforts ? demanda Gunner.

Drago sourit.

— Eh bien, j'ai contacté un ami à moi qui travaille au FBI. Les fédéraux n'ont pas du tout apprécié ce massacre dans une paisible petite ville de Nouvelle-Angleterre. Quand j'ai indiqué à Jerry que j'avais peut-être des informations sur les tireurs, il a beaucoup insisté pour venir les chercher avec ses agents.

Spencer posa devant Gunner une assiette bien remplie.

Gunner avala une bouchée avant de demander :

— Et comment comptez-vous attirer les Oshiro ?

— Facile. Nous allons relâcher le prisonnier et nous assurer qu'il voie Poppy.

— Le *relâcher* ? Je présume que vous lui ferez croire qu'il s'est échappé ?

— Bien sûr. Et nous contrôlerons sa sortie.

— Quand cette petite manœuvre va-t-elle avoir lieu ?

— Cet après-midi.

— Si vite ! s'exclama Gunner. Dans ce cas, nous devons nous tenir prêts à un assaut pour ce soir, je me trompe ?

Spencer hocha la tête.

— Oui. La journée va être longue. Nous allons étudier les bois alentour et déterminer précisément où le combat se déroulera.

Un mouvement à la porte attirant son attention, Gunner leva les yeux de son assiette. Chas était à l'embrasure, les traits tirés. Pourtant, il ne paniquait pas. Tant mieux, compte tenu de ce qui allait arriver, mais Gunner grimaça intérieurement à l'idée que Chas s'habituait à la violence et à la mort. Un désir farouche de préserver son amant monta en lui, il voulait garder cette partie de sa vie pure, propre et simple.

Spencer, toujours devant son fourneau, demanda :

— Salut, Chasten. Vous avez faim ? Des œufs et du bacon, ça vous convient ?

— C'est parfait, merci. Si je peux abuser, j'aime mes œufs bien cuits.

— J'en ai pour deux minutes.

Chas, bien sûr, n'était pas idiot.

— Si les Oshiro arrivent en nombre, qu'allez-vous faire ?

Gunner tenta de le rassurer.

— Ce sont des malfrats, aussi bien entraînés soient-ils. Un SEAL au combat vaut dix soldats lambda. Donc, en cas de fusillade…

Alarmé, Chas lui coupa la parole :

— Une *fusillade* ? Vous n'êtes que trois et vous prévoyez une fusillade contre tout un gang de criminels ? Êtes-vous complètement fous ?

XVIII

CHAS S'INSTALLA sur une couverture dans la cour devant la maison de Spencer et de Drago pour jouer avec Poppy. En les voyant, Gunner et lui, quand ils avaient traversé la rue pour aller la chercher, elle avait poussé un cri de joie, couru vers eux et s'était agrippée à leurs jambes.

Chas en avait eu la gorge serrée d'émotion. Et Gunner aussi, bien qu'il ait cherché à le cacher.

Le prisonnier devant bientôt être libéré et passer devant eux, cette petite sortie n'était pas une simple visite. Une demi-douzaine de commandos se cachaient dans les arbres autour de la maison et Gunner avait assuré à Chas qu'un sniper parmi les meilleurs était posté Dieu seul savait où, prêt à descendre quiconque chercherait à nuire à la petite qui jouait innocemment dans l'herbe.

Ce n'était pas une vie pour un bébé ! Poppy méritait de grandir en paix sans risquer d'être enlevée ou tuée. Bien entendu, Chas n'avait pas eu son mot à dire. À son corps défendant, il comprenait la nécessité de ces précautions, il avait dû accepter ce plan.

S'il avait des enfants un jour, jamais il ne les laisserait s'approcher d'hommes violents qui attiraient constamment le danger. Le cœur serré, Chas comprit que malgré son attachement envers Gunner, il n'était pas prêt à renoncer à son rêve : être un bon père et mener une vie familiale normale. Si Gunner, maintenant qu'il ne pouvait plus être un SEAL à part entière, décidait de travailler avec Spencer et Drago, il deviendrait un mercenaire privé et ça, Chas ne le supporterait pas. Ce n'était pas ce qu'il voulait pour sa future famille, aussi hypothétique soit-elle encore.

Spencer et Drago allaient laisser le prisonnier s'échapper. Ils feraient semblant de lui courir derrière, mais en vérité, ils contrôleraient sa route afin qu'il passe devant la maison. Il devait apercevoir Poppy jouant avec Chas et rapporter à ses complices l'information que trois hommes seulement veillaient sur la fillette.

Chas tendait l'oreille, attendant le bruit qui annoncerait l'évasion. Il fit rouler une balle sur la couverture, Poppy la rattrapa et la lui renvoya en riant. Elle se lassa vite. Une minute après, elle se releva et partit en courant derrière une feuille que le vent faisait danser. Chas se rua à sa poursuite, il la souleva et la jeta en l'air, lui arrachant des gloussements chatouillés. Il avait reçu l'instruction de garder Poppy sur cette couverture. Apparemment, c'était pour ne pas interférer avec la ligne de mire des soldats postés.

La perspective d'avoir des fusils pointés sur lui et Poppy donnait froid dans le dos.

C'était un mal nécessaire, avait assuré Gunner, et tous auraient nettement préféré que la petite soit à l'abri derrière des murs épais. Chas soupira. La sécurité de Poppy l'inquiétait beaucoup plus que la sienne. Étrange, mais depuis qu'il avait trouvé Leah Ledbetter morte devant sa porte, il s'était focalisé sur Poppy. Et Gunner agissait de façon tout aussi protectrice.

C'était comme si, au premier regard posé sur cette petite étrangère, Gunner et lui étaient devenus parents à part entière. Ils ne pensaient qu'à l'enfant, à sa sécurité, à son bonheur, à son bien-être. En tant qu'enseignant, Chas avait parfois jugé certains de ses parents d'élèves un tantinet obsessionnels vis-à-vis de leur progéniture. Désormais, il les comprenait mieux.

Poppy plissa son visage de façon adorable et tenta de froncer ses petits sourcils.

— *Chichi*?

— D'après ce que j'ai récemment appris, ma puce, «chichi» veut dire «papa» en japonais. J'aimerais beaucoup être ton chichi, mais ce n'est pas possible, disons que je suis… tonton Chas. Saurais-tu dire Chas? Chas?

— *Tcha*?

— Bien! Encore! Chas! Tonton Chas!

Il se frappa la poitrine, tout ému. Poppy commençait à parler? Seigneur, elle grandissait si vite! En quelques jours, elle avait changé, elle apprenait, elle évoluait.

— *Onca*?

— Oui! Oncle Chas!

— *Onca Cha*!

Elle se jeta sur lui et il la serra très fort, riant avec elle.

— Tu es très intelligente. J'ai entendu dire que tu t'appelais Kamiko.

Elle se pencha en arrière et l'étudia de ses grands yeux noirs.

— Kamiko? insista Chas.

— Ka.

— C'est ça!

Il lui toucha le bout du nez. Elle sourit. Alors, il la chatouilla, ce qui la fit rire et se tortiller. Pris par le jeu, Chas faillit ne pas prêter attention aux bruits étouffés émanant des bois derrière la maison. Soudain, il leva les yeux. Puis il se souvint que Drago lui avait recommandé d'agir comme s'il ne voyait rien, n'entendait rien. Si les Oshiro les prenaient pour des amateurs incompétents, sans doute n'enverraient-ils pas tout un contingent enlever Poppy. Enfin, c'était ce qu'espéraient les commandos qui avaient établi le plan.

Chas se coucha sur le dos et souleva Poppy dans les airs. Elle poussa un cri de joie et agita ses membres potelés. Chas grimaça en la voyant aussi exposée, il ne put le supporter, même en sachant que le prisonnier évadé ne serait pas armé. Il se mit donc à quatre pattes et incita Poppy à entrer dans «la petite maison», lui faisant ainsi un bouclier de son corps. En même temps, il jeta autour de lui des regards furtifs, cherchant à repérer du mouvement. Il crut voir un reflet métallique à travers les arbres sans savoir s'il venait du prisonnier en fuite, d'un commando posté ou de Spencer et Drago qui dirigeaient le fuyard vers la route au sud de la propriété.

Poppy ôta son pouce de sa bouche et posa une main humide sur le menton de Chas.

Il exagéra sa grimace.

— Berk! On dirait une limace!

Ravie de sa réaction, Poppy gloussa et lui attrapa le nez.

— Tu es une petite coquine, mademoiselle Kamiko. Je suis sûr que tu mènes ton papa par le bout du nez!

Son papa... était un Japonais, un étranger. Et Chas ne verrait jamais grandir la petite! C'était si douloureux qu'il en cria presque.

Un élan d'égoïsme le fit souhaiter que Poppy ne soit pas la fille de Kenji Tanaka. Dans ce cas, peut-être pourrait-il la garder un peu plus longtemps. Avec Gunner. Au fond de son cœur, Chas caressait le rêve insensé d'adopter Poppy et de la garder pour toujours. C'était irréalisable, il en était conscient. D'abord, la petite fille avait des parents, ensuite, Chas doutait de fonder une famille avec Gunner. Il n'était pas certain à ce stade que Gunner soit prêt pour une relation stable, alors comment envisager un couple permanent et des enfants? Non, c'était un pur fantasme.

Chas gardait sur le cœur les mots de Gunner : *je pourrais t'aimer*. C'était une déclaration des plus tièdes, vraiment! Chas craignait de plus en plus que Gunner disparaisse de sa vie une fois la situation complexe de Poppy réglée.

Il soupira tristement.

Poppy profita de son inattention pour tenter de lui arracher l'oreille.

Chas glapit.

— Ouille ! Ça fait mal ! Tu veux la guerre ? D'accord, je vais te chatouiller !

CACHÉ DANS le bois sous un filet de camouflage – l'équipement standard d'un sniper en poste –; Gunner regardait Chas et Poppy rire de bon cœur et se rouler dans l'herbe. Sur cette couverture se trouvaient les deux êtres à qui il tenait le plus au monde ! Pour être heureux, il lui fallait Chas et Poppy dans sa vie, il lui fallait les entendre rire, s'amuser normalement, sans soucis qui les dépassaient. Mais bon sang, il ne voyait pas du tout comment matérialiser ce rêve. Chas lui parlait à peine depuis sa déclaration inepte, Kenji Tanaka viendrait chercher sa fille dès que tomberait le verdict de l'analyse ADN – et Gunner avait le sinistre pressentiment que Poppy était bien Kamiko. Dans ce cas, la scène idyllique qu'il avait sous les yeux n'était qu'un mirage.

Gunner n'en était même pas surpris. Il savait d'expérience que les gars dans son genre trouvaient rarement le bonheur marital, familial et domestique.

Le mieux qu'il puisse espérer – et encore, si la chance lui souriait ! –, c'était une retraite pétrie de courbatures et de douleurs, quand son corps finirait par se rebeller contre un usage trop intensif. Si Gunner ne se faisait pas descendre avant sa retraite, il assisterait à des réunions d'anciens SEAL où, autour d'un verre, ils se remémoraient ensemble leur glorieux passé.

Chas, lui, retournerait à Misty Falls, il y retrouverait une vie normale, sa petite maison, ses élèves de maternelle. Peut-être un jour rencontrerait-il un homme chanceux qui saurait le rendre heureux…

Gunner n'avait rien d'un civil lambda. Même s'il tentait de rentrer dans le moule, il en était incapable. Merde, sans doute ne méritait-il pas d'être heureux. Peut-être était-ce le karma. Jusqu'à la semaine dernière, sa vie n'avait été qu'un long mensonge. Et voilà que le destin, cet enfoiré, le narguait en lui mettant sous le nez ce qu'il n'aurait jamais : un mec parfait, une famille…

Putain, ça faisait mal !

Il entendit un mouvement sur sa gauche et orienta son canon dans cette direction, tout en scrutant attentivement les bois. Là ! Une ombre en vêtements noirs. Le prisonnier ! Oui, il courait vite, trébuchait parfois et jetait des regards éperdus derrière lui. Gunner entendit aussi Spencer et Drago à une centaine de mètres derrière le fuyard, ils faisaient beaucoup de bruit et se renvoyaient des instructions à haute voix afin de s'assurer que l'idiot continue vers l'avant de la maison. Dès qu'il aurait repéré Poppy, l'Asiatique serait dirigé jusqu'à la grand-route.

Le fuyard passa entre Gunner et la maison, à environ cinquante mètres. Mais alors, il vit une clairière sur la gauche et s'y dirigea, venant droit sur Gunner.

Eh merde ! Il fallait le remettre dans la bonne direction !

Gunner ramassa une pierre et la jeta sur un arbre. L'impact résonna bruyamment dans le silence de la forêt. Paniqué, le fuyard tourna les talons et détala comme un lapin. Il reprit ses esprits juste avant de débouler à découvert dans la cour.

Avec un rictus satisfait, Gunner le vit s'accroupir derrière une haie basse et avancer caché. Dans la cour, Poppy poussa un cri aigu d'excitation, vite étouffé par le rire chaleureux de Chas. La petite cherchait à quitter la couverture, Chas la retint et souffla sur son ventre.

Parfait. Le gars d'Oshiro avait dû la voir et l'identifier. Maintenant, il fallait le chasser de la propriété afin qu'il prévienne son gang.

Gunner tressaillit quand une ombre apparut sur sa gauche, se déplaçant rapidement et en silence. Merde ! Il n'avait rien vu, rien entendu. Drago était sacrément bon sur le terrain, il bougeait avec la même discrétion furtive et la même célérité qu'un SEAL.

Tout à fait délibérément, Drago fit alors craquer des feuilles sèches. L'Asiatique l'entendit, bien évidemment, et il sprinta vers la route principale où il disparut une minute après.

L'appât avait été lancé. Maintenant, il fallait attendre la réaction du gang d'Oshiro.

Gunner estima avoir le temps de faire une pause, de jouer quelques minutes avec Poppy avant de la ramener au domaine Brentwood de l'autre côté de la rue. Le rire de la petite fille lui avait terriblement manqué ces derniers jours. Il était impatient de serrer contre lui le petit corps potelé, de chatouiller les adorables pieds nus, aussi étrange que cela paraisse. Merde, c'était confirmé, il avait perdu la tête.

Peuh ! C'est ton cœur que tu as perdu, parce que tu aimes éperdument cette petite fille au rire contagieux.

PENDANT LE DÎNER, Chas parla peu, il se rongeait trop les sangs. Il trouva cependant réconfortant que Gunner se montre tout aussi taciturne. Poppy leur manquait. Ni l'un ni l'autre n'avaient apprécié de la rendre à sa nounou, même si c'était la solution la plus sûre.

Spencer interrogea Drago :

— Alors, tout s'est bien passé avec Jerry, ton pote du FBI ?

Drago sourit.

— Oh, oui ! Il tient beaucoup à en savoir plus sur les tueurs de Misty Falls. Je l'ai prévenu que nous allions les attirer dans la région de Washington DC et qu'une équipe d'intervention devait attendre notre appel.

— Il vous a cru sur parole ? s'étonna Gunner.

— Il m'a cru parce que je lui ai donné sur la fusillade de Misty Falls des détails qui ne sont pas parus dans les médias. Il m'a promis des renforts dès que nous leur ferons signe.

— Qu'est-ce qui l'empêche de tracer votre téléphone et de savoir exactement où vous êtes ? demanda Chas avec curiosité.

— Personne ne peut tracer le téléphone que j'ai utilisé, affirma Drago.

Chas secoua la tête.

— Je dois vous avouer que pour un néophyte dans mon genre, réaliser qu'il est possible d'échapper aux forces de l'ordre est tout à fait effrayant !

Spencer posa sa serviette et s'adossa à sa chaise.

— C'est bien pourquoi les hommes qui reçoivent une formation de commando sont triés sur le volet. Les BUDs, la formation de sélection des SEAL, sont conçus pour vous dépouiller de toutes les couches d'artifice et de tromperie afin de mettre le noyau à nu. Beaucoup d'aspirants sont éliminés en cours de route, pas forcément parce qu'ils n'ont pas la condition physique et mentale de continuer, mais parce que leurs instructeurs ne leur font pas confiance.

Chas fronça les sourcils.

— Oh. Les jeunes commencent peut-être avec des illusions, ils se voient comme de nobles chevaliers de la justice et du bon droit, mais dans la pratique, tout ce que vous faites, ces choses… affreuses, n'est-ce pas pesant sur le mental ? Que se passe-t-il quand un SEAL déraille ?

— C'est un sacré merdier, répondit grossièrement Gunner.

Spencer hocha la tête.

— C'est exact. Prenez mon cas par exemple, j'ai été chargé il y a quelques mois d'arrêter Drago qui s'était lancé, sans l'accord de ses supérieurs, dans une mission d'intérêt national. Au lieu d'obéir aux ordres, j'ai aidé Drago à mener sa mission à bien.

— Que s'est-il passé ? demanda Chas avec curiosité.

Spencer sourit à Drago.

— J'ai bien failli y rester, mais Dray m'a sauvé la vie.

Drago prit la main de Spencer dans la sienne et serra ses doigts avec affection.

— Tu m'as sauvé également, Spence, tu m'as sauvé de moi-même. J'étais dans un sale état quand nous nous sommes retrouvés.

Chas les regarda avec envie : deux guerriers qui avaient trouvé l'amour envers et contre tout. Dieu, comme il aimerait connaître une telle union avec Gunner ! Soudain, Chas éprouva une immense tristesse. Quel gaspillage ! Gunner avait un si grand cœur !

Gunner se leva et se mit à rassembler les assiettes.

— Je vais débarrasser la table, annonça-t-il. Nous pourrons ensuite étudier la carte et revoir notre plan une fois de plus. J'ai parcouru la propriété, j'ai un visuel du terrain, j'aimerais le comparer avec la topographie sur le papier.

Spencer se leva également.

— D'accord, ensuite, nous ferons un tour de reconnaissance nocturne, c'est un exercice qui peut s'avérer utile.

Gunner hocha la tête.

— Bien sûr.

Chas grimaça. Il n'avait aucune envie de déambuler dans le noir, surtout en imaginant des tueurs embusqués dans tous les coins d'ombre, prêts à lui tirer dessus, ou pire, à tuer Gunner.

— Combien de temps, d'après vous, faudra-t-il à votre prisonnier pour retrouver ses complices et les convaincre de revenir nous attaquer ?

— Deux jours, peut-être trois.

— Alors, pourquoi tous ces préparatifs dès ce soir ? insista Chas.

Drago grogna :

— Parce que ces salopards, depuis le début, agissent toujours plus vite que nous ne nous y attendons.

Spencer haussa les épaules.

— S'ils viennent ce soir, nous serons prêts. S'ils se montrent si impulsifs, c'est sans doute pour impressionner leurs supérieurs, au Japon ou ailleurs.

Gunner ajouta :

— Ou alors, c'est pour se rattraper, parce que lesdits patrons ne doivent pas être ravis que leurs sbires soient incapables de récupérer Poppy. Les Japonais ont un grand sens de l'honneur, ils passent pour des billes auprès des Yakuzas.

Peu après, penché comme les autres au-dessus des cartes étalées sur la table, Chas continuait à s'inquiéter. Étant un civil sans formation militaire, il n'avait aucun rôle, il devait juste rester dans la maison, sans gêner personne. Les dents serrées, il écouta les instructions : les commandos se déplaceraient dans les bois en essayant de débusquer les méchants. Il frémissait d'angoisse devant des termes qu'il ne comprenait pas et quelques mots inquiétants le hantaient : *recherche... cachette... submergés par le nombre d'hostiles.*

Que pouvait-il faire ? Quel impact auraient ses protestations sur trois commandos obstinés, habitués aux armes et à la violence ? Aucun !

Ses pensées prirent alors une autre direction... Y avait-il d'autres options pour régler la situation de façon pacifique ? Contacter les Oshiro, leur expliquer qu'ils ne récupéraient pas l'enfant, aussi feraient-ils mieux de rappeler leurs troupes ? Ou négocier une trêve entre le grand-père Tanaka et le chef des Oshiro ?

Chas cacha sa consternation quand Drago sortit d'énormes sacs remplis d'équipement et d'armes. Avec une coordination exemplaire, les trois commandos en inspectèrent le contenu de façon méthodique, ils nettoyèrent les armes, les huilèrent et y mirent des munitions. Chaque lentille fut polie, chaque couteau aiguisé avant d'être agréé.

Non, Chas n'avait pas droit au vote. Gunner et ses amis avaient d'ores et déjà décidé de régler le problème à leur façon.

Peut-être que les trois commandos n'ouvriraient pas le feu les premiers, mais au premier tir, ils riposteraient avec agressivité.

Minuit sonnant, ils se préparèrent à leur « reconnaissance de nuit ».

Chas suivit Gunner jusqu'à la porte de derrière.

Sur une impulsion, il murmura :

— Je n'aime pas ça. Sois très prudent.

— Relax, Chas. Il n'y aura personne. C'est une simple promenade. Tu veux venir ?

— Non !

Gunner sourit.

— Dans ce cas, monte, mets-toi au lit et essaie de dormir. Moi, j'en aurai pour une heure ou deux.

— Dormir ? s'écria Chas. Tu es fou ?

— Je ne vois pas ce que tu pourrais faire d'autre en pleine nuit, vu que je ne serai pas là pour te faire grimper aux rideaux !

Chas le frappa sur le bras.

— Si j'ai une crise de panique, je peux t'appeler sur ton portable ?

— Non, c'est interdit sur le terrain, même en silencieux, ça fait du bruit.

— Et alors ? Tu disais qu'il n'y aurait person…

Gunner l'interrompit :

— Non, mais j'ai une idée. Je vais te laisser un casque, d'accord ? Comme ça, tu pourras nous écouter pendant que nous patrouillons la propriété. Et si tu flippes, tu peux m'envoyer un «*ping*» radio. Je vais te régler sur une fréquence secondaire, juste entre toi et moi.

— Oh. C'est possible ?

— Bien sûr. Les SEAL ont un équipement top niveau. Je peux surveiller deux fréquences à la fois.

Chas se détendit. Il aurait voulu demander à Gunner pourquoi il tenait tant au silence puisqu'il n'y avait personne dans les bois ce soir, mais il se doutait de la réponse : «par principe» ou alors «par prudence», un SEAL opérait toujours comme si un exercice était la réalité et même la pire des éventualités, la plus dangereuse.

Gunner consacra plusieurs minutes à lui montrer le fonctionnement du casque, comment changer de fréquence et transmettre.

Chas était tout crispé en pensant à la violence à venir. Gunner, lui, semblait parfaitement détendu, comme s'il trouvait normal d'envisager un bain de sang et les probabilités de mort.

Chas sursauta en entendant la voix de Gunner à son oreille.

— Tu m'entends, Chas ?

— Euh, oui. Et même super fort.

Gunner sourit.

— Dans le langage militaire, « super fort » n'existe pas. Nous évaluons le son sur une échelle de un à cinq. Cinq sur cinq, ça veut dire parfaitement net et clair.

— D'accord, répondit Chas à la radio. Cinq sur cinq sur cinq.

— Hein ? Pourquoi un troisième cinq ?

— Pour « va te faire foutre » !

Gunner l'attrapa par la nuque et l'attira pour un baiser ardent.

— Au lit, maintenant, Chas.

— Tu me réveilles quand tu rentres, d'accord ?

— Compte là-dessus.

— D'accord, alors. Cinq sur cinq sur zéro.

Gunner l'embrassa encore, puis il pivota et s'évapora dans la nuit.

Chas resta un moment à la porte de derrière, à imaginer Gunner courir en direction des arbres. Il avait le cœur très lourd, il détestait cette situation de toutes les fibres de son être.

Gunner avait disparu si vite, si complètement. Était-ce un signe ?

Sans doute devrait-il être plus confiant, un commando apprenait à rester en vie, non ? Mais il était certain d'une chose, si Gunner les jugeait en danger, Poppy ou lui, il oublierait toute prudence, il agirait de façon stupide et héroïque, et il se ferait tuer.

Bien plus tard, Chas sentit Gunner se glisser sous les couvertures derrière lui et l'attirer dans ses bras forts. Soulagé, il se détendit contre le corps chaud et musclé plaqué au sien. Il ignorait quelle heure il était.

— Tu t'es bien amusé, GI Joe ? murmura-t-il, à moitié endormi.

— C'était le pied !

— S'il te plaît, dis-moi que tu n'as tué personne.

— Je n'ai tué personne, dors.

— Mmm. Fais de beaux rêves.

— Si je rêve de toi, ils le seront sûrement.

Chas sombrait déjà dans le sommeil.

— Je t'aime, marmonna-t-il.

Il crut entendre Gunner murmurer « Je t'aime aussi », mais sans doute était-ce dans son rêve.

XIX

GUNNER ÉTAIT à nouveau dans les bois de nuit, sous son filet, ses lunettes à vision nocturne sur le nez. Il aurait bien aimé avoir un drone en couverture sur la ferme, parce qu'une caméra à lecture infrarouge les avertirait instantanément de l'approche ennemie. Là, ils devaient la jouer à l'ancienne, avec une surveillance au sol et des yeux fixés sur la forêt.

Spencer et Drago étaient postés sur le périmètre, le premier derrière la maison, le second couvrait la grange où le captif avait été retenu.

De sa position, Gunner voyaient les fenêtres de la façade avant et Chas qui tenait dans ses bras la poupée, assis devant le canapé. La télé était allumée sur un programme pour enfant – pauvre Chas! De temps en temps, il jetait la poupée en l'air et faisait semblant de rire avec elle.

Gunner était impressionné par la qualité du mannequin. Pour l'obtenir, Drago avait contacté un costumier de la CIA. Connaissant bien la vraie Poppy, Gunner voyait ce qui n'allait pas dans la poupée : elle était trop calme. La vraie était une pile électrique, toujours en mouvement, à se tortiller, à explorer. Jamais elle ne serait restée aussi sagement assise devant un programme.

Spencer dit par radio :

— À votre tour de patrouiller, Gun.

— Reçu.

Il se redressa silencieusement et se dirigea vers les arbres bordant la route. Il comptait aller jusqu'à l'extrémité de la pelouse, couper à travers bois, puis inspecter la cour. Il y resterait jusqu'à sa prochaine patrouille devant la propriété.

Les hostiles arriveraient-ils par l'allée principale ? Ce serait audacieux de leur part. Drago pensait qu'ils tenteraient plutôt de se faufiler discrètement par l'arrière. Gunner en doutait. Il craignait que l'ennemi fasse une entrée en force, mitraillant droit devant, confiant dans sa supériorité numérique.

Il s'apprêtait à traverser devant la maison lorsqu'un bruissement attira son attention. Il se figea et scruta les arbres. Il repéra vite une signature thermique, mais assez faible. Ce pouvait être un petit animal, un lapin peut-être. Ou un humain couché par terre, caché sous un filet de camouflage qui masquait sa chaleur corporelle. Par prudence, Gunner préféra croire à la seconde option.

Il s'éloigna sur la droite, s'écartant de l'éventuel hostile. Se déplacer lentement dans un silence complet lui demanda du temps, mais dix minutes après environ, il s'arrêta et scruta à nouveau le périmètre.

Nom de Dieu!

— J'ai trois signatures, souffla-t-il dans son micro. Ils sont groupés, couchés, immobiles. La position idéale pour surveiller la maison.

— Ne bougez pas, murmura Spencer. J'arrive. Dray, passe devant la maison.

Gunner attendit. Spencer se glissa silencieusement à côté de lui et toucha son épaule. Une tape. Gunner avait reçu l'ordre de sortir.

Dès qu'il avança, il constata que les hostiles avaient disparu. *Merde.*

Deux minutes plus tard, il était devant le poste d'observation ennemi. Il n'y restait que les bâtons plantés verticalement pour maintenir le filet de camouflage. Une grosse bûche les avait couverts, expliquant que Gunner n'ait vu qu'une si petite trace de chaleur.

— Ils devaient avoir des lunettes de détection thermique, déclara Gunner. C'est comme ça qu'ils m'ont vu arriver. C'est pour ça qu'ils ont filé.

— Oui, c'est probable, répondit Spencer d'un ton sinistre.

— Et comme ils surveillaient la maison, ils ont vu qu'il n'y avait qu'une seule signature thermique. Ils savent que Poppy n'est pas là.

— Où sont-ils allés, alors? demanda Spencer.

Il semblait aussi frustré que lui. Gunner regrettait de ne pas avoir tiré sur les hostiles dès qu'il les avait repérés. Il enrageait qu'ils aient pu filer sans une égratignure.

— On dirait qu'ils sont partis, annonça Drago.

— Maintenant, on fait quoi? demanda Gunner.

Spencer réfléchissait.

— Je vais vérifier que tout va bien en face.

Gunner compta les secondes avec impatience jusqu'à ce que Spencer rapporte :

— RAS. Mais j'ai recommandé aux agents d'être en état d'alerte.

— Et nous, on fait quoi? répéta Gunner.

— Nous attendons.

Gunner soupira. Laisser les Oshiro mener la barre ne lui plaisait pas du tout, mais Spencer avait raison, c'était la meilleure option. Le problème pour Gunner était que cette mission était un peu trop personnelle. Il avait hâte d'éliminer tous les Oshiro et reprendre le fil de sa vie.

Sa vie avec Chas, merde !

La patience était une des plus grandes vertus d'un SEAL, Gunner le savait. Mais comme c'était difficile d'attendre !

Il s'accroupit et scanna le périmètre tout autour de lui, à trois cent soixante degrés. Il était à un bon endroit, légèrement surélevé, avec une excellente vue dans toutes les directions.

Il pensa à Chas. La nuit dernière, Chas avait encore dit qu'il l'aimait. Sauf qu'il était à moitié endormi, alors, est-ce que cela comptait ? Ce matin, Chas n'y avait pas fait allusion, agissant comme s'il ne se souvenait de rien. Gunner comptait exploiter la patience qu'il était censé posséder et attendre que Chas se répète. Là, il veillerait à ce que Chas soit parfaitement réveillé pour entendre sa réponse : « moi aussi, je t'aime ». Facile !

Au-dessus de sa tête, les étoiles tournaient lentement, l'air de la nuit refroidissait. À travers ses jumelles, Gunner vit Chas mettre la poupée au lit, se déplacer dans la maison et éteindre les lampes. Cette silhouette mince et athlétique le remplit de chaleur. Bon Dieu, il devait *vraiment* être raide dingue de Chas s'il prenait un tel pied à le regarder !

La dernière lumière à s'éteindre fut celle de leur chambre. Gunner était certain que Chas, même s'il était couché, ne dormirait pas, il aurait bien trop peur. Il l'imagina avec les couvertures relevées jusqu'au menton, à trembler au moindre craquement de la vieille maison, au moindre souffle du vent à l'extérieur.

Une demi-heure passa dans un calme absolu. Si les hommes d'Oshiro étaient là, Gunner reconnut qu'ils avaient une patience à toute épreuve. Rares étaient les civils capables d'un tel sang-froid avant la bataille.

Spencer murmura :

— Dray, au rapport.

— Tout est calme à l'arrière. Je n'ai vu personne.

— Gun, au rapport.

— Tout calme à l'avant.

— Je n'aime pas ça, répondit Spencer. Ils étaient là, nous le savons. Pourquoi ne bougent-ils plus ?

— Parce que j'avais raison, marmonna Gunner. Ils avaient des lunettes thermiques, ils savent que Poppy n'est pas dans la maison.

— Et ils seraient partis sans même nous tirer dessus alors que nous avons tué un des leurs et fait prisonnier un autre ? Je ne crois pas ! Les Asiatiques sont très portés sur la vengeance, ils en font même une affaire d'honneur.

C'était la vérité. Gunner haussa les épaules sans répondre.

Spencer soupira.

— Nous allons tenter un carrousel.

Il faisait référence à une manœuvre tactique où tous se déplaceraient autour de la maison dans le sens des aiguilles d'une montre, à égale distance les uns des autres. Cela permettait à un petit groupe de patrouiller sur une grande surface.

— Gun, allez vérifier la route au cas où il y aurait des véhicules.

— Reçu.

Gunner s'éloigna et traversa le bois. Il avait presque atteint l'avant de la propriété lorsqu'il repéra une signature thermique. Une seule.

Un homme était appuyé contre une masse chaude – un véhicule dont le moteur n'était pas encore froid. Gunner aperçut deux autres véhicules garés à une dizaine de mètres sur la route.

Il rapporta à voix basse :

— J'ai un tango qui garde trois véhicules garés sur la route.

Dray commenta laconiquement :

— Trois véhicules ? Merde, ils sont au moins une douzaine, sinon plus.

— Oui, répondit Spencer.

— Alors, où sont-ils ? demanda Gunner.

— Pas ici, en tout cas, répondit Drago. C'est aussi calme qu'un tombeau.

Gunner fronça les sourcils. Ce n'était pas logique. Spencer avait raison : les hostiles auraient dû être assoiffés de sang. Par vengeance, peut-être, mais aussi pour démontrer leur efficacité à leurs supérieurs. Surtout après avoir perdu Poppy ! Alors, pourquoi n'avaient-ils pas attaqué ? Auraient-ils repéré quelque chose qui leur avait flanqué la frousse ? Avaient-ils changé de plan ? Qu'est-ce que Gunner ne voyait pas ? Quel indice avait-il raté, tout comme Spencer et Drago ?

Que rien ne se déroule suivant le plan, ça, il en avait l'habitude. C'était plus fréquent que l'inverse durant une mission SEAL. Mais ce soir, Chas était impliqué dans l'opération. Gunner détestait que son amant serve d'appât, surtout quand l'objectif des hostiles lui échappait totalement.

L'ennemi était venu en force. S'il y avait confrontation, il allait leur falloir des renforts.

— Pourquoi ne pas appeler le FBI à la rescousse, Spence ? murmura-t-il dans sa radio. Vous disiez qu'ils avaient une équipe sur le qui-vive. Si les voitures sont ici, les tangos ne doivent pas être loin.

Spencer répondit :

— Nous ignorons à ce stade combien ou même qui ils sont. Nos visiteurs de ce soir n'agissent pas du tout comme les bouledogues excités qui vous ont poursuivis à travers le pays et qui attaquaient sans provocation. Nous ne pouvons pas nous tromper en contactant le FBI, sinon, nous perdrions toute crédibilité et nous aurions grillé notre seule cartouche.

Spencer parlait en chef d'équipe, logique, sensé, même quand le choix était ardu, Gunner le reconnut. Il soupira et se rapprocha de la route.

— Je suis très tenté de sauter sur ce tango et de lui demander où sont les autres, marmonna-t-il.

— En dernier recours seulement, répondit Spencer.

Il semblait tendu. De toute évidence, lui non plus n'aimait pas que les hostiles aient disparu.

Drago murmura :

— Je vais vers la route.

Gunner sentit ses tripes se nouer. La catastrophe guettait... il le pressentait. Du moins, son instinct le lui criait. Ils n'étaient pas au bon endroit et Chas était tout seul dans cette grande maison...

Tat-tat. Tat-tat-tat.

Gunner courait déjà.

— Coup de feu, grogna-t-il dans sa radio. Vers la route. Mon tango vient de sauter dans le véhicule numéro trois.

La voix de Spencer parvint dans son oreillette, respirant dur. Lui aussi devait courir comme un dératé.

— Les coups de feu viennent de chez les Brentwood.

Gunner sentit la panique monter en lui. Comment les Oshiro avaient-ils découvert où était Poppy ? Il bloqua ses questions. Ce n'était pas sa priorité pour le moment.

— Je suis juste derrière toi, Spence, lança Drago.

Lui aussi courait.

— Ne traversez pas la route, Gun, ordonna Spencer. Attendez-nous.

— Dépêchez-vous, lança Gunner dans son microphone.

D'autres coups de feu firent exploser le silence de la nuit. Les tireurs étaient nombreux. Au moins une douzaine, d'après l'estimation de Gunner.

Merde, merde, merde.

À contrecœur, il s'arrêta à la limite des arbres, à environ cinquante mètres derrière le dernier véhicule.

Spencer, qui le connaissait bien, avait deviné que Gunner, sachant Poppy en danger, risquait de charger sans réfléchir. *Allez, Spence. Dépêche-toi.*

Soixante secondes plus tard, Spencer lui tapota l'épaule deux fois, indiquant qu'il devait rester en position. *Merde.* Soixante secondes plus tard, Drago arrivait à son tour… Gunner venait de vivre les deux minutes les plus longues de son existence.

Spencer passa le premier et contourna les véhicules. Une décision frustrante, car ce faisant, il s'éloignait aussi de la propriété Brentwood. Gunner s'accrocha à ce qui lui restait de patience alors que les tirs sporadiques continuaient.

De la main, Spencer indiqua qu'ils allaient traverser la route, un à la fois. Gunner tremblait d'impatience. Il obéit cependant, encadré par Spencer et Drago. La partie encore rationnelle de son esprit était reconnaissante aux deux hommes dont la seule présence le stabilisait.

Ils atteignirent les bois de l'autre côté de la route et avancèrent jusqu'à la haute clôture métallique qui entourait le domaine Brentwood. Spencer l'effleura du bout du doigt, sans provoquer d'étincelles. Merde. La clôture était censée être électrifiée !

Bien évidemment, qu'elle ne le soit plus facilitait leur entrée. Ils se hissèrent au sommet de la clôture, dépassèrent les barbelés, protégés par leurs gilets pare-balles, et sautèrent de l'autre côté. Ils s'élancèrent ensuite en courant, Gunner sur les talons de Spencer.

Il trouvait très gratifiant, après toutes ces précautions, de pouvoir enfin libérer l'excès d'adrénaline qui avait tant troublé son fonctionnement cérébral.

C'était la première fois qu'il mettait le pied dans cette propriété, mais Spencer et Drago la connaissaient comme le dos de leur main. Depuis des mois, ils y faisaient des exercices avec les agents de sécurité des Brentwood. Spencer vira vers la gauche, quittant l'abri des arbres.

Un énorme manoir apparut, un château de pierres et de briques qui semblait tout droit sorti d'un grand domaine britannique.

Des éclairs brillaient aux fenêtres du rez-de-chaussée, ce qui signifiait que les hostiles n'avaient pas réussi à pénétrer dans la maison. Bonne nouvelle !

En revanche, les tangos qui tiraient sur la maison depuis la pelouse étaient encore plus nombreux que prévu.

— Il y a une pièce de sûreté, je présume ? grinça Gunner.

— Oh, oui. Et elle est mieux protégée que la salle des coffres d'une banque. Je suis sûr que les Brentwood et Poppy y sont tous enfermés.

Drago grogna :

— Si ce n'est pas le cas, l'équipe que nous avons formée va le payer très cher.

— Alors, on passe à l'attaque ? demanda Gunner.

Spencer répondit par un sourire de loup. Mentalement, Gunner se frottait les mains. Parfait ! Il était impatient de dégommer ces enfoirés venus faire du mal à une gamine.

Les trois commandos se déployèrent avec plus de lenteur, ils se glissèrent entre les arbres en évitant l'immense pelouse bien entretenue.

Drago murmura :

— Nous avons appris à l'équipe de sécurité à tirer sur les intrus se trouvant au-delà de l'herbe.

Gunner trouvait ce conseil très sensé. Les agents de sécurité n'étant pas des snipers, ils avaient peu de chances de toucher une cible dans les bois. De plus, leur principal objectif était d'empêcher une intrusion dans la maison.

Le trio arriva derrière quatre hostiles, cachés derrière un muret de briques d'où ils mitraillaient la façade ouest. D'après Gunner, c'était une diversion. Donc, la vraie attaque aurait probablement lieu côté nord ou sud, perpendiculairement aux tireurs.

La veille au soir, dans la cuisine, Spencer, Drago et lui avaient discuté de la bataille. Ils avaient convenu que si les Oshiro utilisaient une force létale, ils répondraient en conséquence. En clair, les quatre Oshiro devant eux étaient déjà morts, même s'ils ne le savaient pas encore.

D'un geste, Spencer indiqua qu'il s'occupait du tireur le plus éloigné, Drago prendrait le plus proche et Gunner les deux du milieu. Ils s'accroupirent à six mètres à peine derrière les cibles, leurs armes brandies. D'un « clic » rapide sur leur radio, ils vérifièrent qu'ils étaient prêts, puis Spencer donna le signal. Aussi calme qu'à l'entraînement, Gunner mit deux balles dans la tête de sa première cible, puis il pointa son canon sur la seconde. Le type roulait déjà sur lui-même pour regarder derrière lui. Gunner visa le cou, au-dessus du gilet pare-balles. Le tir fut rapide et létal. Par prudence, Gunner s'approcha néanmoins pour vérifier, Spencer et Dray firent la même chose.

Ils glissèrent ensuite vers la façade sud du domaine à la recherche du prochain groupe cherchant à nuire à Poppy.

À ce moment-là, de façon tout à fait inattendue, Gunner entendit une voix dans son écouteur. Une fois engagé contre l'ennemi, jamais un SEAL ne parlait, il se fiait aux signaux gestuels et à son excellente formation pour savoir quoi faire.

Sauf que ce n'était pas Spencer qui parlait, c'était Chas, sur la fréquence secondaire du casque que Gunner lui avait donné.

Chas demanda :

— Gunner, tu es revenu dans la maison ? Ou Dray ou Spencer ?

Gunner cliqua deux fois sur la radio. Il avait appris à Chas la signification des clics : un, pour affirmatif, deux pour négatif.

Chas insista avec urgence :

— Oh, mon Dieu ! Il y a quelqu'un dans la maison !

Gunner se figea. Il leva la main et cracha dans son micro :

— Cache-toi.

Sans doute étonné qu'il rompe le silence radio, Spencer tourna la tête, une question dans les yeux.

Gunner murmura :

— C'est Chas. Quelqu'un vient d'entrer à la ferme.

Spencer n'hésita qu'une milliseconde.

— Allez-y.

Gunner hocha la tête et tourna les talons, courant comme un dératé. Il se fichait de faire du bruit. Il ne pensait qu'à une chose.

Chas était en danger de mort.

XX

CHAS FOUILLA frénétiquement la chambre du regard. Se cacher? C'était bien gentil, mais où? Ils en avaient parlé hier soir. *Réfléchis.* Spencer avait parlé de se cacher... Qu'est-ce qu'il avait dit au juste? Pris de panique, Chas était incapable de se souvenir. Il éprouvait l'envie irrésistible de courir droit devant lui.

Le vide-linge! Oui, il y avait une chute à l'ancienne et Spencer la pensait assez large pour que Chas puisse se glisser à l'intérieur. Drago n'était pas d'accord. Il disait que Chas risquait de se retrouver piégé dedans. Il avait employé l'expression «fait comme un rat»...

Réfléchis.

D'après les bruits qu'il entendait, les intrus étaient entrés par la porte de la cuisine. Trente secondes plus tôt, Chas avait reconnu le grincement distinctif des vieilles charnières. Depuis, plus rien. Peut-être les tueurs étaient-ils déjà à l'étage. Pieds nus, Chas courut jusqu'à la porte et tourna la clé dans la serrure. Ça ne servirait à rien, il le savait, la vieille serrure ne résisterait pas longtemps à une arme.

Chas tourna en rond. Où se cacher? Dans le placard? Non, c'était trop évident. Sous le lit? Pareil. Derrière les rideaux? Non, il serait visible. Pouvait-il se glisser sous la commode? Probablement pas.

À court d'options, il courut à la fenêtre, l'ouvrit et se pencha dehors. Le sol était à six mètres, il ne pouvait pas sauter, il risquait de se casser une jambe. Ensuite, les méchants le tueraient. Il vérifia à gauche et à droite, aperçut la gouttière. Était-elle assez solide pour supporter son poids? Sans doute pas. Ce n'était pas le rôle d'une gouttière, après tout, elle était en aluminium et assez fragile.

Chas eut une idée. Il arracha l'écran de la moustiquaire – en grimaçant parce que ce ne fut pas très discret – et passa par la fenêtre. Une fois sur le rebord extérieur, il se mit prudemment debout, en s'aidant du haut du cadre. Tout tremblant de sa position précaire, il se hissa sur la pointe des pieds et leva son bras libre. Il saisit la gouttière et, le pied posé sur le volet, s'accrocha au toit. De là, il tendit la jambe aussi loin qu'il l'osa et referma la fenêtre, espérant ainsi cacher le chemin de sa sortie.

Il entendit un bruit à l'intérieur de la maison : l'escalier craquait.

Oh, mon Dieu ! Plus de temps à perdre.

Il tâtonna jusqu'à ce que son pied gauche trouve un appui solide, crispa les doigts au bord du toit et se hissa dans un élan désespéré. Il réussit, sans trop savoir comment, à s'étirer plus qu'il ne l'aurait cru possible. Sans doute l'adrénaline lui donna-t-elle les derniers centimètres dont il avait besoin. D'accord. Et maintenant ? Il était dans une position impossible, étendu en X. Allait-il réussir à se hisser plus loin ?

Un fracas derrière le mur faillit lui faire lâcher prise. Les méchants venaient de faire sauter la porte de sa chambre. D'ici peu, ils regarderaient par la fenêtre. Chas devait avoir disparu à ce moment-là.

Malgré ses muscles qui protestaient, il se hissa centimètre par centimètre et arracha ses jambes au vide. Il n'avait pas de prise solide sur le toit en asphalte, ses doigts écorchés ne savaient où s'accrocher, mais Chas serra les dents et continua à progresser. Il avait mal partout, du sang coulait de son poignet. Laissait-il des traces derrière lui ?

Il entendit les tueurs fouiller la chambre. Un cri retentit à l'intérieur de la maison, suivi d'une réponse hargneuse dans une langue que Chas ne reconnut pas. Stimulé par le fait que les méchants se sentent assez à l'aise pour parler entre eux, Chas continua de se hisser jusqu'à pouvoir s'accroupir sur le toit du porche. Il respirait si fort que sa poitrine lui faisait mal. Il s'allongea à plat ventre et rampa vers les grosses branches d'un vieux lagerstroemia qui surplombait l'angle du porche, fort soulagé que l'arbre garde assez de feuilles pour le rendre invisible.

Le bois sous son poids émit un craquement sinistre ; Chas tressaillit et pressa le pas, désireux de se mettre à l'abri.

Chas se pencha et regarda par-dessus le rebord du toit. Éventuellement, il pourrait sauter d'ici, mais il aurait ensuite la cour à traverser. Réussirait-il, pieds nus et sans manteau, à courir jusque sous le couvert des arbres sans se faire flinguer ? C'était peu probable. Sans compter que les tueurs pouvaient très bien, comme Gunner l'avait dit, avoir un équipement militaire avec des lunettes à détection thermique.

Non. Il était plus en sécurité ici.

— J'arrive, grogna Gunner à son oreille. Où es-tu ?

— Dehors, osa chuchoter Chas.

Il espérait que le microphone soit assez sensible pour capter sa voix quasi inaudible.

— Comment ça, *dehors* ? souffla Gunner. Où exactement ?

— Sur le toit du porche, sous l'arbre.

— Génial. Ne bouge pas. Je vais faire le ménage dans la maison.

Gunner comptait entrer et affronter les tueurs ? Tout seul ? Était-il devenu fou ? Chas cliqua deux fois sur le microphone. Avec force ! Et pour faire bonne mesure, il réitéra son geste.

— Ne t'inquiète pas, marmonna Gunner. Ils sont déjà morts mais ne le savent pas encore.

Chas tressaillit. Jamais il n'avait entendu Gunner s'exprimer ainsi, avec une violence aussi… létale.

Il faisait très froid sur le toit, Chas frissonnait. Il se mit en position fœtale, les genoux serrés contre la poitrine, et chercha à oublier que les bardeaux étaient très inconfortables sous ses côtes et sa hanche. L'angle du toit s'enfonçait dans son dos. Les brindilles du lagerstroemia piquaient douloureusement sa peau nue. Le vent se mit à souffler. Chas commença à claquer des dents.

Mais il était vivant. Pour le moment.

Il chercha à repérer l'arrivée de Gunner. Il ne vit rien, pas le plus petit mouvement. Devait-il être impressionné que Gunner soit un parfait commando ou déprimé qu'il excelle à ce point dans ces missions de Forces Spéciales ? Chas ne savait plus.

Il prêta l'oreille, s'attendant à entendre des coups de feu à l'intérieur de la maison. Mais le silence régnait et les minutes s'écoulaient inexorablement. Chas commença à s'inquiéter pour Gunner. Pouvait-il le contacter et demander ce qui se passait ? Ne risquait-il pas ce faisant de révéler la position de Gunner et de le mettre en danger ?

Il opta pour l'immobilité et resta à se ronger les sangs, ce fut un enfer pour lui. Les idées les plus affreuses envahissaient son esprit. Et si Gunner avait été attaqué ? Et s'il gisait à quelques mètres de là, blessé, mourant, ou peut-être même déjà mort ? Chas devait-il être courageux et aller voir ? Ou obéir aux instructions et ne pas bouger ? La perspective de ne rien faire alors que Gunner pourrait avoir besoin de lui était… intolérable. Chas ne supportait pas l'idée qu'il puisse arriver quelque chose à Gunner.

Il posa le doigt sur le bouton du casque pour transmettre. Peut-être juste un « *clic* » pour voir si Gunner réagissait ?

Clic.

Une longue, très longue attente.

Clic.

Oh, Dieu merci ! Gunner avait répondu.

Rassuré, Chas se recroquevilla pour préserver ce qui lui restait de chaleur corporelle. Il ne sentait plus ses orteils. Ne risquait-il pas de les perdre ?

Il tressaillit douloureusement en entendant des coups de feu.

Doux Jésus ! Gunner était-il blessé ?

GUNNER PLONGEA sous la table de la salle à manger juste à temps pour éviter de se faire tirer dessus. Il avait mis longtemps pour ramper et traverser la pelouse jusqu'à la maison, mais il avait jugé plus sage de ne pas se précipiter comme un idiot sans savoir combien d'hostiles il affrontait et se faire buter si un guetteur était posté à l'extérieur.

Il avait fini par arriver à la porte de derrière, qu'il avait trouvée ouverte. Parfait ! Il n'aurait pas à huiler les gonds pour éviter ce foutu grincement. Il se glissa à l'intérieur et scanna rapidement la cuisine. Personne.

Il fixa un moment la porte du sous-sol, puis secoua la tête. Il doutait que les hostiles aient commencé par là. Peut-être s'y rendraient-ils plus tard, ne trouvant pas Poppy à l'étage.

Gunner avait déjà vérifié la salle de bain et le cellier à côté la cuisine, il avançait vers la salle à manger quand un hostile surgit du salon. Il parvint à le descendre avant de se jeter sous la table, mais pas avant que le tango presse sa gâchette et arrose devant lui. Eh merde ! Gunner avait perdu l'élément de surprise.

Une voix masculine appela du premier.

Sur une impulsion, Gunner cria d'une voix rauque :

— C'était rien !

L'homme répondit :

— Continue à chercher !

Gunner esquissa un rictus. Sa ruse avait fonctionné. Parfait. En plus, il savait désormais qu'il y avait un autre hostile à l'étage.

Il avança jusqu'au corps étalé et vérifia le pouls. Il n'en trouva pas. Gunner resta trente secondes accroupi à côté du cadavre, aux aguets. Personne ne se rua dans l'escalier pour lui tirer dessus.

Il passa furtivement dans le salon assombri, évita la lame de parquet qui craquait devant la fenêtre et s'assura que personne ne se cachait dans la pièce. Après une vérification rapide du grand bureau, il ne lui restait que l'étage. Il monta l'escalier avec précaution, répartissant soigneusement son poids pour ne pas faire grincer les marches. Il sauta la dernière avant le palier – elle couinait toujours – et s'accroupit face au couloir. Il était vide.

Gunner s'arrêta et prêta l'oreille. Il vit une ombre se déplacer dans la grande chambre au fond du couloir, celle de Spencer et Drago.

Gunner se releva et parcourut le couloir en quelques foulées silencieuses. Il s'arrêta une seconde devant la porte, puis entra.

Un homme en noir lui tournait le dos, occupé à fouiller la penderie.

Sentant une présence, il se retourna, l'air surpris. Il avait cru contrôler la maison, il s'était trompé. Cette erreur lui coûta la vie. Gunner le descendit de deux tirs rapprochés en pleine poitrine.

Au cas où l'hostile portait un gilet pare-balle, Gunner bondit dès que sa cible s'écrasa contre le mur sous la force du double impact. Il sortit son couteau Ka-Bar de son étui de cheville et trancha la gorge du tueur d'un coup imparable. Il s'écarta ensuite et regarda le cadavre s'affaisser. Il retourna dans le couloir et s'agenouilla, attendant une réaction à ses coups de feu.

La maison resta silencieuse.

Gunner la fouilla néanmoins, pièce par pièce. Une fois l'étage vérifié, il s'apprêtait à redescendre quand il entendit un « *clic* » à son oreille.

Il mit une seconde à comprendre. Chas, bien sûr. Sur leur fréquence privée. Sans doute avait-il entendu les coups de feu. Merde, il devait être mort de peur. Gunner cliqua en réponse. Il espérait que Chas patienterait quelques minutes de plus. Gunner ne tenait pas à rompre le silence avant d'avoir inspecté toute la maison.

Il descendit au rez-de-chaussée et revérifia toutes les pièces, partant du principe que deux précautions valent mieux qu'une. Il ouvrit ensuite la porte du sous-sol, un endroit bas de plafond, sombre et vide.

Maintenant, il devait faire une ronde à l'extérieur.

Avant, il prit le temps de contacter Chas. Le pauvre ! Il devait être dans un sale état !

— Bébé, c'est moi. La maison est dégagée, mais je vais faire un petit tour de reconnaissance dans les bois. Peux-tu rester encore un moment sur le toit ou veux-tu que je vienne te chercher d'abord ?

Chas répondit d'une voix qui tremblait un peu :

— Je suis heureux de te savoir sain et sauf. Fais ce que tu as à faire, Gunner. J'attendrai.

Effrayé, oui, certainement, mais il se contrôlait.

— Je t'aime, Chas.

— Je t'aime aussi.

Nom de Dieu ! Ils avaient enfin réussi à s'avouer leur amour comme un couple normal. Sauf qu'ils étaient entourés de cadavres, que Chas se cachait sur un toit et que Gunner sentait la poudre.

Non. Leur couple n'avait rien de normal.

CHAS OBSERVA la cour et les bois environnants en attendant que Gunner vienne le chercher. Au début, ce fut le silence. Puis il crut voir une silhouette approcher de la maison en longeant l'allée d'accès.

Horrifié, il porta la main à sa gorge et activa son micro :

— Quelqu'un arrive, souffla-t-il. Le long de l'allée. Côté est.

Un « *clic* » fut sa seule réponse. Satisfait d'avoir été utile à Gunner, Chas s'allongea dans sa cachette et pria de toute son âme.

Il pria pour que Gunner revienne sain et sauf, il pria pour ne pas mourir cette nuit, pria aussi pour Poppy, Spencer et Drago, et pour M. et Mme Brentwood, qui avaient eu la gentillesse d'accueillir Poppy afin de la protéger.

Il attendait depuis une éternité quand il entendit des sirènes, beaucoup de sirènes vraiment, comme si toute la police du Maryland arrivait à la rescousse. Chas se redressa pour vérifier. De son poste d'observation, il vit des dizaines de lumières rouges et bleues clignotant sur la route principale.

Bien. La cavalerie était arrivée. Seul hic : elle fonçait vers le domaine Brentwood, pas ici. Que devait-il faire ? Rester dans sa cachette ou descendre et intercepter la police sur la route ?

À peine avait-il eu cette idée qu'il la repoussa. Il avait confié sa vie à Gunner et reçut une consigne claire : *ne bouge pas*. Chas avait beau détester que Gunner soit un commando, il n'en reconnaissait pas moins que son amant était un pro.

Peut-être le temps passait-il plus vite maintenant que Chas savait la police à proximité, ou peut-être était-ce juste que cette nuit cauchemardesque allait enfin se terminer, en tout cas, peu après, il entendit Gunner murmurer à son oreille :

— Je n'ai rien vu. Soit il n'y a rien, soit ces enfoirés sont meilleurs que moi.

Chas doutait que les membres du gang Oshiro soient mieux entraînés qu'un SEAL.

— C'est toi le meilleur, Gunner, souffla-t-il. Je parierais ma vie dessus. Puis-je descendre maintenant ? Je suis congelé.

— Oui, c'est bon.

Merci Seigneur !

Chas se redressa, choqué de constater qu'il avait mal partout. En plus, il était tout raide. Il approcha du rebord, balança ses pieds dans le vide et se laissa tomber du toit. Il contrôla sa chute et atterrit souplement.

Gunner était là, il le prit dans ses bras et le serra très fort.

— Merde ! Tu es glacé. Rentrons vite te mettre au chaud.

Chas le suivit docilement, il monta les marches du perron, entra dans la maison et avança jusqu'au salon. Il faisait sombre. Chas tendit la main vers l'interrupteur, mais Gunner l'attrapa par le poignet.

— Non. Laisse les lumières éteintes.

— Ah bon, pourquoi ?

— Parce que.

— Gunner !

— D'accord, il y a un cadavre dans la salle à manger. Je voulais t'épargner ce spectacle.

— Un… *quoi* ?

— Il y avait deux hostiles dans la maison. Je les ai neutralisés tous les deux. Pourquoi cet air surpris ? Tu as dû entendre les coups de feu.

— Oui, mais je… j'étais dans le déni. Ne sommes-nous pas censés prévenir la police ?

— Plus tard. Pour le moment, le FBI gère la situation de l'autre côté de la rue et je préfère attendre que tous les tangos soient morts ou en garde à vue. Une fois que Spencer me donnera le feu vert, je lui parlerai des deux cadavres qu'il y a chez lui.

— Je vois. Quand même, c'est… choquant.

Gunner le guida à travers le salon jusqu'au canapé.

— Assois-toi. Je vais chercher des couvertures.

Chas hocha la tête et regarda Gunner monter l'escalier. Dès qu'il fut seul, une odeur métallique et douceâtre agressa ses sinus : du sang !

Une nausée lui tordit l'estomac. Par chance, Gunner revenait déjà, il lui tendit ses chaussures et l'enveloppa dans une épaisse couverture. Il s'assit ensuite sur le canapé et attira Chas contre lui.

— Quand tu as appelé pour me dire qu'il y avait quelqu'un dans la maison, j'ai perdu vingt ans de ma vie.

— Vraiment ? s'étonna Chas. Je te pensais habitué au danger.

— Pas quand tu es concerné !

— Waouh ! Voilà qui me réchauffe plus encore que cette couverture !

Gunner murmura :

— J'ai entendu dire que baiser était aussi un excellent moyen de se réchauffer.

Chas éclata de rire.

— Tu es fou ? Ce n'est pas le moment de penser au sexe ! Nous ne savons même pas si tout va bien chez les Brentwood. N'es-tu pas censé y retourner ?

— Non, le FBI est arrivé avec une petite armée. Ils n'ont pas besoin de moi.

— Je suis content que tu sois là, Gunner.

— Moi aussi. Tu t'es superbement bien débrouillé. Comment diable es-tu arrivé sur le porche ?

— Je suis sorti par la fenêtre de la chambre et j'ai longé le mur. Pour être franc, je ne sais pas comment je ne suis pas tombé... je présume que mon entraînement en escalade n'a pas été inutile.

— Jolie manœuvre ! Cela demandait du muscle et de la jugeote.

— J'étais certain que les méchants me tueraient s'ils me trouvaient, l'adrénaline aide à se bouger les fesses, je t'assure.

Gunner s'exprima d'une voix rauque :

— Tu as raison, ils t'auraient tué. Comme ils m'auraient tué aussi si je n'avais pas été plus rapide qu'eux.

Ils restèrent un moment silencieux.

Puis Chas dit :

— Je trouve... irrespectueux de rester ici à papoter alors qu'il y a deux morts dans la maison.

— Je me contrefous de ces enfoirés !

— Ne dis pas ça, chuchota Chas, c'étaient des êtres humains.

— C'étaient des tueurs.

Chas haussa les épaules sous son cocon de couvertures.

— Je ne peux pas approuver que tuer soit un geste banal.

— Mais enfin, il faut bien se défendre ! s'exclama Gunner, agacé. Je ne suis pas comme eux, je ne tue que quand c'est absolument nécessaire ! Ne peux-tu le comprendre ?

Chas fronça les sourcils.

— En théorie, oui. Mais soyons réalistes, Spencer, Drago et toi, vous avez tendu un piège aux Oshiro, ils sont tombés dedans et maintenant, ils sont morts. N'y avait-il pas une solution pacifique pour gérer la situation ?

— Non ! Pas avec des gens comme eux !

— Tu n'en sais rien ! Tu n'as même pas essayé de parlementer.

— Je ne peux pas croire que nous ayons cette conversation ! marmonna Gunner. Je viens de tuer deux hommes pour te sauver la vie. Et Spencer et Drago ont éliminé les ennemis d'en face pour sauver Poppy.

— Je n'aime pas ça, répéta Chas, obstinément.

Incrédule, Gunner demanda :

— Alors, tu aurais préféré mourir plutôt que de me voir éliminer ces tueurs ?

— J'aurais pu essayer de m'enfuir. Si tu n'étais pas venu, c'est ce que j'aurais fait. Dans ce cas, tu n'aurais pas deux morts de plus sur la coïncidence. Du coup, je suis quelque part moi aussi responsable de leur mort.

Il se tut en prononçant ces mots : cette réalité le consternait.

— Arrête de déconner, Chas ! s'emporta Gunner. Ces deux connards malfaisants sont venus ici avec l'intention de te tuer, *toi*, parce qu'ils savaient déjà que Poppy n'était pas là. C'était une vengeance pure et simple parce que tu leur mets des bâtons dans les roues depuis que tu as récupéré Poppy sur le pas de ta porte. Si tu t'étais enfui, comme tu dis, ils t'auraient couru derrière, et crois-moi, ils t'auraient attrapé. Ils étaient armés et très bien équipés.

— Je sais. Mais…

— Non ! Il n'y a pas de mais ! Les nuisibles, on les élimine, un point, c'est tout.

— Je ne suis pas d'accord, répéta Chas. La violence ne résout rien.

— Merde, je ne vais pas te dire que ça me plaît de tuer. C'est faux ! Mais pour un soldat, le choix se réduit souvent à une simple formule : *tuer ou être tué*. Si tu le conçois, nous nous entendrons, sinon, nous avons un problème.

Chas serra les lèvres pour retenir des paroles qu'il ne pourrait jamais rétracter. Mais bon Dieu, que c'était dur ! Pourquoi Gunner lui parlait-il aussi sèchement ? Chas avait des convictions, voilà tout. Il n'acceptait pas la violence. Au fil des années, il avait souvent dû se défendre, mais un coup de poing et une balle dans la tête, ce n'était quand même pas à ranger dans le même panier !

Quand ce cauchemar s'arrêterait-il? Gunner n'était pas en mission, pourtant, il trouvait normal de tuer pour protéger Chas et Poppy. Et si un étranger était menacé? Que ferait Gunner? Se sentirait-il aussi tenu de tuer? Et si un connard dans un bar s'en prenait à Chas, pas un tueur armé, juste un homophobe borné et agressif, comment Gunner régirait-il? Et si Chas mettait Gunner vraiment, *vraiment* hors de lui, cette violence se dirigerait-elle contre lui?

Chas avait beau retourner le problème dans sa tête, examiner l'aspect moral sous toutes ses formes, il n'acceptait toujours pas que tuer les gens soit catalogué comme « un mal nécessaire ».

— Je suis désolé, Gunner. Je ne peux pas.

Gunner crispa très brièvement le bras posé sur ses épaules, puis il s'éloigna de lui. Il se leva souplement, aussi silencieux qu'un prédateur en chasse, et il disparut dans la nuit.

Et Chas resta assis sur le canapé, seul avec ses regrets lancinants et un cadavre à proximité.

GUNNER POUSSA un énorme soupir frustré, le centième au moins.

Comment Chas pouvait-il leur faire ça? Comment osait-il lui demander de choisir entre leur amour et la seule carrière qu'il connaissait?

Les agents fédéraux, une fois le domaine Brentwood nettoyé, étaient venus à la ferme. Gunner avait passé la majeure partie de la nuit à être interrogé par le FBI et à faire des déclarations à la police. Chas aussi, mais séparément.

Le gang d'Oshiro avait subi de lourdes pertes, les corps avaient été emportés, le reste des gangsters arrêtés. Il avait fallu des heures pour nettoyer et sécuriser la propriété, mais finalement, M. et Mme Brentwood, Poppy et sa nounou/garde du corps avaient pu quitter la pièce de sûreté. Ils passaient tous la nuit au manoir Brentwood sous la garde du FBI.

Gunner avait dû raconter son histoire depuis le début. Il avait expliqué avoir reçu un appel frénétique d'un ami d'enfance implorant son aide à Misty Falls... jusqu'à cette nuit où un second appel de Chas l'avait fait retourner à la ferme pour descendre deux intrus lourdement armés qui lui avaient tiré dessus à vue.

La bonne nouvelle, c'était que les premières analyses de la police scientifique confirmaient que les armes utilisées par le gang d'Oshiro étaient les mêmes que celles ayant tiré à Misty Falls. Assuré d'avoir les auteurs du massacre, le FBI était enclin à se montrer indulgent envers les trois ex-commandos. Spencer, Drago et Gunner avaient tous été libérés à l'aube. La ferme étant devenue une scène de crime, ils avaient récupéré Chas et étaient montés dans la camionnette de Drago pour aller prendre un petit déjeuner copieux dans un restaurant local.

Installés dans une stalle au fond de la salle, Spencer et Drago étaient engagés dans une discussion privée et Gunner mangeait à côté de Chas, dans un silence lourd de tension.

Gunner finit par lâcher ce qu'il avait sur le cœur depuis leur conversation désastreuse de la nuit :

— Comment peux-tu me demander de choisir entre toi et mon travail ? Tu sais pourtant qu'il compte beaucoup pour moi.

— Ce n'est pas si simple, grinça Chas entre ses dents.

— Alors, explique-moi ! Pour l'amour de Dieu, aide-moi à comprendre !

— Dis-moi quelque chose, Gunner. Si tu devais choisir entre tes convictions et moi, que déciderais-tu ?

— Merde ! Tout dépend de ce que tu entends par « mes convictions », je suppose.

— Ce en quoi tu crois par-dessus tout. Moi, j'ai la conviction intime que si le monde va mal, l'amour est la seule réponse possible.

— Je n'ai aucune conviction *intime*, grogna Gunner, agacé.

Dieu, comme il détestait creuser dans ses sentiments comme s'il disséquait un cadavre !

— Eh bien, tu crois en tes coéquipiers, tu les considères comme tes frères d'armes et tu ferais n'importe quoi pour eux, pas vrai ?

— Oui. Et alors ?

— Si tu devais choisir entre eux et moi, qui laisserais-tu mourir ?

— C'est complètement con comme question ! J'essaierais de vous sauver tous.

Chas soupira.

— Si tu devais choisir entre une vie avec les SEAL et une vie avec moi ?

— Je pense que mon choix est déjà fait.

— Alors, pourquoi refuses-tu de renoncer à être un soldat ?

— Ce n'est pas si simple. Je ne peux pas désapprendre ce que je sais faire. Je serai toujours un soldat, que ça te plaise ou non.

— Pourrais-tu au moins cesser de tuer ?

— Oui, bien entendu, si mon travail le permet.

— Vas-tu retourner à l'université, passer un diplôme d'Histoire et devenir enseignant ? insista Chas. Me promets-tu de ne plus jamais toucher à une arme ? Ne plus jamais faire mal à personne ?

Gunner ferma les yeux et demanda d'un air sinistre :

— Pour toi, c'est une condition sine qua non pour que notre relation ait une chance ?

— À ton avis ?

— Je ne joue pas, grogna Gunner. Réponds à ma question !

Ce fut au tour de Chas de soupirer.

— C'est ce que mon cœur voudrait. Mais en toute justice, ce serait un marché de dupes. Je savais qui tu étais quand j'ai cédé à l'attraction qui existait entre nous.

Gunner était de plus en plus frustré. Cette conversation ne menait nulle part ! Pourquoi Chas refusait-il de comprendre ce que sa carrière signifiait pour lui ?

Il essaya de s'expliquer :

— Écoute. J'aime travailler avec des hommes comme Spencer et Drago. Je suis un commando, ça me plaît, je ne veux pas changer. J'aime être autonome, fort, capable de protéger ceux qui me sont chers.

— Je comprends, crois-moi. J'ai été emmerdé beaucoup plus que toi, étant enfant. Mais j'ai grandi. J'ai appris à utiliser des mots pour repousser les crétins, parfois mes poings. Je n'ai pas besoin d'être protégé, je suis autonome. Pour que notre relation ait une chance, il faut que tu changes. Je n'accepterais jamais que tu sois un tueur.

— Je suis un SEAL, Chas. Ma mission est de protéger.

— Je suis un adulte ! s'emporta Chas.

— Il ne s'agit pas de toi. Les SEAL sont des protecteurs. Nous avons appris à recourir à la violence quand c'est nécessaire pour éviter que les innocents se fassent tuer. La violence est un outil, pas une fin en soi.

— Tu ergotes, protesta Chas.

— Tu crois ? La distinction me paraît pourtant sacrément importante. Elle fait toute la différence entre un tueur sans foi ni loi – ce que tu vois en moi – et un honorable guerrier qui protège son pays et ses habitants.

— Mais je n'ai jamais douté de ton patriotisme ! Je remets juste en cause tes méthodes !

— Là, c'est toi qui ergotes, ricana Gunner avec mépris. Tu étais bien content que je sois un SEAL quand tu as eu des ennuis. Tu ne disais pas *« je n'ai pas besoin d'être protégé »* à ce moment-là, caché sous ton bureau.

N'est-ce pas un peu hypocrite de jouer maintenant les vierges effarouchées en me trouvant trop violent ?

— Tu es venu me sortir d'une situation dangereuse, je t'en suis très reconnaissant. Et ça n'a rien à voir avec ce que je te reproche !

— Tu crois ça ? grinça Gunner. Tu te trompes. La nuit où je suis venu à Misty Falls, j'étais prêt à tuer tous ceux qui cherchaient à te faire du mal. Et cette nuit, quand je suis arrivé à la ferme, je n'aurais pas tiré si les hostiles s'étaient montrés raisonnables. Ils ont fait feu les premiers, ils sont morts, je ne regrette rien. C'était eux ou moi.

Chas ne répondit pas. Il détourna la tête et fixa la fenêtre du restaurant dans un silence de pierre.

Gunner sentit son cœur sombrer. Alors, tout était fini entre eux ? Parce que Chas était incapable de comprendre ce que faisaient les SEAL et pourquoi ?

Gunner hésita. Il n'était pas dans sa nature d'abandonner. Il était certain qu'il devait exister un moyen pour réparer la brèche creusée entre eux. Parce que l'alternative le paniquait, vraiment ! Il n'aimerait jamais un autre homme comme il aimait Chas, il le savait au plus profond de son être. De plus, il était sacrément sûr qu'il ne trouverait jamais quelqu'un qui l'aime autant que Chas.

Il inspira un grand coup et continua d'un ton plus calme :

— Je ne tue que quand c'est nécessaire, je te le promets.

Chas resta silencieux. Que se passait-il dans sa tête ? Son expression figée ne révélait rien.

Gunner insista à contrecœur :

— Est-ce que ça te suffit ?

— Je ne sais pas, répondit Chas d'un ton détaché.

Gunner ferma les yeux, choqué de les sentir humides.

De l'autre côté de la table, Spencer s'adressa à lui :

— Gun, nous sommes tombés d'accord, Dray et moi, sur ce que nous allons faire ensuite. Je voudrais en parler avec vous.

Gunner releva les yeux. Son cœur était en miettes, mais il était un SEAL et la mission n'était pas terminée.

— Oui, Spence, je vous écoute.

XXI

CHAS SORTIT Poppy de son siège-auto, installé dans un des fauteuils en cuir moelleux du jet privé que Kenji Tanaka leur avait envoyé. La pauvre enfant était grincheuse après avoir passé près de douze heures en avion. Lors d'une escale en Californie pour faire le plein, Chas était sorti avec elle pour qu'elle se dégourdisse les jambes, mais c'était déjà loin. Elle ne supportait plus d'être enfermée.

Enfin, le voyage était terminé, ils étaient arrivés à Hawaï. Une fois en bas de l'échelle d'accès, Poppy se tortilla furieusement, la bouche grande ouverte, prête à hurler.

— Je te laisse lui courir derrière, murmura Chas à Gunner. Tu es prêt ?

Gunner roula des yeux et se débarrassa de son sac à dos, qu'il posa à côté de lui. Dès que Chas lâcha Poppy, elle partit comme une fusée, Gunner juste derrière elle. Elle fonça vers les jardinières remplies de fleurs et de feuillage tropical qui bordaient la passerelle à l'arrivée de l'aéroport international d'Honolulu.

Chas regarda Gunner soulever la petite et souffler sur son ventre, ce qui la fit hurler de rire. Dieu, comme ils s'entendaient bien !

Chas aurait adoré fonder une famille avec Gunner. Ils étaient très différents, mais ils se seraient complétés en tant que parents.

Il se tourna vers Drago et demanda :

— Vous êtes *absolument* sûr que les ADN correspondent ? Kenji Tanaka est le père de Poppy ?

— Cent pour cent positif, confirma Drago. Désolé, mec. Je sais que Gun et vous êtes très attachés à elle.

Spencer, qui marchait près de Drago, ajouta :

— Au téléphone, Tanaka m'a eu l'air d'un brave type, Chas. Je suis sûr que si vous le souhaitez, il vous autorisera à revoir Poppy. Après tout, elle vous doit la vie. Sans vous, les Oshiro l'auraient tuée à Misty Falls.

Chas ne se sentait vraiment pas la stature d'un héros. Les dernières semaines lui avaient arraché les tripes. Il avait un poids constant sur le cœur.

Ils montèrent tous dans le gros SUV que Spencer avait loué. Chas attacha une Poppy furieuse dans son siège-auto pendant que les trois commandos chargeaient les bagages dans le coffre, le sac rose de Poppy contrastant avec le kaki des sacs militaire. Chas s'installa à côté de la fillette qui criait de rage et agita une peluche devant le petit visage rougi.

— M. Éléphant n'aime pas t'entendre pleurer comme un bébé. Tu es une grande fille maintenant. Quel âge as-tu?

Son petit discours finit par calmer Poppy, elle lui arracha l'éléphant des mains et se mit à jouer avec.

Ils roulaient vers l'intérieur des terres, empruntant des routes étroites qui serpentaient à travers la jungle tropicale. Ils arrivèrent devant une grille et Drago, qui conduisait, tapa un code sur le clavier. Ils prirent ensuite une longue allée, la jungle toujours aussi luxuriante des deux côtés de la route. Finalement, ils émergèrent dans une clairière au centre de laquelle s'érigeait un joli chalet entouré d'immenses porches.

— Nous voici arrivés, annonça Spencer.

Gunner était assis de l'autre côté de Poppy.

— D'où connaissiez-vous cet endroit? demanda-t-il.

— Je l'avais loué à un ami il y a quelques années pour un petit break après un long déploiement. J'ai pensé que nous pouvions y loger deux ou trois jours le temps que le transfert se fasse.

— Ça va se passer comment? grommela Chas sans enthousiasme.

— Tanaka s'est envolé pour Hawaï. Avant qu'il nous approche, son équipe de sécurité tient à vérifier que les Oshiro ne l'ont pas suivi. Ensuite, il viendra récupérer Poppy, puis ils rentreront ensemble au Japon. Rien de plus simple, en fait.

Chas ferma les yeux un instant. Il n'allait pas pleurer devant ces hommes durs et contrôlés incapables de comprendre une vraie émotion.

Ils déchargèrent la voiture et laissèrent Chas libre d'explorer la maison avec Poppy. Eux, bien entendu, partaient faire « un tour de reconnaissance » du terrain.

Chas leva les yeux au ciel. Complètement paranos!

La maison était décorée avec goût : meubles rustiques, hauts plafonds, ventilateurs en rotin et portes vitrées qui laissaient entrer une brise délicieusement chaude. Le séjour aurait été plus relaxant si Chas n'était pas hanté par la certitude qu'il perdrait Poppy d'ici peu.

Elle n'avait jamais été sienne, il le savait, mais il l'aimait de tout son cœur. Même maintenant, épuisée et grincheuse, elle restait adorable. Pour la détendre et ranimer sa joyeuse nature, il l'assit dans la baignoire et la laissa jouer un moment dans l'eau tiède. Quand ses yeux commencèrent à papillonner, il la sortit, la sécha, la rhabilla et l'installa avec lui pour une sieste. Comme on pouvait s'y attendre, elle s'endormit tout de suite. Chas, lui, ne cessa de se tourmenter.

Cette folle aventure était presque terminée. D'ici quelques jours, il retournerait à Misty Falls, il reprendrait son travail, retrouverait ses élèves, ferait réparer sa maison et tenterait de reprendre le cours d'une vie normale. Le hic, c'était qu'il n'y parviendrait pas. Pas après Gunner.

GUNNER SUIVIT Drago dans la maison. Spencer s'était porté volontaire pour monter la première garde à l'extérieur. Passant de pièce en pièce, il finit par trouver Chas et Poppy lovés l'un contre l'autre sur un lit, si abandonnés et confiants dans leur sommeil que les regarder lui fut douloureux. Il emmagasina cette image, un souvenir qu'il garderait gravé dans son cœur. Un goût amer s'attarda dans sa bouche à l'idée qu'il n'aurait bientôt plus que ça, des souvenirs.

Comment tout avait-il pu dérailler si vite ?

Drago passa la tête par la porte.

— Dormez un peu, Gun. Vous avez la garde de nuit et avec le décalage horaire, ça ne sera pas évident.

Ils avaient voyagé vers l'Ouest, l'horloge biologique de Gunner se croyait donc encore cinq heures plus tôt que l'heure locale. Une bonne chose. Pourtant Gunner savait d'expérience que tout décalage horaire important était physiquement éprouvant. Il quitta la chambre, laissant Chas et Poppy se reposer tranquillement, et trouva une autre pièce plus loin dans le couloir, où il dormirait seul. Ce qu'il trouvait détestable !

Bienvenue dans ton avenir, mec. Tu dormiras toujours seul... avec tes regrets.

Il rêva de Chas.

Il se réveilla plus vaseux encore qu'avant sa sieste.

À minuit, il se prépara et sortit relever Drago.

— Comment ça se présente ? demanda-t-il à l'ex-agent de la CIA.

— Tout est tranquille. J'ai exploré un peu l'extérieur de la clôture et juste au-dessus de cette crête...

Il pointait du doigt un amas rocheux au sud de la pelouse.

— ... il y a un chemin de terre. Question sécurité, ça peut poser problème.

— La jungle est-elle épaisse par ici ? demanda rapidement Gunner.

— Pas assez pour empêcher des tangos de descendre et de prendre position en bordure des arbres.

Gunner étudia attentivement l'endroit en question.

— Ils auraient une position idéale, un peu surélevée, admit-il. En cas de fusillade, nous serions sérieusement désavantagés.

— Vous devriez chercher des positions de repli si nous devons sortir de la maison, d'accord ?

— Oui, bien sûr.

Drago hocha la tête et retourna à l'intérieur, laissant Gunner seul avec la nuit. Les bruits d'insectes ne ressemblaient pas à ceux qu'il connaissait, aussi se mit-il à explorer le nord de la propriété en se familiarisant avec les divers bourdonnements.

Il trouva sous les arbres un cabanon de jardinier, trop fragile pour constituer un abri décent pendant une fusillade. Il s'enfonça plus profondément dans la jungle à la recherche d'une position défendable. Il se décida enfin pour un affleurement rocheux sur la face nord de la vallée, à mi-hauteur environ, constitué de roche volcanique. Un éboulis voisin, juste avant un à-pic, fournirait une bonne protection. La jungle de chaque côté était épaisse, ce qui empêcherait un hostile d'arriver sans se faire repérer. La paroi au-dessus était escarpée et le terrain d'accès, creusé de trous et planté de vignes, serait terrible pour les chevilles.

Gunner nota mentalement le meilleur parcours et dessina un sentier. Il passa une heure à préparer des pièges, des tas de rondins et des rideaux de liane qu'un simple coup de machette enverrait cascader dans le chemin.

Satisfait de son travail, il repartit vers la maison et déambula le reste de la nuit en bordure du terrain.

Le lendemain fut long et décevant. Les gens de Tanaka appelèrent de bonne heure. Ils avaient atterri sur l'île et finalisaient leurs mesures de sécurité avant de venir chercher Poppy.

Gunner et Chas passèrent la matinée à jouer avec la petite. Gunner avait l'impression d'avoir un poignard planté dans son cœur. Et vu sa tête sinistre, Chas était tout aussi désespéré.

À l'heure du déjeuner, Tanaka n'avait toujours pas pris contact. L'après-midi se traîna lamentablement. Le dîner fut tendu.

Alors que l'obscurité tombait, Chas demanda sans s'adresser à personne en particulier.

— Pourquoi ce retard ? Vous avez une idée ?

Ce fut Drago qui répondit :

— Je présume qu'ils ont dû repérer une faction du gang d'Oshiro, ils agissent sans doute comme nous l'avons fait : ils leur tendent un piège pour les éliminer.

— J'espère qu'ils réussiront ! lança Gunner. Je commence à en avoir ras la frange de ces foutus connards !

Il surveilla la réaction de Chas, mais ce dernier regardait par la fenêtre, les dents serrées.

— Bon, je commence la patrouille de nuit, annonça Spencer. Allez tous vous reposer, hein ?

Drago monta se coucher à l'étage et Gunner se redressa, prêt à faire la même chose. Il regrettait de quitter Poppy alors qu'il lui restait si peu de temps à passer avec elle.

— Va dormir, Gunner, persifla Chas. Tu auras besoin d'être en forme pour tirer sur ceux qui entreront dans la propriété.

— Le sarcasme te convient mal, répondit Gunner, d'un ton égal.

Chas releva brusquement les yeux.

— Tu as raison. Excuse-moi. Je déteste l'idée qu'elle s'en aille !

— Moi aussi.

Leurs regards se croisèrent, partageant la même peine.

Une fois dans la chambre qu'il avait réquisitionnée, Gunner somnola quelques heures. Il se réveilla à minuit et sut qu'il ne se rendormirait pas, trop agité. Il se leva, se prépara et sortit dans le couloir. Une fois devant la chambre de Chas et de Poppy, il ouvrit la porte et les regarda un long moment. Tous deux dormaient paisiblement.

Avec un soupir, Gunner referma la porte et descendit sans bruit l'escalier. Spencer et Drago étaient tous les deux dehors, le second relevant sans doute le premier. Gunner activa son micro et murmura :

— Je suis réveillé, je suis dans la cuisine, je vais avaler un morceau. Évitez de me tirer dessus, d'accord ?

Spencer marchait quand il répondit. Sans doute revenait-il vers la maison.

— Vous n'arrivez pas à dormir, Gun ?

— Non. J'ai un mauvais pressentiment, ça me bouffe les tripes.

— Pareil pour moi, rapporta Drago.

— Et moi aussi, ajouta Spencer. Restez vigilant, Gun.

— Toujours.

Gunner écouta les deux autres échanger des vannes, Drago partait en patrouille et Spencer n'allait pas tarder. Tant qu'à se préparer un sandwich, Gunner en fit également un pour Spencer.

Quand il entendit la porte arrière s'ouvrir, il tendit à Spencer une assiette avec un sandwich au jambon. Spencer y mordit avec appétit.

— Jolie cache que vous avez construite, Gun, commenta-t-il.

— J'espère que nous n'en aurons pas besoin…

Spencer et lui se figèrent en même temps. Drago transmettait :

— Problème. J'ai du mouvement sur la crête sud.

— Restez ici, Gun, ordonna Spencer laconiquement.

Il jeta son assiette sur le comptoir et ressortit sans rien ajouter.

Gunner l'entendit demander via la radio :

— Ils sont combien ?

— Six. Peut-être plus.

Eh merde ! Ce n'était pas bon du tout.

— Gun, allez chercher Chas et Poppy, ordonna Spencer. Soyez prêt à les faire sortir d'urgence.

— Reçu, grogna Gunner.

Il se précipita vers l'escalier. Il réveilla Chas en premier.

— Lève-toi. Habille-toi. Prends des couvertures et le sac de Poppy. Je m'occupe d'elle. Si tu as toujours le casque que je t'ai donné, mets-le. Retrouve-moi en bas dans une minute.

Dans le noir, Chas ouvrait des yeux immenses et terrorisés, mais il hocha la tête et quitta le lit sans discuter. Pendant qu'il tâtonnait et cherchait ses chaussures, Gunner se pencha sur le berceau et ramassa Poppy, enveloppée dans ses couvertures.

— Prends sa tétine et ses biberons, ordonna-t-il par-dessus son épaule. Il faudra peut-être la faire taire.

Il descendit rapidement l'escalier en essayant de ne pas trop bousculer la petite pour ne pas la réveiller davantage. Elle dormait à moitié, ce qui convenait parfaitement à Gunner. Il éteignit la cuisine et le salon, plongeant la maison dans les ténèbres.

Quand Chas le rejoignit, il respirait difficilement.

— Que dois-je faire maintenant ?

— Prends les biberons de Poppy et suis-moi au salon.

Chas obtempéra. Une minute plus tard, il se laissait tomber sur le canapé à côté de Gunner et de Poppy.

— Et maintenant ? haleta-t-il.

— Maintenant, nous attendons les instructions. Spencer et Drago vérifient ce que veulent les intrus que Dray a repérés sur la crête sud.

— Combien de temps ça prendra ?

— Pas longtemps, répondit Gunner, sombrement.

— C'est encore le gang d'Oshiro ? demanda Chas. Quelle faction à ton avis ?

— Quelle importance ? répliqua Gunner.

Ils étaient assis dans le noir, à écouter les bruits de la nuit. Dans sa tête, Gunner révisait l'itinéraire vers la position de repli.

Puis ce qu'il craignait arriva. Tout devint silencieux.

Pas bon. Pas bon du tout.

Spencer et Drago savaient se déplacer sans faire de bruit, ni l'un ni l'autre n'avait pu déranger les petits animaux nocturnes. Les hostiles n'avaient pas la même formation.

Gunner se leva, il avança jusqu'à la porte-fenêtre et ouvrit l'une des baies coulissantes. Le silence était encore plus oppressant désormais.

— Prépare-toi à sortir, Chas. Il va falloir aller très vite. Nous allons devoir traverser la pelouse à toute vitesse. Essaie de me suivre.

— Qu'est-ce qui ne va pas ?

— Les animaux et les insectes se sont tus. Il y a quelqu'un dehors.

— Si nous devons courir, veux-tu que j'attache Poppy sur ton dos ? Elle sera plus facile à transporter.

— Tu sais le faire ? s'étonna Gunner.

— Bien sûr. J'ai vu les mères de mes élèves le faire avec leurs bébés.

Gunner regarda Chas récupérer sur le dossier du canapé le châle dans lequel Poppy dormait parfois sur ses genoux. Ils enveloppèrent la petite fille dedans, puis Chas plia les deux couvertures en bandana et les croisa en diagonale à travers le dos de Gunner et sous Poppy, avant de nouer les extrémités devant, sur sa poitrine. Gunner fit quelques sauts sur place pour vérifier l'équilibre de son chargement.

— Ça tient ? demanda Chas.

— Oui. C'est bon. Merci.

Il baissa les yeux et fixa Chas, qui lui rendit son regard.

Tout était là entre eux. L'amitié, l'amour, le bonheur durable qu'ils ne connaîtraient pas.

— Est-ce qu'on va s'en sortir ? demanda Chas, très bas.

— Je ne sais pas, répondit Gunner sombrement, mais je mourrai en vous défendant tous les deux, que ça te plaise ou non.

Chas ouvrit la bouche pour répondre, mais il n'en eut pas le temps.

L'ordre de Spencer contenait une priorité absolue :

— Courez !

XXII

CHAS SE considérait en sacrée bonne forme physique, mais jamais il n'avait couru aussi vite. Gunner avait filé par la porte, dévalé les marches de la véranda trois par trois et traversé la pelouse comme l'éclair. Chas sprinta après lui, les yeux fixés sur Poppy qui rebondissait sur le dos de Gunner. Très vite, ses poumons manquèrent d'air et les muscles de ses cuisses devinrent brûlants.

Pire encore, il avait une démangeaison entre les omoplates : il attendait la balle qui lui perforerait le dos et le jetterait au sol, mort une bonne fois pour toutes.

Ils atteignirent le verger planté d'arbres fruitiers à l'autre bout de l'immense pelouse. Une fois sous les arbres, Gunner ralentit enfin, mais à peine. Il tourna à droite et plongea dans la jungle, disparaissant en quelques secondes. Chas se précipita derrière lui, anxieux à l'idée de le perdre de vue. Il n'était pas certain du tout que s'il lambinait, Gunner prendrait la peine de se retourner ou de l'attendre. Dès ses premiers pas dans la jungle luxuriante, qui lui avait parue impénétrable de prime abord, il s'étonna de repérer une étroite bande de terre dégagée. Un sentier ?

Il accéléra le pas. Moins de vingt mètres plus loin, une main sortie de nulle part le saisit par le bras. Affolé, Chas ne put retenir un cri étouffé. Il se calma en voyant que c'était Gunner qui l'avait attiré dans la jungle.

— Tu m'as fait peur ! accusa Chas, le cœur tambourinant.

— Tais-toi, murmura Gunner.

— Maintenant, on fait quoi ? souffla Chas.

— Maintenant, on attend et on surveille.

Les minutes s'écoulèrent, très longues, très stressantes. Chas entendit quelques clics radio dans son casque. Sans doute Spencer et Drago communiquaient-ils avec Gunner dans un code secret auquel lui ne comprenait rien.

Soudain, la voix de Spencer chuchota de façon à peine audible :

— Gun, appelez Tanaka. Dites-lui de nous envoyer tous les renforts disponibles.

Jurant entre ses dents, Gunner sortit son portable et composa rapidement un numéro.

Dès que son correspondant répondit, il murmura :

— Nous sommes attaqués, ils sont nombreux, nous allons vite être débordés. Envoyez-nous des renforts de toute urgence. Le paquet sera sur la crête nord.

Après une réponse minimaliste, Gunner coupa l'appel.

— Ils ont dit quoi ? murmura Chas.

— Ils arrivent.

— Tu as parlé d'un paquet, c'est quoi ?

Gunner lui jeta un coup d'œil.

— Poppy.

— Oh.

Chas réfléchit une seconde, puis demanda :

— Ils mettront combien de temps à arriver ?

Gunner haussa les épaules.

— Je ne sais pas, le plus vite sera le mieux, j'espère qu'ils l'ont compris. Regarde au sud. La fusillade est imminente, tu verras les éclairs des détonations.

— Ils sont nombreux ? Je parle des Oshiro.

— Oui. Une douzaine au moins, peut-être le double.

— Mon Dieu ! Spencer et Drago ne sont que deux !

— Ils s'en sortiront.

Chas fronça les sourcils.

— Tu ne sembles pas très sûr.

— Les SEAL croient toujours qu'ils gagneront, même au moment de mourir.

— C'est morbide, marmonna Chas.

Gunner haussa les épaules. C'était la vérité. Il commença à détacher le harnais de couverture qui retenait Poppy.

— Reste ici avec elle, Chas. Je vais me poster un peu à l'écart pour surveiller. Je vais aussi tenter d'aider Spencer et Drago.

— Comment ?

— Je vais trouver une position de sniper. S'ils sont coincés, je les couvrirai en descendant les hostiles.

— Mais les Oshiro vont te repérer, non ? Ne seras-tu pas particulièrement exposé ?

— Non, un sniper sait dissimuler l'origine de ses tirs. Je me protégerai derrière un remblai rocheux.

Quand Chas sortit Poppy de son cocon, Gunner ne fut pas surpris qu'elle soit éveillée, attentive et totalement silencieuse. Au cours des dernières semaines, cette pauvre gosse avait acquis un instinct du danger. C'était utile, mais lamentable. Une enfant aussi jeune ne devrait pas vivre des horreurs pareilles. Poppy suçait fébrilement sa tétine, seul signe extérieur de sa détresse.

Gunner dit d'une voix sinistre :

— Chas, écoute-moi bien, elle ne doit faire aucun bruit, c'est bien compris ? C'est absolument vital. Si elle crie, n'hésite pas à la bâillonner. Je la préfère évanouie que morte.

Chas hocha la tête, les yeux écarquillés.

— Je ne serai pas loin, ajouta Gunner. Si tu vois des hommes traverser la pelouse sans que je leur tire dessus, fonce le plus vite possible et remonte ce chemin. Tout au bout, tu trouveras une falaise et des éboulis, j'ai creusé un abri derrière les rochers. Entres-y et cache-toi du mieux que tu pourras sous les couvertures et ne bouge plus. Spencer et Drago sont au courant. L'un de nous viendra vous chercher, Poppy et toi.

Il n'avait pas le temps de donner à Chas d'autres recommandations. La situation était tragique. Spencer et Dray, submergés par le nombre des assaillants, battaient déjà en retraite. Ils arriveraient bientôt devant la maison et Gunner devait les couvrir.

Sans un mot de plus, il tourna les talons et s'enfonça dans la jungle épaisse en se taillant un passage à coups de machette. Il s'arrêta à environ vingt mètres de l'endroit où il avait laissé Chas et Poppy et se mit à chercher une ouverture sur la vallée en dessous.

Il dut grimper un moment, mais il finit par trouver un arbre arraché en bordure de l'à-pic. Il s'étendit derrière et, à toute vitesse, déplia son trépied, installa son fusil et prit une position de tir.

Il était plus que temps !

Trente secondes après que Gunner eut commencé à scruter son viseur, il vit Drago quitter l'abri des arbres de l'autre côté de la vallée. Gunner le reconnut à son indicateur infrarouge sur la poitrine, Spencer portait le même, ce qui permettait de les différencier des hostiles.

— Je vous ai en mire, Dray, annonça Gunner à mi-voix.

Il regarda Drago courir en zigzag et s'accroupir parfois, puis atteindre la maison et ramper sous le porche. Gunner calcula rapidement la distance, la dérive et fit ses corrections avant de pointer son arme sur la lisière des arbres. Une signature thermique apparut peu après, sortant du bois exactement au même endroit que Drago. Gunner bloqua sa respiration et pressa la gâchette. La silhouette bascula en arrière.

Il avait un fusil à longue portée, il tirait des balles de gros calibre. À quelques centaines de mètres, l'impact avait de quoi couper un homme en deux. *Voilà un détail que Chas n'apprécierait pas.*

Gunner surveilla l'orée des arbres et repéra une autre signature thermique. Son angle de tir ne lui permettant pas de vérifier la poitrine, Gunner retint son tir et attendit. Puis il aperçut Spencer accroupi à gauche de la maison.

Parfait, sa précédente cible était donc un hostile. Gunner tira et l'abattit. *Deux au tapis.*

La réponse initiale de Spencer et Drago à l'intrusion avait convaincu l'ennemi de charger la maison. Gunner était certain que les deux agents s'étaient arrangés pour faire croire aux Oshiro qu'il y avait au moins une douzaine de défenseurs, sinon plus. Spencer et Drago avaient dû changer constamment de position et tirer avec des armes différentes.

La demi-heure suivante fut étrangement calme. Plus aucun coup de feu. Spencer et Drago maintenaient leurs positions sans se dévoiler. Gunner avait identifié au moins dix hostiles et mémorisé leurs positions pour les tirer plus tard. En attendant, lui aussi patientait. Les Oshiro ignoraient l'arrivée imminente des renforts Tanaka. Le répit était donc éminemment profitable à l'équipe Poppy.

Mais quand même, cette inaction était anormale.

Gunner commença à se poser des questions. Pourquoi les Oshiro n'attaquaient-ils pas ? Ils étaient bien positionnés, un peu en hauteur sur cette crête. De sa position, Gunner avait pu détecter trois groupes de signatures thermiques. Qu'attendaient-ils ? Et si…

L'ennemi aurait-il également réclamé des renforts ?

Gunner ouvrit son micro et murmura :

— Je crois qu'ils attendent des renforts, Spencer.

Spencer répondit d'un simple clic. *Oui.*

Merde.

Parfois, Gunner détestait avoir raison !

Soudain, le répit prit fin. Soit l'ennemi s'était lassé d'attendre, soit les renforts étaient arrivés, Gunner ne pouvait le déterminer.

Tous ensemble, les trois groupes dévalèrent la pente et foncèrent vers la maison. Gunner visa et tira aussi vite que possible. D'après son estimation, au moins douze de ses balles trouvèrent leurs cibles. Les Oshiro avaient atteint la pelouse à présent, ils étaient à découvert.

En les voyant arriver, Spencer recula vers la porte d'entrée et Drago émergea de sous le porche, côté nord. Gunner attendit que les hostiles atteignent la maison pour tirer dans le tas, puis il envoya un message radio :

— Passage dégagé, allez-y.

Les Oshiro étaient occupés à mitrailler l'avant de la maison. Spencer et Drago en profitèrent pour filer par-derrière, traverser la pelouse et disparaître sous le couvert des arbres. La lune s'était couchée, l'obscurité était presque totale, ce qui leur offrait une couverture supplémentaire.

Malheureusement, ils étaient encore loin d'avoir atteint la crête nord quand la fusillade cessa et que les hostiles envahirent la maison comme une cohorte de fourmis rouges, ravageant tout sur son passage.

— Dépêchez-vous ! marmonna Gunner.

Spencer et Drago accélérèrent et couvrirent les derniers mètres, puis ils plongèrent à couvert.

— Clair, rapporta Spencer.

— Clair, dit Drago.

— Chas et Poppy sont sur le chemin. Je vais les rejoindre. Je vous attendrai.

— Emmenez-les à la cache, ordonna Spencer. Nous allons retenir les hostiles le plus longtemps possible.

— Reçu, répondit Gunner.

Il se redressa, traversa la jungle et retourna à l'endroit où il avait laissé Chas et Poppy. Ils étaient partis. *Bravo !* Chas avait suivi les ordres et s'était replié. Gunner s'élança au galop, sans enclencher les différents pièges qu'il avait préparés. Spencer et Drago le feraient d'ici peu pour couvrir leur retraite.

Gunner continua à courir. Il était à peu près à mi-chemin quand il entendit les pales d'un hélicoptère. Oh, putain ! Pourvu que ce soit les hommes de Tanaka !

En atteignant un point dégagé, Gunner se retourna et scruta la vallée en utilisant la lorgnette infrarouge de son fusil.

Un gros hélicoptère venait de se poser au centre de la clairière, la seule zone raisonnablement plane de la propriété. Consterné, Gunner vit une douzaine d'hommes émerger du coucou. Blancs pour la plupart, c'étaient sans doute des Oshiro. Merde !

Il n'eut pas l'occasion de déprimer longtemps, il reçut un véritable choc quand sous ses yeux, les nouveaux arrivants furent abattus avant même que leurs pieds n'aient touché le sol. Le pilote essaya de s'enfuir, mais il n'y parvint pas. L'hélicoptère prit feu, une fumée noire émergea du moteur. L'appareil retomba sur le sol et le pilote sortit précipitamment, les mains sur sa tête. Il fut aussitôt descendu. Les tirs – multiples ! – provenaient de sous les arbres.

— C'est quoi ce bordel ? murmura Spencer à la radio.

— À mon avis, répondit Gunner sur le même ton, les Oshiro viennent de résoudre leur différend interne. Une des factions a descendu l'autre, mais je ne saurais vous dire de quel côté sont ceux qui restent. Ils ont travaillé pour nous en tout cas, c'est sympa de leur part.

Drago souffla :

— Je compte encore deux douzaines d'hostiles au moins. Nous sommes loin d'être sortis de la merde.

Putain de putain de merde ! Gunner répétait ces mots en boucle en reprenant sa course vers le sommet. Quelles chances avaient-ils de s'en sortir à trois seulement, plus Chas et un bébé ? Aucune. Ils allaient tous finir criblés de trous comme le pilote de l'hélicoptère.

Au sommet de la crête, le terrain était rocheux et sans réelle couverture. Jamais ils ne pourraient traverser la jungle sans laisser de traces, surtout pas avec un civil et un bébé.

Ils étaient bel et bien foutus.

S'il s'agissait d'une vraie mission SEAL, Gunner ferait appel au soutien aérien et aux troupes de renforts toujours déployées à distance pour aider, en cas de besoin, l'équipe principale.

En dessous, Spencer et Drago commençaient à tirer. Merde ! Ça signifiait que l'ennemi, ayant trouvé la maison vide, se dirigeait par ici. Le temps allait leur manquer pour opérer un miracle.

Dieu, comme Gunner aurait aimé avoir à sa disposition les ressources d'une équipe SEAL ! Un hélico, par exemple, pour venir les chercher et les évacuer.

Bon, les regrets étaient inutiles. Ils allaient tous mourir ici. Ils étaient si ridiculement dépassés en nombre et en armement que ça en devenait presque risible. En fait, les hostiles n'avaient qu'à attendre qu'ils soient à court de munitions avant de monter tranquillement les flinguer.

Horrifié à l'idée que Chas et Poppy puissent être exécutés de sang-froid, Gunner trébucha. Agacé de cette inattention, il se concentra sur le chemin qu'il parcourait. Il vit enfin apparaître devant lui les rochers qu'il cherchait. Il sprinta et se jeta à couvert, affolant Chas et Poppy qui ne l'avaient pas entendu arriver.

Tous deux tressaillirent et étouffèrent un cri d'effroi. Gunner ne leur accorda pas un regard, il venait d'avoir une idée. C'était tiré par les cheveux, mais au point où il en était...

Il sortit frénétiquement son téléphone et tapa un numéro, vibrant littéralement d'impatience.

— Ici Charles Favian, répondit une voix distinguée. En quoi puis-je vous aider, M. Vance ?

— Charles, c'est la merde, utilisez mon téléphone satellite pour avoir ma position. Nous sommes sur Oahu. L'ennemi attaque en nombre et nous ne tiendrons pas longtemps. Auriez-vous une idée ?

— Oahu, vous dites ?

— Oui.

— Je ne peux faire appel à des forces en service actif puisque vous n'êtes pas sur une opération officielle, mais je sais que de nombreux SEAL prennent leur retraite à Hawaï. J'en connais personnellement quelques-uns. Je vais les contacter.

Putain ! Charles Favian était un vrai génie ! Des SEAL à la retraite ? Bien sûr, ils n'hésiteraient pas à aider deux frères d'armes en difficulté. Maintenant, il fallait juste qu'ils vivent à proximité et qu'ils puissent intervenir très, *très* rapidement.

Charles n'ayant pas mis l'appel en pause, Gunner l'entendit converser sur une autre ligne :

— Oui. Contactez tous ceux que vous pourrez. Voilà les coordonnées. Il y a un bébé et... Oui. Et deux SEAL. Spencer Newman et Gunner Vance. Équipe Dix.

Gunner jeta un coup d'œil à Chas, qui le regardait aussi, les yeux écarquillés. Il semblait terrifié.

— Tu crois que nous allons mourir ? haleta Chas, la mine sombre.

Gunner afficha un sourire courageux.

— Non, mentit-il. Les SEAL ont de la ressource.

Spencer communiqua par radio d'un ton précipité :

— Replie-toi, Dray. Je te couvre et je déclencherai les pièges.

À ces mots, Gunner raccrocha au nez de Charles. C'était trop tard, ils allaient manquer de temps. Ils étaient seuls désormais.

Il installa son trépied et son fusil entre deux rochers et se mit en position pour couvrir la piste. Le doigt sur la cachette, il attendit de voir émerger ses deux coéquipiers.

Drago sortit le premier de la jungle. Il bondit derrière les rochers et se réceptionna dans un grognement sourd, le genre qui révélait une blessure.

— Chas, ordonna Gunner, examine-le, il a été touché. Fais ce que tu peux pour le bander.

Il avait parlé sans quitter la piste des yeux. Moins d'une minute plus tard, Spencer jaillit également de la jungle, il courait en zigzag, la tête baissée. L'ennemi lui tirait dessus. Gunner visa au-dessus de sa tête et envoya une balle à l'aveuglette dans la jungle. Les tirs cessèrent, ce qui permit à Spencer de se mettre à son tour à l'abri derrière les rochers.

Voilà, ils étaient acculés. Maintenant, ils tireraient jusqu'à être à court de munitions. Peut-être seraient-ils tués avant.

Spencer prit position à l'extrémité gauche de l'affleurement. Drago attendit avec impatience que Chas noue un bandage autour de sa cuisse, puis il roula sur lui-même et se plaça côté droit.

— Combien de munitions ? murmura Spencer.

— Il me reste environ deux cents cartouches, répondit Gunner.

— Pareil, dit Drago.

— J'en ai cent vingt, annonça Spencer.

Il n'eut pas à leur dire de ménager leurs balles. Tous savaient que question armement, l'ennemi les surpassait massivement.

Les Oshiro comprirent où ils se terraient et se déployèrent sur la pente en contrebas. La bonne nouvelle, c'était que la densité de la jungle les ralentissait. Mais cela ne ferait que repousser l'inévitable.

Gunner sentit une sombre détermination peser dans ses tripes. Il s'était déjà trouvé dans de mauvaises situations, mais aucune n'avait été aussi désespérée. Tant qu'à mourir, il le ferait au moins entouré des deux êtres au monde qu'il avait aimés. Pauvre Poppy ! Quel dommage qu'elle n'ait pas la chance de grandir, de s'amuser, de tomber amoureuse, d'avoir une famille…

Gunner coupa court à ses pensées négatives. L'heure n'était pas aux regrets stériles ou au désespoir fataliste. Pas encore.

Au cours de l'heure suivante, les assiégés durent dépenser leurs précieuses munitions, l'ennemi les forçant à repousser des attaques méthodiques. Le désespoir s'installa peu à peu, que Gunner le veuille ou non.

Chas se rendait utile en prodiguant aux trois tireurs les premiers soins. Par chance, il ne s'agissait que de coupures mineures, le plus souvent dues à des projections de cailloux délogés par les tirs ennemis. Il leur faisait aussi passer des bouteilles d'eau et des chargeurs de rechange.

Pour sa part, Poppy restait blottie sous les rochers, le pouce ou la tétine dans la bouche. Elle gémissait de temps en temps, mais personne ne cherchait à la faire taire. Désormais, le silence n'avait plus d'importance. Les hostiles connaissaient leur position et ils montaient le siège avec une patience implacable.

— Vos munitions ? demanda Spencer un peu las.

— Trente-deux, rapporta Gunner.

— Seize, ajouta Drago.

— J'en ai douze. Il est temps de les laisser se rapprocher. Il faut que tous nos tirs portent.

Gunner comprit ce que Spencer n'énonçait pas à haute voix. C'était la fin, aussi Spencer utilisait-il une manœuvre SEAL de dernière instance : brûler les dernières cartouches en éliminant autant d'ennemis que possible avant d'être abattu.

Quand un SEAL mourait, il ne partait jamais seul.

— Ce fut un honneur, monsieur, déclara Gunner à Spencer.

— De même, Gun, répondit Spencer.

Drago jura entre ses dents – hors radio, mais assez fort pour que Gunner l'entende.

Puis Drago transmit dans son micro :

— Je t'aime, Spencer Newman.

— Je t'aime aussi, Dray.

Chas murmura à côté de Gunner :

— Doux Jésus ! On dirait des adieux… Vous apprêtez-vous à charger l'ennemi en kamikazes ?

Gunner prit le risque de détourner les yeux de son viseur pour adresser à Chas un sourire triste.

— Tu avais raison, en fait. Nous aurions dû trouver un autre moyen de gérer la situation. Parfois, tirer dans le tas ne résout rien.

Chas se pencha et l'attrapa par l'avant de sa chemise.

— N'abandonne pas, Gunner! Poppy et moi dépendons de toi. Sois le guerrier que tu m'as affirmé être!

Gunner le regarda, stupéfait.

— Hein? Tu es sérieux?

— Bien sûr! s'écria Chas. Je ne veux pas mourir! Poppy non plus! Bats-toi pour nous.

— Tu disais ne pas supporter que je sois un tueur.

Un sinistre désespoir vibra dans la voix de Chas :

— J'ai été très con! Poppy mérite de grandir. Toi et moi méritons d'être heureux. Fais tout ce qu'il faut pour nous donner un avenir, Gunner. Tu m'entends?

— Oui.

— Tu avais raison. La violence se justifie parfois. Tue qui tu dois tuer. Et reste en vie, merde!

Gunner hocha la tête et retourna à sa surveillance. Alors, Chas avait fini par ouvrir les yeux, hein? Étrange comme voir la mort de près changeait du tout au tout les opinions d'un pacifiste convaincu.

Pour économiser leurs munitions et s'assurer que tous les tirs soient efficaces, le mieux serait que Spencer, Drago et lui tirent presque à bout portant et à tour de rôle, afin qu'ils n'aient jamais la même cible.

Gunner annonça sa proposition au micro.

— Vous êtes sûr? demanda Spencer.

— Oui. Je ne suis pas encore prêt à partir.

— D'accord, murmura Spencer.

Gunner surveilla son viseur. Il fit sa check-list et sentit un grand calme l'envahir. Voilà, il était dans le bon état d'esprit : un soldat concentré sur sa mission.

Une signature thermique remontait le chemin vers eux.

— Il est pour moi, annonça froidement Gunner.

Il appuya sur la gâchette et vit la tête de l'ennemi exploser. *Il me reste trente et une cartouches.*

Profitant que les hostiles arrivaient lentement, il tirait deux fois plus que Spencer et Drago afin d'égaliser le nombre des munitions qu'il leur restait. Quatorze pour lui, Spencer et Drago n'en avaient que six chacun…

Il entendit du bruit en bas. Un « *boum* » assourdi. Puis un autre. Plusieurs signatures thermiques s'allumèrent sur le sentier… mais elles s'éloignaient de leur position.

— Bordel, quoi encore? demanda Drago.

— Je dirais un tir de très gros calibre, déclara Spencer, pensif. Bien qu'étouffé par la jungle, il reste reconnaissable. Maintenez vos positions.

Gunner ne bougeait pas, prêt à tirer, mais dix minutes passèrent et aucun ennemi n'approcha de leur cache. Pourtant la fusillade continuait dans la vallée, les tirs semblaient venir des deux extrémités et converger vers le centre.

— Venez voir ! cria Spencer à la radio.

Bien que surpris, Gunner obéit, abandonnant son fusil pour aller rejoindre son ancien patron. Spencer était à l'extrémité gauche de l'éperon rocheux, penché en avant, il regardait ce qui se passait en dessous. Les éclairs des tirs illuminaient la colline dans son ensemble, deux groupes lourdement armés se resserraient comme un étau mortel vers le centre, un venant de la gauche, l'autre de la droite. Entre eux, le gang d'Oshiro était lentement écrasé. Aussi étrange que cela paraisse, c'était bel et bien une manœuvre militaire sur un champ de bataille.

— Merde, c'est quoi ce bordel ? marmonna Drago.

Même Chas approcha et tendit le cou pour regarder.

— Qu'est-ce qui se passe ? demanda-t-il.

Gunner sentit son téléphone vibrer dans sa poche. Il le sortit et regarda l'écran : Charles Favian.

— Oui ? chuchota-t-il.

— Vous les voyez ? demanda Charles, positivement enthousiaste.

— Vous parlez des tireurs qui avancent vers nous ? s'enquit Gunner.

— Oui ! Ce sont des SEAL. Enfin, des retraités. Je les vois sur mon réseau satellite. Ils signalent un autre groupe de tireurs qui éliminent les mêmes cibles qu'eux. Ils demandent à savoir qui ils sont.

— Probablement les gars de Tanaka, répondit Gunner.

— Pourriez-vous leur dire de ne pas tirer sur nos SEAL ?

— Bien sûr, une seconde.

Gunner transmit le message à Spencer. Immédiatement, ce dernier sortit son portable pour appeler Kenji Tanaka.

Charles commenta :

— Je constate que vos hostiles sont presque éliminés. Les SEAL devraient atteindre votre position d'ici quelques minutes. Ne leur tirez pas dessus, hein ?

Gunner ricana.

— Avec quoi ? Il nous reste à peine assez de munitions pour faire un smiley dans une citrouille.

— Bon timing, alors, dit Charles. Ils opèrent sur le canal quatre si vous voulez dire bonjour.

— Merci, marmonna Gunner.

Drago composait déjà le quatre sur sa radio.

— Reçu, annonça-t-il. Quatre mâles adultes et un bébé. Sur l'affleurement rocheux à cent mètres au-dessus de votre ligne. Nous avons des IR si vous avez l'équipement nécessaire pour les lire.

Gunner fit basculer sa radio à temps pour entendre une voix rocailleuse répondre :

— Nous avons quelques kits compatibles IR. Nous les donnerons aux gars qui monteront vous chercher.

— Bien compris, répondit Spencer. Et je répète, ceux qui arrivent de l'autre bout de la vallée sont des alliés, pas des hostiles.

— Reçu. Nous les avons en visuel.

Chas fronçait les sourcils.

— Je ne comprends rien. Que se passe-t-il ?

Gunner ne put s'empêcher de sourire en répondant :

— Les hommes que Tanaka nous a envoyés sont arrivés d'un côté et Charles Favian a appelé à la rescousse des retraités SEAL qui vivent dans le coin. Ils ont pris position de l'autre côté. À eux deux, ils semblent avoir éliminé les Oshiro.

Gunner vibrait d'exultation. Que Tanaka mette le paquet pour sauver sa fille, ce n'était pas une surprise. Mais que la fraternité SEAL ait répondu si vite pour sauver deux des leurs en difficulté, c'était… tout simplement magnifique ! Gunner fut envahi d'une bouffée de fierté : il adorait ses frères d'armes ! Même si Spencer avait été renvoyé après sa rébellion, même si lui, Gunner, avait été viré du service actif pour raison médicale, tous deux n'en restaient pas moins des SEAL. Ils seraient membres de cette grande fraternité jusqu'à leur mort.

Gunner inspira profondément. Pour la première fois depuis son accident, l'étau lui comprimant la poitrine se relâchait.

Il fallut du temps pour apaiser le chaos qui régnait en bas. Quelques hostiles s'étaient cachés. Ceux qui se rendaient furent faits prisonniers, ceux qui cherchaient à créer du grabuge furent éliminés.

Un grand ours barbu émergea de la piste, son fusil d'assaut pointé vers le ciel.

— *Oorah,* cria-t-il en guise de salutation.

— Le terrain est-il dégagé ? demanda Spencer prudemment.

— Propre comme le cul d'une vierge…

Il grogna et enchaîna d'un ton contrit :

— Oups, j'avais oublié les oreilles innocentes. Oui. Tout est clean, sir. Vous pouvez descendre à présent.

Gunner sortit de derrière le rocher. Il ne put résister à son envie de taper dans le dos du gros ex-SEAL.

— Mec, je suis sacrément content de te voir !

— Allons-y. Les gars sont impatients de vous voir. C'est pas souvent qu'on a une excuse pour sortir notre équipement et s'entraîner sur cible. Oh, et les Japs sont très tendus, ils ne parlent que de la gamine.

Gunner leva les yeux au ciel. Oui, bien sûr !

La descente fut rapide. Les SEAL avaient pris la peine d'enlever les bûches, les lianes et les autres pièges.

Quand le petit groupe émergea de la jungle, plusieurs dizaines d'hommes étaient agglutinés dans la vallée, armés jusqu'aux dents. Les SEAL retraités bavardaient et riaient bruyamment, comme à une réunion d'anciens combattants. Les Japonais se tenaient à l'écart, ils étaient plus discrets, mais ils parlaient aussi entre eux.

Une grande acclamation accueillit leur arrivée.

Poppy dut se sentir enfin en sécurité, car elle sortit son pouce de sa bouche et poussa un hurlement à ressusciter les morts. Cela fit rire tout le monde. Chas la serra contre lui et la câlina jusqu'à ce qu'elle se calme.

Les heures suivantes passèrent à toute allure. Les hommes de Tanaka s'éclipsèrent discrètement avant l'arrivée des forces de l'ordre. La police, une fois sur place, prit le contrôle de la scène. Les retraités SEAL furent mis à contribution et chargés de récupérer les corps, qui furent alignés côte à côte pour identification. Au total, une quarantaine d'hostiles avaient trouvé la mort dans la vallée.

Les deux factions Oshiro avaient subi de lourdes pertes. De plus, le gang avait appris une douloureuse leçon : les Tanaka – et les SEAL – prenaient très à cœur la sécurité de Kamiko. Gunner doutait fort que la petite ait d'autres problèmes à l'avenir.

Quelques SEAL avaient été touchés, mais il n'y avait eu aucune perte de leur côté.

À l'aube, Spencer reçut un appel téléphonique, il s'écarta ensuite et discuta en privé avec les ex-SEAL qui s'attardaient dans les parages. Tous ensemble, ils remontèrent ensuite dans leurs véhicules.

Spencer s'adressa à Gunner :

— Gun, retrouvez Chas et Poppy et faites-les monter en voiture.

Il n'en dit pas plus, ce qui surprit Gunner. Spencer était du genre à partager ce qu'il savait avec ses hommes, ce qui avait fait de lui un excellent chef d'équipe.

Peu après, ils étaient tous les cinq dans la voiture, Spencer au volant, Drago à la place du mort, Gunner et Chas sur la banquette arrière, encadrant Poppy.

EN ARRIVANT à la périphérie d'Honolulu, Gunner demanda :

— Où allons-nous, Spence ?

— Kenji Tanaka m'a envoyé son adresse. Il a aussi conseillé de venir bien escortés.

Gunner jeta un coup d'œil sur les véhicules qui les suivaient.

— Sait-il que tout un peloton d'ex-SEAL s'apprête à débarquer chez lui ?

Spencer haussa les épaules.

— Il le découvrira bien assez tôt.

Gunner sentit que Spencer ne lui disait pas tout.

Peu après, ils se garaient dans une allée devant une magnifique maison d'architecture asiatique sise au bord de l'océan et entourée de plusieurs hectares de pelouse bien entretenue.

Six Asiatiques en costume sombre sortirent de la maison à l'arrivée des voitures. En silence, ils regardèrent les SEAL émerger de leurs véhicules et entourer Gunner, Chas et Poppy dans une phalange serrée. Ils entrèrent tous ensemble dans la maison.

Gunner prit conscience que, bien que très nombreux, ils se déplaçaient tous sans le moindre bruit. Ils furent introduits dans un immense salon.

Six Japonais aux cheveux gris étaient attablés dans une pose assez formelle. S'agissait-il d'une réunion ? Un autre homme se tenait au pied de la table, tout raide. Aucun siège n'avait été prévu pour lui.

Un Japonais d'une trentaine d'années jaillit d'un canapé et se précipita en les voyant entrer. Poppy poussa un petit cri à sa vue.

— Je suis Kenji Tanaka. Et elle, c'est ma fille.

Poppy plissa les yeux quand il approcha d'elle. Son père lui parla en japonais. Il mit quelques minutes à la convaincre, mais elle finit par lui tendre les bras.

Des larmes coulaient sur le visage de Kenji Tanaka quand il serra son enfant contre lui.

223

Le cœur de Gunner se brisa. Cet étranger était bien le père de Poppy, ces larmes en étaient la preuve. Seul un parent pouvait réagir ainsi au retour de la chair de sa chair qu'il avait cru perdue.

Chas émit un gémissement à peine audible, un son plein de chagrin et de perte. Gunner lui passa le bras sur les épaules et le rapprocha de lui. Il comprenait son agonie, tout comme Chas comprenait la sienne en ce moment censé être une réunion familiale joyeuse.

Le vieillard assis en bout de table s'adressa en anglais au Japonais debout en face de lui.

— Sora Oshiro, le gang américain de votre petit-fils est accusé d'avoir kidnappé ma petite-fille. Je ne vous tiens pas responsable des crimes de votre descendant, mais je vous charge de lui transmettre ce message. Je ne tolérerai aucune autre tentative de sa part contre mes opérations commerciales. Et s'il s'avise une fois encore de s'en prendre à ma famille, je vous garantis qu'il en payera le prix.

Le vieux Oshiro baissa la tête avec humilité.

D'un geste de la main, Yuzio Tanaka désigna les SEAL agglutinés près de Poppy et de son père.

— Non seulement votre petit-fils a irrité ma famille, mais il a également provoqué la colère des Navy SEAL des États-Unis. Et je peux vous assurer, Sora-San, qu'ils sont redoutables. Votre petit-fils et son gang de voyous sont désormais sur leur liste noire.

Gunner remarqua que les SEAL autour de lui toisaient le malheureux Oshiro d'un air féroce. Connaissant ses frères d'armes, Gunner savait que tous sans exception mémorisaient le visage de Sora Oshiro.

Tout comme lui.

Yuzio Tanaka enchaîna :

— Ma petite-fille a de puissants protecteurs. Que Yusi-San ne l'oublie jamais ! Et qu'il se souvienne également de la cuisante défaite subie ce jour.

Sora Oshiro s'inclina profondément avant de quitter la pièce sans avoir prononcé un mot.

Peu après, le bruit d'un bateau à moteur s'éloignant à grande vitesse leur parvint.

Alors seulement, le sévère Japonais qui avait tenu le crachoir se leva avec un grand sourire.

— Bienvenue, messieurs. Je suis Yuzio Tanaka. Je vous suis redevable de la protection que vous avez offerte à ma Kamiko.

Brouillé ou pas avec son fils, Tanaka senior n'était pas insensible au charme de son adorable petite-fille.

Le père de Kamiko demanda :

— Lequel d'entre vous est le professeur qui a sauvé ma fille ?

Chas avança d'un pas.

— Hum, c'est moi, M. Tanaka. Je suis Chasten Reed.

— C'est un grand honneur de vous rencontrer, M. Reed. Et le soldat qui vous a aidé ?

Gunner détestait l'attention, mais il se racla la gorge.

— Master Chief Gunner Vance, M. Tanaka.

— Appelez-moi Kenji, tous les deux, je vous en prie. Je serais très honoré que vous acceptiez de vous considérer comme faisant partie de ma famille.

Même si Gunner ne connaissait pas grand-chose à la culture asiatique, il devina que l'offre était rarissime.

— Tout l'honneur est pour moi, M. Tanaka, répondit-il.

— Pareil, ajouta Chas. Dites, cela signifie-t-il que je deviens l'oncle de Poppy… euh, de Kamiko ?

— Bien entendu, répondit Kenji avec un sourire. Vous lui avez sauvé la vie, vous êtes tous les deux ses oncles honoraires. Vous êtes d'accord, Gunner ?

— Oh, oui, répondit Gunner sans hésitation.

Des acclamations s'élevèrent autour d'eux.

Kenji déclara :

— Le petit déjeuner sera servi sous peu. Vous êtes tous mes invités, messieurs.

L'offre fut joyeusement acceptée. Yuzio Tanaka et les autres Japonais attablés se levèrent et s'excusèrent avant de disparaître. Gunner soupçonnait que les chefs Yakuzas préféraient ne pas fréquenter des SEAL : ils devaient les juger trop apparentés aux forces de l'ordre.

Une fois le petit déjeuner terminé, les SEAL finirent par s'éclipser.

Gunner, Chas, Spencer et Drago s'installèrent sur la véranda avec leur hôte. Kamiko dormait profondément dans les bras de son père. Gunner comprenait que Kenji ne veuille plus la lâcher après avoir eu si peur pour elle.

— Alors, quels sont vos plans, messieurs, maintenant que vous avez sauvé ma fille et restauré ma raison de vivre ?

Ce fut Spencer qui répondit :

— Drago et moi ouvrons une boîte de sécurité privée et nous avons demandé à Gunner de travailler pour nous. Nous espérons avec le temps agrandir notre clientèle et engager d'autres hommes aussi compétents que lui.

— Vous avez déjà refusé une récompense, déclara Kenji, j'aimerais au moins vous aider à lancer votre entreprise.

Sans cacher sa surprise, Spencer murmura :

— Comment l'entendez-vous ?

— Je suis architecte. Je serais honoré de vous bâtir des bureaux. Et un centre de formation peut-être ? Des logements pour le personnel ? Je peux aussi vous envoyer des clients pour vous aider à démarrer. J'ai de nombreux contacts d'affaires à qui vous recommander.

Gunner sourit de voir Spencer et Drago en rester bouche bée.

Spencer se reprit le premier :

— C'est extrêmement généreux. Vraiment. Pour les clients, j'accepte, mais le reste…

Kenji leva la main.

— Je vous en prie. J'y tiens beaucoup. Et si vous voulez me remercier, pourquoi ne pas donner mon nom à votre future entreprise ?

Spencer tressaillit.

— Tanaka Sécurité ? murmura-t-il, sceptique.

Kenji rit de bon cœur.

— Oh, non ! Mon père ne supporterait pas que notre nom s'affiche sur une entreprise légale, je parlais de mon surnom : le Dragon noir. Chez vous, on parle de « mouton noir », non, quand un fils refuse de se soumettre aux traditions de sa famille ?

Spencer et Drago échangèrent un regard, suivi d'un hochement de tête.

— Black Dragon Inc. ? C'est parfait. Merci, Kenji.

Kenji tourna la tête vers Chas et Gunner.

— Et vous, que puis-je faire pour vous ?

Gunner fut un peu surpris que Chas s'accroche à sa main, mais il ne la retira pas.

— Nous sommes vivants ! s'exclama Chas. C'est le plus beau des cadeaux. La nuit dernière, sur cette montagne, alors que j'étais certain de mourir, je me suis dit que j'aurais aimé vivre dans une jolie petite maison avec Gunner, peut-être avoir un enfant un jour…

Kenji sourit en regardant sa fille endormie.

— Je ne peux vous donner d'enfant, Chasten, mais je peux certainement vous offrir cette maison. Les enseignants sont mal payés aux États-Unis comme ailleurs, je serais ravi de vous aider, croyez-moi.

Chas protesta :

— Une *maison* ? Non, nous ne pouvons accepter…

Kenji l'interrompit :

— Voyons, vous m'avez rendu ma fille, mon avenir, la moindre des choses est que je rembourse une petite partie de ma dette envers vous.

Impuissant, Chas regarda Gunner.

— Dis quelque chose !

Gunner répondit :

— Je vais dire : merci, M. Tanaka. Chas, tu es condamné à vivre avec moi. Et je vais accepter l'offre de Spencer et de Drago, je vais travailler pour Black Dragon Inc., je vais faire de la sécurité, peut-être des trucs violents, tu n'as plus de problème avec ça ?

— Non, pour t'avoir à mes côtés, je suis prêt à toutes les concessions. La nuit dernière a été pour moi… une révélation.

Gunner demanda avec méfiance :

— Comment ça ?

— C'est grâce à toi et aux autres commandos que nous sommes en vie, Poppy et moi. Les Oshiro s'apprêtaient à tuer un bébé innocent et ça ne leur posait aucun problème de conscience ! C'est là que j'ai compris ta position, tu disais que la violence est parfois le seul moyen de protéger ceux qui nous sont chers… tu avais raison.

Gunner ne s'attendait vraiment pas à entendre Chas revenir sur sa position. D'un autre côté, jamais il n'aurait cru possible de se retrouver en couple avec Chas après tout ce qui les avait séparés.

— Tu es sûr de toi, cette fois ? Tu ne vas pas changer d'avis dans quelques mois en trouvant mon travail trop dangereux ?

Chas sourit et resserra les doigts sur ceux de Gunner.

— Non ! J'ai tellement mieux à faire, je veux voir Poppy grandir, je veux vivre avec toi, bâtir une famille avec toi.

Gunner le regarda sans pouvoir parler, le cœur plein de joie.

— Moi aussi, marmonna-t-il, d'une voix enrouée.

Kenji éclata de rire.

— Parfait ! Tout est décidé, alors ! J'ai hâte de commencer.

Gunner sourit, heureux au-delà des mots. Lui aussi avait hâte de commencer sa nouvelle vie avec Chas.

— Je t'aime, Gunner, lança Chas.

— Moi aussi, répondit Gunner avec ardeur.

CINDY DEES, auteur à succès du *New York Times* et d'*USA Today*, a commencé à piloter à trois ans, assise sur les genoux de son papa. Elle a eu son brevet de pilote avant son permis de conduire. À quinze ans, elle a abandonné ses études secondaires et quitté la ferme équestre où elle avait grandi pour entrer à l'Université du Michigan.

Après avoir obtenu un diplôme en russe et en Études de l'Europe de l'Est, elle a rejoint l'US Air Force pour devenir la plus jeune femme pilote de son époque. Elle a piloté des jets supersoniques, des hélicoptères dédiés au transport VIP et un C-5 Galaxy, un des plus gros avions-cargos du monde.

Elle a également travaillé à temps partiel dans les Renseignements. Au cours de sa carrière militaire, elle a connu quarante-deux pays sur cinq continents, elle a été détenue par le KGB et la police secrète est-allemande, elle s'est fait tirer dessus, a piloté durant la première guerre du Golfe, a rencontré son mari et amassé des tonnes d'anecdotes de guerre. Cindy a raconté beaucoup de ses expériences dans ses livres qui mêlent romance militaire et suspense.

Parmi ses passe-temps, citons la danse moyen-orientale, le jardinage japonais et la reconstitution médiévale. Cindy est active sur les réseaux sociaux et aime sortir avec des amis ou d'avides lecteurs comme elle.

Gagnante d'un Cœur d'Or et d'un Médaillon Holt pour ses écrits, Cindy a été cinq fois finaliste et deux fois gagnante du prestigieux RITA Award pour la Romance de Fiction, deux fois gagnante du meilleur Harlequin à suspense romantique de *RT Book Review* et nominée pour sa carrière et l'ensemble de ses écrits.

Elle a publié plus de soixante romans, dont des thrillers, des romans d'aventures, des récits fantastiques épiques et bien d'autres histoires basées sur le suspense romantique militaire.

Par CINDY DEES

BLACK DRAGONS, INC.
Perdre le contrôle
Ouvrir les yeux

Publié par DREAMSPINNER PRESS
www.dreamspinner-fr.com

CINDY DEES

PERDRE LE
CONTRÔLE

Tome 1 de la série : Black Dragons, Inc.

Un Navy SEAL craquant et un irrésistible espion de la CIA forment un duo torride. Vont-ils réussir à travailler ensemble pour retrouver un terroriste notoire sans d'abord s'entretuer ?

Quand le Navy SEAL Spencer Newman accepte la dangereuse mission de rapatrier manu militari l'agent de la CIA Drago Thorpe – l'homme qu'il aime depuis toujours –, il prévoit que la situation devienne rapidement FUBAR. En revanche, il ne s'attend pas du tout à ce que Dray le convainque de se rebeller contre les ordres reçus.

Drago regrette d'avoir provoqué leur rupture, dix ans plus tôt, en insistant pour que Spence reconnaisse publiquement leur liaison. Il veut une seconde chance. Le SEAL étant rigide, le pousser à enfreindre les règles est un vrai défi, mais les deux hommes doivent dépasser les bornes pour éliminer un terroriste présumé mort.

La tension monte alors qu'ensemble ils traquent leur cible. Mèneront-ils leur mission à terme avant que leur attraction mutuelle devienne incontrôlable ?

www.dreamspinner-fr.com

www.ingramcontent.com/pod-product-compliance
Lightning Source LLC
Chambersburg PA
CBHW031318280626
47169CB00019B/2131

* 9 7 8 1 6 4 1 0 8 7 3 5 3 *